公益时报
CHINA PHILANTHROPY TIMES

『京』生有你

公益时报社社长刘京
和他的公益人生

文梅 编著

中国社会出版社
国家一级出版社 · 全国百佳图书出版单位

图书在版编目（CIP）数据

"京"生有你：公益时报社社长刘京和他的公益人生／文梅编著．—北京：中国社会出版社，2020.12

ISBN 978－7－5087－6444－3

Ⅰ.①京…　Ⅱ.①文…　Ⅲ.①回忆录－中国－当代
Ⅳ.①I251

中国版本图书馆 CIP 数据核字（2020）第 220134 号

书　　名："京"生有你——公益时报社社长刘京和他的公益人生
编　　著：文　梅

出 版 人：浦善新
终 审 人：李　浩
责任编辑：陈　琛

出版发行：中国社会出版社　　　**邮政编码：**100032
通联方式：北京市西城区二龙路甲 33 号
电　　话：编辑部：（010）58124835
邮购部：（010）58124835
销售部：（010）58124845
传　真：（010）58124856
网　　址：www.shcbs.com.cn
shcbs.mca.gov.cn
经　　销：全国各地新华书店

中国社会出版社天猫旗舰店

印刷装订：小森印刷（北京）有限公司
开　　本：170mm×240mm　1/16
印　　张：19.5
字　　数：285 千字
版　　次：2021 年 1 月第 1 版
印　　次：2021 年 1 月第 1 次印刷
定　　价：80.00 元

中国社会出版社微信公众号

Preface

前　言

2001年那一年，我的生命之路突然转了一个弯儿，这个弯儿来得有些猝不及防，但我选择了接纳和承受。此后的人生之路，因这个弯儿的出现，充满了风雨波折，也增加了收获喜乐，亦让我原本以为早已定型的人生格局，变得更加丰富多彩。

2001年6月1日，经过三个多月的筹备，《公益时报》正式创刊。说实话，当它奇迹般地第一次出现在国务院、中直机关、社会团体、科研院校、企业、福利彩票销售点……出现在每一个读者的手里时，我从未曾想过——这个“稚嫩的孩子”，未来究竟会怎样。

作为中国第一份综合性公益类报纸，《公益时报》一出生便带着公益的基因，肩负着为社会公益事业发声的责任。因为没有任何成功样本可以借鉴，它后来的发展和探索之路只能归结为一句话：“摸着石头过河”，这种背景之下论其优劣势，可谓一目了然。优势是无羁绊无窠臼，劣势是无经验无参照。责任越大，压力越大，以后的路到底要怎么走，作为报社的“领头羊”，我心里没谱。

彼时，大步跨入新世纪的中国刚刚提出“十五”计划，整个国家正在显现更多蓬勃活力，上上下下都洋溢着令人振奋的朝气。少数精英阶层在期盼健康发展的商业社会的同时，也开始关心国家体制的健全，并有意识地主动支持和参与“第三次分配”。所有契合鲜活的因素在这样的社会

公益时报

PUBLIC WELFARE TIMES

本期导读

5 阎明复谈慈善
6 舍去小我见大义
3 社区保安怎么了
14 中华骨髓库急需扩充
7 志愿者回味影响一生的经历
15 女艺术家挥洒流动的彩虹
9 照片讲述三个世纪的婚礼

"六一"儿童节、世界环境日之际，孩子们点评成人世界

我们的期盼 你们的责任

对成年人世界的批判

最看不惯的大人行为

我们的世界：因我而改变

发刊词

公益事业是一项铸魂工程

首都师范大学教授 李燕杰

民政部今天在人民大会堂召开《公益时报》创刊新闻发布会

《公益时报》创刊号

背景下不断迸发碰撞出思想的火花，越来越多的人自发追问人生的价值和财富的意义，社会公众的公益启蒙和觉醒成为不可避免的时代进步思潮。

理想很丰满，现实很骨感。回顾十九年岁月往昔，我们走过了一条五味杂陈、语言难以尽述的艰辛之路。尽管《公益时报》诞生伊始正值纸媒黄金期，但对于我们这样一份内容受限又无任何财政补贴的报纸来说，日子并不好过。从无人知晓的被动孤独，到逐渐被业界的理解接受，再到成为许多财富人群和社会公众走向公益慈善之路的坚实桥梁，我们的努力，我们的挣扎，我们的坚韧和奋斗，都已和这个丰富多彩又缤纷善变的世界相交相融，每一步都留下了无可替代的动人故事，在岁月的浸润中历久弥新。而曾经有缘同行这段公益之旅的伙伴们，人生必也因此而备添荣光，他们一路所奉献的公益与大爱，必将在这段燃情岁月中不朽。

《公益时报》创刊十九年来，我们连续发布了十七张“中国慈善榜”，举办了七届“中国公益新闻年会”，承办了十届“中国社工年会”，主办了九届“中国企业卓越奖”，举行了四届“中国公益年会”……这些活动成功举办的背后，不仅凝聚了许多公益同道的支持与爱心，也让有志于开创中国公益多元格局的思考者和先行者看到了其中的无限可能，认识到智识激荡与行动创新的必要性和重要性，愈加坚定了我们为之付出的所有努力真的可以改变自己的人生、改变他人的命运、改变这个社会乃至国家的信心和决心。

伟大出自平凡，伟大源于坚持。《公益时报》创刊十九年，致力于公益启蒙和传播工作，联结起无数公益同人和行业资源，助力其公益事业，成就其公益梦想。诚然，将《公益时报》的发展轨迹汇入整个中国社会

公益时报

发展的历史长河中，不过是沧海一粟——我们既未做出什么可歌可泣的事情，也不曾创造出什么名留青史的辉煌。但，作为《公益时报》的创始人，回首来时路，我依然十分欣慰和满足——在有限的时间和空间里，我们尽己所能地持续记录了这个国家和时代在公益慈善事业的发展历程，托举那些具有前瞻、创新、希望和未来的公益力量在我们搭建的舞台上尽情舞蹈、自由飞翔，让更多爱心与善意在我们独有的天地间与美好拥抱、与温暖同行。

2020 年 6 月 1 日是《公益时报》十九岁生日，也适逢我人生步入花甲之年。借此特别将我 20 年的公益轨迹予以记录，浓缩成文字，献给与我命运休戚与共的《公益时报》，献给与我风雨兼程的同事们，还有那些多年不离不弃、共担悲欢的朋友们。

多年以后，当我老去，于夕阳下追溯往事，回忆青春，我必须坦白地承认，与公益结缘，此生有幸；与《公益时报》共同奋斗的日子，是我人生旅途中最难忘的时光。

“京”生有你，“益”路同行。

感恩。

无悔。

Contents

目　录

第一篇
刘京：万水千山走遍，公益是归途

第二篇
五湖四海遍知音，真诚结善缘

第三篇
演讲·致辞集萃

第四篇
新闻报道精选

第一篇

刘京：万水千山走遍，公益是归途

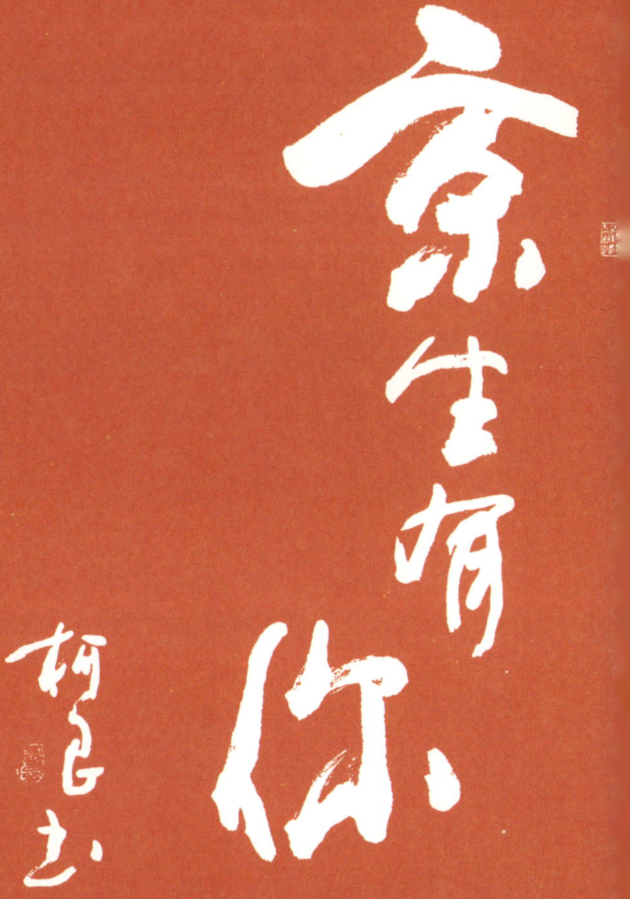

1

苦难，我的人生第一课

1966—1976年的“文化大革命”，不仅带给国家灾难和内乱，也让千千万万个家庭遭受动荡和不安。1966年“文化大革命”爆发时，刘京刚满6岁，对眼前的世界还是一片懵懂的他，被迫面对和接受了亲人的生离死别，也因此，在他童年和少年时期的青涩记忆里，那段岁月是灰色的。

高尔基有一句话：“童年的苦难在某种意义上来讲是一种知识和财富”，这句话至今让我印象深刻，因为这方面我的感悟非常深。

我叫刘京，1960年出生，从名字就不难看出，我出生在首都北京。但我在北京只度过了五年的童年时光就离开了。当年我父亲在中央办公厅工作，为中央领导同志做秘书，“文化大革命”前夕因受到牵连，被下放到江西干校劳动。无奈之下，母亲只能带着我和妹妹离开北京，回到陕西省泾阳县的农村老家生活。一年后，也就是1966年，“文化大革命”就爆发了。

我母亲的娘家是当地村里负有盛名的大户人家。我姥爷是个风水先生，善良睿智，人缘又极好，四邻八村但凡有点什么事，都会找他去看风水，红白喜事婚丧嫁娶或者搬迁盖房之类的，都要听他说道说道，乡亲们都觉得姥爷是个“能行人”，打心眼儿里敬慕和服气他。

“文化大革命”期间，我姥爷家的成分被定为“工商业者兼土地出租者”，通俗点讲就是“地主”。那个年代被扣上“地主”帽子的后果是很可怕的。没过多久，我姥爷就被戴着高帽子游街，受到多种凌辱和折磨。曾经十分开朗风趣的他，突然遭到这种突如其来的精神高压，不堪忍受，很快就崩溃了。最终，他没能扛过去，于“文化大革命”期间上吊自杀。

刘京、妹妹与母亲合影

我姥爷的决绝离开，给全家带来很大的打击，特别是我母亲，自那以后，她便陷入了长久而深重的痛苦中。母亲是个大夫，内秀聪慧，为人和善。当年我们生活的陕西泾阳农村地区，条件艰苦，缺医少药，街坊四邻但凡有个头疼脑热，都会来找我母亲帮忙出诊看病，那时她的确帮助过不少人。母亲从来都是个有苦宁愿自己承受，也不愿对别人倾诉求助的人。在我11岁那年，她终因抑郁成疾而病故了。

刘京的父亲、母亲和刘京的姥爷（中）合影

姥爷走了，母亲也走了，家里就剩下我这个长子撑起门户。当时只要是家庭成分被定成“地主”的，家门口都会被钉一个小牌子，上面赫然写着两个大字：“地主”。说实话，那时我还是少不更事的孩子，对这样的“待遇”没什么特别的感觉，起初也并未往心里去，心想“爱谁谁”吧。

然而，人性复杂，人心难测。越来越多的人知道了我是“地主”家的孩子，越来越多的人开始对我冷嘲热讽，甚至有的人见我如瘟疫而避之不及。

当时我的学习成绩还是很不错的，综合表现也很好，小学到初中基本上都是班干部，反正不是班长就是学习委员……其间，大部分同学对我还算友好，但难免还是会有些调皮捣蛋的同学跑来欺负我这个“地主”家的孩子。

村里不少人对我和家人的态度更让人感到憋屈难受——有些路上打个照面、擦肩而过的乡亲，看我的眼神都充满异样，流露出各种不待见。后来回想起当年的一幕幕情景，我也分析过老乡们为啥对我和家人如此态度，不外乎两个方面：一则认为你将来必定会离开这里，过客而已，不必过分亲近；二则你也不是当地土生土长的，没有根基和势力，就算人家欺负你，也没人“罩着”你。这些原因导致了我在那个特殊的年代里，注定要受到歧视和孤立。

经历的不公待遇和冷言冷语多了，我忽然就明白了自己当下的处境与家庭出身的关系，难过、颓丧、自卑、压抑等无数复杂的情感一并涌上心头，这些无处诉说和排解的痛苦、郁闷无时无刻不在折磨着一个还十分稚嫩的少年……但我从未因此哭泣，更不会为了博取别人的同情而去哀求什么，我只是默默承受着，咬牙硬扛着。在那些倍感煎熬的岁月中，我比同龄人过早地体味了世道艰难和人情冷暖，思想难免也就比同龄人早熟了些。

刘京和姥姥、妹妹、表妹合影

母亲病故之后，我和妹妹就跟着姥姥一起生活，姥姥当年是当地的大家闺秀，人善良又懂礼数，善解人意的她人缘极好，也特别疼爱我和妹妹。我还记得，每天放学后我们回到家，年迈的姥姥总在厨房里忙前忙后，张罗着给我们做饭。虽然食材非常贫乏有限，但她总是能变着法给我们做些可口的吃食，她用自己全部的爱，守候呵护我们幼小的心灵。多年以后，我的脑海中经常会浮现出姥姥带着我和妹妹共度艰难岁月的情景，那真是一段充满阴霾的日子，那时我们只有一个念头——再难也要活下去。

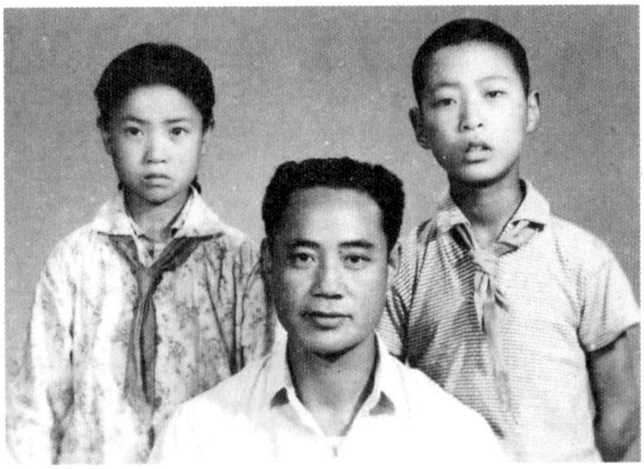

刘京和父亲与妹妹合影

这样的生活一直持续到我上高中，那年我们决定去投奔还远在江西干校的父亲。在江西待了大约一年，我又返回陕西，选择回到熟悉的老家泾阳农村继续高中学业。人总归是有感情的，我忘不了那里的老师同学对我的好，也感念一些善良的乡亲们曾经私下里给予我们的帮扶和关照。

冥冥之中，一个人的成长轨迹已经决定了他未来的人生和命运，对其后天性格的塑造和养成也至关重要。正因为那些年的颠沛流离、起起落落，我觉得自己的性格好像有些矛盾——在同学老师面前，我算是外向，因为可以适当放松；在村里那些大人或外人面前，我又极其内敛沉默，因为家庭成分让我觉得自卑。那时候谁要是给我一点温暖和关怀，我都会发自内心地感激，而且到现在我也能清楚地记得，谁曾经在我困难的时候伸手帮过我，这份恩情我会记一辈子。而那段挣扎在社会底层求生的经历已经成了我一生无法磨灭的印记，所以现在每每看到一些贫困地区的孩子为了读书求学所面对的苦和难，我都感同身受。

世间事因缘际会，人生路变幻无常，每个人生命中的很多际遇也许在最初就已经埋下了伏笔。青少年时期遭受的种种痛苦和挫折，让我懂得了善待他人，学会分享和爱，且常常满怀祝福和感恩。懂得，所以慈悲——这可能也是我后来的生命之旅注定会和“公益”携手的缘起吧。

（刘京口述，文梅执笔）

2

自卑与超越的故事

20 世纪 80 年代，中国人的物质生活还十分匮乏，周边的世界也没有那么多繁花似锦和灯红酒绿，财富的积累对大多数人来说还是个生疏遥远的话题。尽管一切都是乍暖还寒，每个人所面对的人和事也有不尽如人意，却又处处可以发现鲜活美好，理想主义、英雄主义和浪漫主义精神在社会普罗大众间传播弥漫——那是一个生气勃勃、富有活力的年代。毋庸置疑，80 年代的思想启蒙和思想解放，以摧枯拉朽之势，廓清了我们前进道路上的一些思想障碍，迎来了国门对外全面开放、经济改革稳步推进的积极发展时期。

刘京的青年时代，恰好与这样一个时代相遇了。

1979 年，我 19 岁那年，全家跟随父亲回到了北京。

回首 19 岁之前的过往岁月，人生最大的收获就是理解了何谓“人间疾苦”，了解了社会底层的人们究竟在以什么样的艰辛努力与苦难抗争。说实话，那些年里，我从未敢奢望过未来我们还能再回北京，那时心里念叨最多的就是，如果将来还有机会再去北京转转，那就是天遂我愿，烧高香了。

回到北京，当年我就参加了工作，第一份工作被安排在民政部秘书处做打字员。那时候的打字机还是老式的，需要一个字一个字地把内容敲到蜡纸上，然后再印出来，工作方式相对简单。

我们那个打字室只有我一个男的，其他全是女同志。打字室里平时也没太多事，手头的工作完成好就行。那段时间总有人调侃我："你一个大小伙子怎么泡进女人堆里混"，我听了也就是笑笑，从不反驳，我没工夫想那些乱七八糟的，工作总是干得很认真，很卖力气。童年生活的不安定和因家庭经历遭受的各种冷遇，让我深知这份工作来之不易，现实也不容我挑挑拣拣，心里就一个念头：可劲儿干！若不然，一个农村的孩子进了北京城不好好干活儿，一旦失去这份工作，你又能去哪儿？所以刚到民政部参加工作的时候，除了上班、下班这样雷打不动的一条线，我与外界所有的人和事几乎都没什么交集，生活简单而纯粹。

然而，年轻的好处之一就是永远不缺乏好奇心。在打字室工作之余，我偶然发现了一个"宝地"，就是离我们办公室不远的图书室。当时图书室管理员是一位外地返京的知青，我们俩年龄相仿，也很谈得来，没事儿的时候两人就猫在一起海阔天空地聊。最重要的是，除了帮他整理图书，我还可以借机饱饱眼福，阅读大量的书籍。那位图书管理员白天工作，晚上坚持去读夜大的法律专业，后来当了律师，我们早已成了好朋友。

那间图书室里的书还真是不少，当年很火的《北京文学》《江西文学》

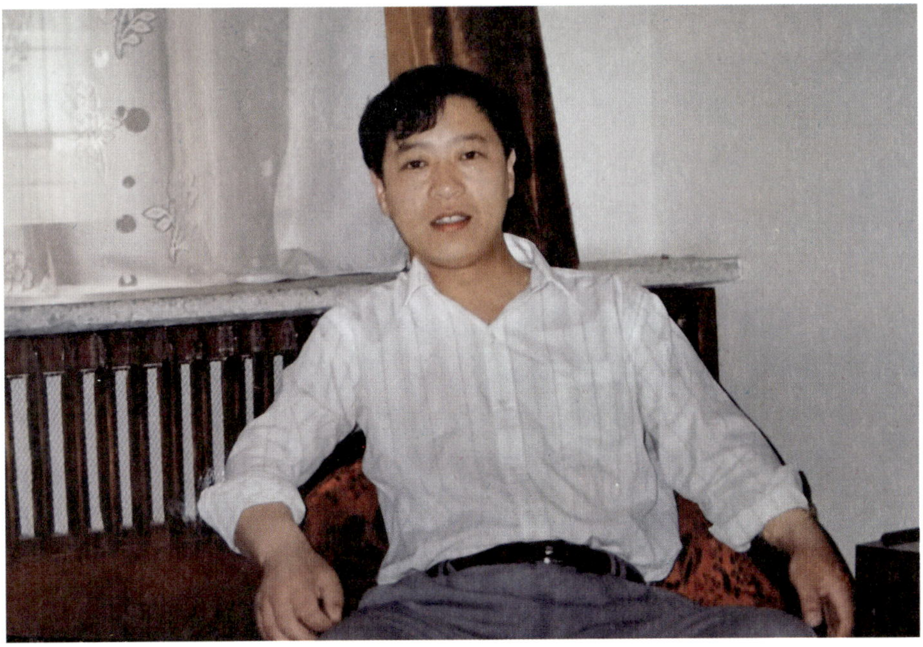

年轻时的刘京

《上海文学》之类的文学期刊和杂志，应有尽有。每次一到新书我都如获至宝，干完手头的工作立马撒丫子往图书室跑，就想抓紧时间一股脑儿全看完。每次读完一本新书，我就像发现了一个新世界，很长时间都会沉浸在书中描述的氛围里，心潮澎湃且久久不能平静。小说读了一段时间，觉得乏味了，感觉报告文学好像更过瘾，就又开始玩儿命似的读报告文学。再往后，又读了很多哲学书，姑且不论看懂看不懂的，反正我就那么如饥似渴地看。读书就是这样，读得越多，越想探究其中更深邃更有价值的东西。借着图书室这个便利，很长时间我都“沉浸在知识的海洋里”不能自拔。回头总结当年读过的那些杂七杂八的书籍，要说究竟哪一类给我的影响最深，恐怕还得是哲学。我觉得，一个人若读懂了哲学，大约也就读懂了人生，也会由此逐步建立自己的世界观、人生观和价值观，从此打开独立思考的通道，发现更为宏阔博大的世界。

在民政部工作了大约一年，越发体会到“知识就是力量”这句话的含义。我琢磨着，应该再去正儿八经学点什么，但又不能脱离工作，很快就选择了读第一届电大，主修中文。一边学习，一边工作，两不耽误。

“在职电大”这个学历，与当时分配到民政部那些名校毕业的大学生还是有很大差距的，这使得我在之后的多年工作中始终有一种强烈的自卑感，总觉得自己的知识储备和学养积累还有很大的提升空间。鉴于对自身的清醒认识和客观评价，我把压力变成了动力，在工作中总会比别人付出十倍百倍的努力。我深知，唯有如此，我才不至于被时代淘汰，才能够争取到属于自己的一方天地。

在职电大读完以后，我又去读了社科院管理专业的硕士研究生，后来还陆续参加了南京审计学院的专业培训、首都经贸大学的经理培训等，总之，心里总是跟自己暗暗发狠较劲，持续不断地参加各种各样的进修学习和专业培训。尽管这样，还是不满意不甘心，总觉得跟人家那些个顶个的“精英”比起来，我还是差得很远。

工作卖力，学习认真，我的付出很快得到了上级领导的欣赏和认可。1984 年 5 月 12 日，我正式成为中国共产党预备党员，那年我刚满 24 岁，是历年民政部机关入党人员中最年轻的一个。这份荣誉于我而言，不仅是人生中莫大的骄傲，多年来始终忐忑的内心亦得到了抚慰和肯定。

1988 年 6 月，我有幸被选中担任民政部部领导的秘书。

得知这个消息，我真有些诚惶诚恐——部里的一大拨年轻人里，我的学历不是最高，能力也不算最拔尖，为什么会是我？

后来有领导告诉我，部领导的秘书可不是那么好当的，各方面的审查和筛选十分严谨，入选条件极其严苛。最终做出这样的决定，上级领导经过了严肃审慎又全面的考量——我虽然年轻，但是到民政部工作的年头也不算短，对相关工作很熟悉；论学历我虽然不是最高，但爱学习肯上进，很有发展潜力；最重要的是，我是当年民政部机关最年轻的党员，政治可靠，值得托付重任。

人生就是这么奇妙，从民政部普通一员被提升为部领导的秘书，这个变化对我的影响真的太大了，按现在时髦的话说，我的人生从此开挂了！

一夜之间，我的天地豁然开朗，生活也随之脱胎换骨。一个年轻人，从很基层很渺小的工作岗位突然一跃而起，跳到一个众人瞩目的高位，难免有段时间找不着北。不过，后来又从秘书岗位下来，这种飘忽虚幻的感觉也随之很快消失了。你会对自己说，“哦，刘京只是曾经做过部领导的秘书，一个过程，一段路，而已。”——这种醒悟和反思当然是自己后来的总结。

这段经历也让我悟出一个道理：政府机关里面的职务升迁时常会附带着些许难以描述的光环，这些光环其实并不属于你自己，而是来自你所在的位置给予你的虚华伪饰，这些东西常常会让你忘了自己是谁，你会自我感觉超好。而当你离开那个位置，这些虚无很快就会烟消云散。但人毕竟是肉身凡胎，在那种特定的阶段往往喜欢自以为是，认为别人对你示好和夸赞是因为自己确实有本事、确实本事远超旁人……多年以后我跟年轻人聊起来，总会不无玩笑地给他们提个醒：“人啥时候都得知道自己几斤几两，要踏踏实实地做人做事，否则虚荣心会害死人啊！”

在民政部工作的那些年，让我印象最深的就是下基层调研。那时我们每次调研结束都要撰写大量的报告，根据报告分析和梳理出综合情况，最终形成正式文件。这个工作过程其实非常烦琐，从起步到结束，中间一直在修来改去，要想完成好这个工作，没有捷径可走，也不可能有任何投机取巧可言，必须一点一滴地扎实工作和辛苦付出才能得到想要的结果。这个过程自然不乏辛苦和疲惫，但由此产生的专业认同和业内影响才是你自己真正可以拥有的东西。

说起来，我的人生道路，几乎和中国改革开放四十多年的发展轨迹同步。在政府机关工作多年的锤炼和积淀告诉我——无论何时何地，把握好自己的方向和道路，不浮躁不犹豫，持之以恒，终有所成。太多的实例也早已证明：在市场经济的汹涌大潮中，如果没有一技之长，又不具备别人无法取代的能力，迟早会被淘汰。

印象中曾经看过的一本书让我特别有触动，就是弗洛伊德的学生阿德勒写的《自卑与超越》。他说，“理解一个人，就要从他的过去入手，而一个人的生活风格，则是与他对于过去经验的认识和理解相一致的。”当时读那本书的时候，我拿着笔边看边在上面画道道，书看完了，道道也画满了。我对阿德勒的观点不能再认同，看到有些段落甚至会莫名地情绪激动起来，我从内心深处觉得，这本书就是我的人生写照，简直就像是为我而写的。

（刘京口述，文梅执笔）

3

『白熊』帮我赚了第一桶金

1991年，中国经济开始出现回升，GDP（国内生产总值）增速从1990年3.8%的波底上升到9.2%；1992年，邓小平同志视察南方谈话发表后，经济增长迅速加快，全年GDP实际增长达14.2%。同年10月召开的中共十四大，进一步刺激了本已旺盛的投资热情，使来年的经济形势更趋高涨。1993年11月，中共十四届三中全会通过的《中共中央关于建立社会主义市场经济体制若干问题的决定》指出，社会主义市场经济体制是同社会主义基本制度结合在一起的，明确了社会主义市场经济的总体改革框架。

与此同时，中国民营企业也从20世纪80年代的个体工商户成长为更具资本实力的实体企业，但民营经济总体规模不大、占比较低、地位不高，处于“补充地位”，主要是满足短缺的消费市场和解决就业需求，集中在“吃穿用”三大领域。很多民营企业头戴“红帽子”，挂靠或依附于国有和集体单位，试水市场，探寻发展之路。

而立之年的刘京，刚好赶上了这波热潮。也是在这一年，他开始试水市场经济，且在无心插柳的因缘际会中，赚取了个人商业生涯中的“第一桶金”。

1990年，我不再从事部领导秘书的工作，从机关到了民政部下属企业中国福利企业总公司，生平第一次和市场经济接轨，学着做起了生意，这一年刚好是我的而立之年，30岁。

1991年，我受命在吉林省开设“中福珲春投资贸易总公司”，属于中国福利企业总公司的下属子公司，但总公司一分钱没给投，就是给开了个相关证明，公司的开办费都是自己出，以后怎么发展也得全靠自己打拼。该公司成立后，为了打开发展局面，我在东北待了不少年头，其间接触过的生意类型也很多元，有段时间还曾试水过房地产开发，但都不怎么顺利。

让我压根儿没想到的是，这辈子赚到的“第一桶金”竟然跟保暖内衣有关。说起这段故事，挺有意思。当年我在吉林珲春办公司的时候，有个“白熊”保暖内衣品牌的公司总部也在珲春，当时这家公司经营不善，销售一直很低迷。有一天，这个公司负责市场推销的人专门跑到北京找品牌代销商，不知怎么的，机缘巧合他就坐上了我一个朋友开的出租车，两人一路就那么聊啊聊，没想到最后竟然就聊成了一桩买卖——我朋友听这哥们儿说想在北京找“白熊”内衣的品牌代销商，立马就想到了我。

当时我们公司在北京的办公机构设在亚运村汇源国际公寓，“混迹”于高档写字楼中。我朋友把我的情况跟对方一说，人家忙不迭地就跑来跟我见面。见面之后，听明其意，我跟“白熊”保暖内衣厂的这哥们儿一顿“神侃”，告诉他应该怎么做，都有哪些步骤——一、二、三，听得他热血沸腾，心花怒放，回去之后立马就发过来一卡车货，哗啦啦全都倒在我们的办公室，那段时间，一进屋你就能看到四处堆的都是保暖内衣。就这样，我成了“白熊”保暖内衣当时在北京的总代销商。

合作确定了，服装定价、营销策略、销售渠道等一整套方案全都要我们自己做。万事开头难——当时“白熊”保暖内衣在北京根本没什么人气和影响力，消费者都没听说过这个品牌，要想打开销路谈何容易？所以一开始往商场推销和铺货的时候是最难的，我给商场负责人一次次介绍，一次次沟通，嘴皮子都快磨破了，人家才勉强同意给个机会——“行，那就放几件卖着试试，不行就赶紧给我拿走！”

那阵子我经常开着我的“公爵王”（尼桑轿车品牌）在北京城四处转悠，但凡找到一家愿意接货的商场，就能傻乐好几天，然后就开始一趟一趟地给人家送货，如此循环往复乐此不疲，每天晚上回家以后人累得都快散架了，心里却乐开了花。就这样日复一日地苦干，功夫不负有心人，慢慢我们就把“白熊”保暖内衣做成了北京市民都认可的品牌，甚至一度成

内衣展销会

刘京在展销会现场介绍产品

了商场的紧俏货。一看这架势，吉林那边的厂商都快高兴死了，赶紧屁颠儿屁颠儿地不断把大量货源往北京运送，结果我那辆“公爵王”拉货也不够使唤了，赶紧就换了专门送货的车，到最后我们租来的大仓库里的囤货价值已达好几千万元，很多商场也纷纷开设了“白熊”保暖内衣销售专柜。生意最红火的时候，我们的货这边刚到，那边商场的专柜销售员就已经等不及要抢着拉货了。这桩无心插柳的买卖，不仅成了，而且火了。

“白熊”保暖内衣在北京市场的火爆不仅打响了我的商战第一枪，成就了我的事业，也把吉林生产内衣的这个服装厂给救了，他们很快从濒临倒闭的边缘回到正轨，生意一度十分兴隆。

遗憾的是，这家企业对于自身发展和运营并无清晰的目标和定位，对于发展到一定阶段还需要做出何种战略调整和整体布局，他们也毫无概念。我曾建议将企业股份制，吸纳更多有能力有想法的人才一起做事，但对方并没听进去。好景不长，后来这家企业逐渐走下坡路，最后彻底倒闭了。

1997 年夏天，借着“中福珲春”这个还算夯实的企业底子，注册资金 1000 万元的中民实业有限公司成立了，该公司依旧隶属民政部管理，我牵头工作。当时部里没钱，这 1000 万元是借来的，公司成立后的第一要务就是想办法赚钱，尽快把这窟窿填上。负责打理中民公司的同时，我还兼任民政部机关服务局企业管理处处长。在很多人看来，这两份差事同时干，而且都要干好，绝非易事。不过我运气还算好，自己尽心，大家也给我面子，支持我的工作，各项工作井然有序，与相关部门及各路人际关系都是一团和气。

也许是从小受父母的耳濡目染，又或许是后来个人成长经历使然，我内心深处似乎一直恪守着某种朴素的原则：对他人保持善意。老话说："将心比心"，你对人家好，人家才能对你好，工作生活莫不如此。那些年我在位的时候，做得最多的不外乎两件事：一慰问，二发钱。平时但凡有需要，我们经常会去慰问一些离退休老干部和患病同志，碰上年节假日之类的，还要争取给大家多发些福利，起初100元，后来200元，再后来涨到几百元甚至更多。最后福利发放都已经不归我负责了，大家都还觉得"是刘京发的"，还是记得我这个人，念我的"情"，这让我特别感动和欣慰。我这个人没啥花花肠子，就觉得"在其位，谋其政"，既然是搞机关服务，那就一定要把工作做细致做扎实，能力范围之内，尽可能地给大家增加一些福利，居家过日子不就是图个实惠舒心嘛。可能就是基于那些年的积累和付出，我的人缘一直不错，直到现在，"刘京"这个名字在民政部内部的口碑一直都是立得住的。

中民实业有限公司成立后，各项工作逐步走向正轨，但机关事务局的差事我还正常兼着。眼看着琐碎的事情越来越多，有时难免分身乏术，两头都顾也让我一度感觉有些疲惫。看到这种情形，我当时的主管领导找我谈话，直言不讳地跟我说："刘京，你不见得一定要在机关服务局，其实其他业务司局都可以考虑。但有一点我要跟你讲清楚，你要不就去公司，要不然就待在机关，不能两边都沾。"

几乎没有丝毫犹豫，我选择了去公司。当时中民实业有限公司所有的业务都靠我来打理，公司还有一帮兄弟跟着我干活儿，我要是走了，就等于把他们全扔一边去了，那谁对他们的生活和未来负责？我刘京不是这样的人，更不会做这样的事。

就这样，我从民政部机关彻底脱离，转身到了下属企业。

刘京和中民集团的同事们在一起

那年是2000年，举世瞩目的千禧之年。这一年不仅是我们整个国家和社会的重要转型期，也是我人生的又一分水岭——40岁。不惑之年到来之际，我重新选择了人生道路，没有踯躅彷徨，也没有不安惶惑，就那样义无反顾地往前走了。

（刘京口述，文梅执笔）

4

没人，没钱，没资源——这仗该咋打

在2000年以前，大部分国人对公益慈善的印象大概最多有两个名字："希望工程"和中华慈善总会。希望工程是由团中央、中国青少年发展基金会于1989年发起的以救助贫困地区失学少年儿童为目的的公益事业，改变了一大批失学儿童的命运，改善了贫困地区的办学条件，唤起了全社会的重教意识，促进了基础教育的发展，该公益项目启动后很快就轰动全国，响应者众多。中华慈善总会是1994年成立的全国性非营利公益社会团体，相继开展了救灾、扶贫、安老、助孤、支教、助学、扶残、助医等多个慈善项目，逐步形成了遍布全国、规模巨大的慈善援助体系，在中国社会形成了巨大影响力。

1999年9月1日，《中华人民共和国公益事业捐赠法》正式施行，新中国慈善事业的开创者之一、民政部原部长崔乃夫就此表示，"中国的传统文化中缺少现代公益的基因，但公益事业将来必定会成为现代社会治理的一个组成部分。建设中国现代公益事业的头等大事，应该是大力做好公益事业的宣传、引导、培育工作。"此后，民政部徐瑞新、杨建昌等部领导亦开始商讨创办一家专业公益媒体。

2001年，国内媒体行业不断显现新气象和新格局。当年1月到5月间，《华夏时报》和《京华时报》相继创刊。同年6月1日，由民政部主管的《公益时报》诞生，这张报纸的问世在当时的媒体领域中算是"异类"，在许多国人对何谓"公益"尚毫无认知之时，《公益时报》是唯一一家高举"公益"旗帜开拓发展的纸媒。

说着说着，就说到《公益时报》创刊那一段了。

2001 年，民政部原副部长徐瑞新退休后，担任了中国社会工作协会会长（2015 年更名为“中国社会工作联合会”）。当年民政部旗下有三张报纸，一个是《中国社会报》，还有《中国老年报》和《中华老年报》。《中国老年报》和《中华老年报》这两张同质化较明显的报纸合并以后，多出来了一个刊号。由于看好公益慈善事业在中国的新兴发展势头，徐瑞新会长和杨建昌同志多次认真研究，商讨创办一家公益媒体的可行性和社会价值，经过再三斟酌，他们给出了肯定的答案。不久，《公益时报》这个名字就诞生了。

办报肯定是好事，但摆在眼前的现实问题是，既没钱，也没人，更没有资源。当时大家就反复琢磨，谁能来做这张报纸的负责人呢？挑来挑去，这副重担就落到了我身上。徐瑞新会长为此找我谈话，十分严肃地对我说：“刘京，你来做这个报纸试试，但是必须自筹资金，报社一切运营管理都要遵照民政部主管部门的指示。”谈话那天，徐会长掰开了揉碎了跟我在那儿讲了大半天，比如这张报纸的社会意义和未来的发展潜力，对国家和社会的重要贡献，等等。我回答得也爽快：“行啊，办报纸的资金

《公益时报》创刊新闻发布会在人民大会堂召开

我来筹措，但报社所有的人和事，我得自己说了算。”经过一番“讨价还价”，我提出的有些想法得到了徐会长的肯定，也有一些他并未立刻应允，建议我边干边看。不久，《公益时报》创刊前的一系列工作很快启动了。

2001 年 6 月 1 日，《公益时报》在北京人民大会堂宣布正式创刊。选这个日子做报纸“生日”其实有些寓意——一则寄托了大家对它的寄望和期许——希望《公益时报》不忘初心，永葆赤子般的美好、真诚和活力，二则农历六月初一是我的生日。

新华社当天发布的消息说：“这是一份以促进公益事业、公共事业及福利事业的发展，推动社会主义精神文明建设，维护社会稳定为宗旨的公益性报纸。”全国人大常委会原副委员长费孝通、雷洁琼发来贺电；民政部部长多吉才让、副部长李宝库等领导莅临现场指导，并做了讲话。

《公益时报》成立当天的发刊词明确描述了自己的使命和责任：“它树立这样一种理想：把中国建设成为一个富强、民主、文明的国家，建设成为人民幸福、安康、美满的家园。它怀着这样一个渴望：建立一个效率第

2001 年 6 月 1 日，民政部部长多吉才让（左一）出席《公益时报》创刊发布会

一、兼顾公平，适合中国国情的社会福利体系。它拥有这样一个情怀：倡导良好的社会风尚，弘扬中华民族的传统美德，培养与现代文明社会相匹配的精神文明。它坚持这样一种追求：关注百姓冷暖，关心困难群体，反映人民群众的呼声，全心全意为人民服务。”

就任《公益时报》社长后，上级部门给我派了一个总编过来，是一家中央媒体的一个局级干部。当时他并未全职调动，就是悄没声地在报社这边干着。那会儿我对这事有些不理解——我单位正常支付你薪水，你为啥还跟地下党似的，悄悄地在这儿干……不过后来也想明白了，他要是把自己的人事关系从现单位正式调到《公益时报》，就算是我单位这边的人了，可是按照报社这边的人事隶属，他的档案关系又无法调进民政部。这位老兄已经在现单位干了大半辈子，好不容易“熬”到了局级干部，如果他也像我一样铁了心在《公益时报》干，意味着局级干部的职务也就从此泡汤了。从个人未来发展的稳妥来说，他的犹豫不决、进退两难也就不难理解了。

可这哥们儿真要长期这么下去，对报社整体发展建设不利啊！报社上下必须团结一心，人心齐才能泰山移，要不以后咋干事？默默观察了一段时间之后，我觉得这事不能再这么不明不白地拖下去，就向徐瑞新会长表明了态度：“他要过来就全职工作，要不然就算了，不可能那边干着，这边报社还兼着，一脚踏两船，这工作没法干。”结果，这位老兄干了没多久，就又回去了。

其后，我继续寻找合适的合作搭档，搭建报社管理架构，招聘记者和编辑，补充完善报社发展的必需元素。开弓没有回头箭，从决定挑起《公益时报》这副担子那天开始，我已经做好了应对各种困难和挫折的心理准备，只要看准了眼前这条路，不管未来遇到多少坎儿，咱就是义无反顾，一条路走到黑。

与此同时，对于我这个从“市场江湖”中摸爬滚打过来的人来说，要想尽快摸准“媒体江湖”的脉，把报纸按部就班地做起来还真不容易。要调整思路，要尽快厘清报纸这一媒体的运营管理模式，要走出一条属于自己的特色之路……先别想那么多，且看当下——这个两手空空、从零开始的报社，怎么才能让它活下去？对我而言，无异于全新的挑战。

这期间，报社招聘过许多总编、副总编、部门主任，双方都在磨合和试探中寻找最妥帖最契合的一种工作方式。铁打的营盘流水的兵，不少人都属于上手试一段时间，不合适，继而和平分手。

这期间报社曾经专门聘请过一位叫张弓悰的能人来报社担任总编辑，他曾先后供职于《信息时报》《凤凰周刊》等多家在当时非常红火的知名媒体，能力强，点子也多。来了之后，他想把《公益时报》以《社会都市报》的模式来管理运营，但其实对于《公益时报》这样一张发展使命和社会内涵都与普通都市报完全不同的纸媒来说，非要将其打造成那种追逐社会热点甚至各种花边新闻的都市报，显然是一条死路，行不通。这哥们铆着劲在报社“折腾”一年，最终还是没能打开局面，撤了。

报社初创时期根本没钱，也没有赚取商业利润的经验和渠道，每次一到发工资的时候，就是我挠着头皮犯难的时刻。那段时间，我正好担任着两个香港上市公司的董事局主席，为了维持报社正常运转，每月开工资的时候，我都把我在香港上市公司的工资拿来给报社员工开支周转，而且不记账。要不怎么办？报社上上下下几十号人，要吃要喝要养娃过日子，如果连员工工资都不能正常发放，人心必然散了，那机构还怎么发展？

在这儿大言不惭地说一句，拿自己的钱给报社员工发工资的“好人好事”，那时我做了还不止一次两次。办法虽然“简单粗暴”，但绝对实用有效。面对当时报社“凄凄惨惨”的被动局面，我愣是用这个办法生挺了一段时间，否则《公益时报》恐怕早就停刊倒闭了。

曾经有段日子，我满脑子就转一个念想——把这张报纸卖了，真不能要，也不想要了。但不知为什么，这报纸好像也脱不了手。有人跟我打趣：“刘京，你这么能折腾的人都干不了的事，还有谁敢接？”现在回想起来，当年最难的时候，真的是“煎熬痛苦，纠结无奈，心酸满怀可又无处倾诉。”说真的，如果人生可以重新来过，这辈子我也不会再做同样的选择。但既然老天爷不让打退堂鼓，报社也不能就这么关张，那我就必须得继续撑着。

当年报社最窘迫的时候，我一看《公益时报》这几个字就头疼（按照心理学的说法，估计我这叫“心理障碍”）。出门会客谈事给别人递的都是我公司的名片，就是不愿意把报社的名片拿出来。为啥？报社的日子过得太艰难太寒酸，自个儿觉得抬不起头、丢不起这个人。现在不一样了，不管走到哪儿，我总拿着《公益时报》的名片跟人家交换，那一瞬间心里是踏实的、自豪的。如果再有人说一句："哦！《公益时报》，知道，看过！办得真不错！"那我精气神就更足了。

时间虽然不说话，但它给出了所有的答案。也许是上天垂怜我这种近乎执拗的坚持，终于"守得云开见月明"，苦尽甘来。报社后来的发展越来越好，社会影响力日渐提升，想做的事，总算做成了。从 40 岁开始涉足公益，带领《公益时报》一步一个脚印向前走，60 岁时回望来时路，一切恍如昨日——天道酬勤，概莫如此。

曾经看到记者采访一家知名辣酱品牌创始人。记者问："您这辣酱的味道独特又好吃，有什么制作秘方吗？"那位创始人呵呵一笑，回答道："制酱和做人一样，要品味酸甜苦辣，要经历千锤百炼，要有足够的耐心和忍受力，慢慢熬，时间和火候到了，就成了。"此话不失诙谐幽默，但又充满睿智的人生哲理，我深以为然。

这里还有一段必须要提的故事。2001 年 6 月《公益时报》创刊的时候，我正好在读北大国发院 2000 级 EMBA（高级管理人员工商管理硕士），

刘京（二排右四）和北大国发院林毅夫教授及 EMBA 同学合影

当时我们班有一帮个性十足的同学，个个能力都很强，人人都有“看家本事”，其中包括被称为“亚洲最危险的女人”、《财新传媒》创始人胡舒立。那段时间，她的《财经》正做得风生水起，是媒体圈里炙手可热的名人。还有《经济日报》的雷悦和《商业周刊》的王宏远等人，他们也都是媒体界的“老人”，哥几个熟悉媒体运作，经验也足够丰富。“三人行必有我师”，既然现成的老师就在我身边，为啥不现学现用呢？我就让他们教我怎么办报，如何管理媒体。这些后来都成为媒体界“风云人物”的好兄弟好同学也真给力，大家各抒己见，提建议支高着，确实让我受益匪浅，借此机会一并致谢、祝福。

光阴似箭，白驹过隙。《公益时报》从当初一无所有走到今天实属不易，咱不敢说现在就是财大气粗，家大业大，起码报社在向好的正轨上运行，在不断创新开拓。这些年里，报社员工流动也比较频繁，来来去去很多人，但也不乏一些老员工依然在报社坚守，他们了解我、理解我，对报社也有深厚的感情，已经把报社当作了他们的第二个家。

我曾听说，一些媒体人离开原单位时搞出各种矛盾纷争，最后双方闹得都很不愉快。这种现象在《公益时报》从没有发生过，以前没有，现在没有，将来确信也不会有。我要求人力资源部善待所有从报社离开的人，有什么诉求，尽量满足。不管多难，报社始终是一个平台、一个团队，离开的人终归是个体，是困难群体。我觉得，只要不违背大的原则，该安抚的安抚，该补偿的补偿，让人家高高兴兴入职，踏踏实实离职。人生在世就这么多年，不必在钱财利益上太过纠结，满足了个体的需求，自然也就成全了集体的利益。

看到报社这些年人员走马灯似的换，有不少人调侃：“《公益时报》是中国公益圈的‘黄埔军校’，刘京就是校长。”“他天天帮别人培养人了，到最后培养的人一个个都跑了……”这话不假，现在公益行业有几位“排头兵”都曾在《公益时报》做过总编，比如现任中国慈善联合会执行秘书长的彭建梅、中国慈善联合会常务副秘书长刘佑平等人都是从《公益时报》走出去的。还有一些人离开后，依然活跃在公益领域，且事业都做得风生水起。

话说回来，我觉得任何一个机构的人员流动都属正常，即便是来了去了的，只要大家都能各取所需，各自欢喜，这样也没什么不好。多年来，我这种用人原则和处事理念已经得到了鲜活的印证——很多人即便已经离开多年，依然为自己曾是《公益时报》的一员感到自豪，就算是因自身原因被解聘的员工，再见面时也全无尴尬、没有怨恨，依然觉得很亲切。

有一次，报社彩票编辑部离职的几位老员工非要凑一堆儿请我吃饭，有个小子还专门从天津坐火车过来参加这次聚会，就为见我一面，叙叙旧。那天我到了饭店之后，往那儿一坐就有点蒙圈——在座的大部分人我都不认识了，甚至他们当初怎么走的我也记不清了。但是人家见了我这个社长就觉得很亲，表达了真挚的感恩！我在那儿默默听着大家你一言我一语地回忆当年在报社的经历，内心十分温暖和感动……我觉得，做人做到这份儿上，就够了。只要待人诚恳，发心为善，时间总会证明一切。要不然，你要是总端着、装着，多累！再说，纸永远包不住火——你可以装一时，总不能装一世吧。

我必须要客观地说，《公益时报》在不断发展的同时，对我个人的成

公益时报社员工合影

《公益时报》社组织团建活动

长和熏陶也有很大帮助。这些年我已经习惯自问自答：“你每天都在讲公益，传播公益，那你自身究竟做得如何？”我觉得许多公益理念其实都在潜移默化地影响着我们的价值观，磨砺着我们的心智和品性，让我们不断开悟和升华。不管你承认不承认，就是这样。

（刘京口述，文梅执笔）

5

让我终生铭记的两位公益前辈

人的记忆是很奇妙的东西。我们一生中经历悲欢离合无数，走过数不清的道路，邂逅太多陌生的面孔，待到某日蓦然回首，试图在记忆的版图中将其搜寻罗列，却发现能够留存下来且有足够清晰印象的，实在屈指可数。

2003—2004 年的中国发生了许多值得记录的大事——

2003 年 3 月，党中央、国务院新一届领导集体履新；4 月，非典型肺炎疫情暴发；10 月，中国首次成功发射载人宇宙飞船神舟五号，宇航员杨利伟成为中国遨游太空第一人；12 月，中共中央就修改宪法部分内容向全国人大常委会提出 14 项建议，其中包括“公民的合法的私有财产不受侵犯”“国家依照法律规定保护公民的私有财产权和继承权”等重要内容。

正是在“非典”时期，公益在中国大地崭露头角。据《公益时报》统计，截至 2003 年 7 月 31 日，全国共接受社会捐赠款物 40.74 亿元，与捐赠方以民间力量占多数的情况相反，接受一方在“非典”时期仍以官方为主，民政部门、卫生部门、中国红十字会、中华慈善总会及地方分会接受捐赠款物共占比 93.2%，剩余 6.8% 由相关指定机构接受，面向公众的公募基金会仍是企业和个人献出爱心为数不多的渠道。

也是在 2003 年，一本叫作《散财之道》的书问世，给正苦于探索求证中国公益发展之路的刘京带来了不小的惊喜和启发。该书通过对美国基金会概况的梳理和解读，为中国“先富起来”的阶层提供了一个积极的、科学的散财之道的借鉴。意即：“君子散财，行之有道。”

2003 年新年前后，资中筠老师的《散财之道》出版，书中主要阐述了她对美国基金会及非营利组织发展变化的研究和思考，指出，“社会进步有三重动力，第一是政府的自主改良，第二是社会批评，第三就是公益。”资老师的这番阐述让我很激动。那种感觉很像“久旱逢甘霖，天涯遇知音”——办报两年多来积聚的经验和感悟，沉淀的观察和思考，突然有人替你总结了，而且是通过更专业更精准的学术理论予以阐述和表达。那段时间，我几乎买下了这本书在出版社所有的库存，逢人便送，是布道，也是启蒙。

我试图让身边的所有人都尽可能明白一个道理：公益的最大意义，在于创造一个机会均等而又兼顾效率的理想社会。

2005 年再版时，这本书名字被更名为《财富的归宿》；2015 年再次出版，这本书的名字改为《财富的责任与资本主义演变》，作者以这样的方式告诉读者，自己对公益认知的不断深化。

2017 年度中国公益年会举办前夕，《公益时报》记者对已经 88 岁高龄的资老师进行了专访。采访中，资老师对当年我与她因《散财之道》这本书结缘，我为此专门拜访，与她进行深入沟通和交流的往事记忆犹新。

得知发展到今天，《公益时报》依然在为中国公益事业的成长和进步而坚持努力，资老师很开心，也对我们未来的工作提出了一些建议。她说：“《公益时报》对于中国公益慈善事业的榜样力量应该加以宣传，而且不是一般的宣传，要做深入的、调查性的宣传报道。每一家公益机构都有它的特点，特点在什么地方，它的效果如何体现，这些都很重要，通过报道，慢慢地把这些能够带来参考和实践价值的内容呈现给社会。这些都会给予民众公益启示和养分。”

就本质而言，《散财之道》总结的概念究竟是什么？就是财富的归宿，是人性与财富的关系，最终又回归到“赚钱到底为了什么”这个看似简单的问题。人活在这世上，应该有信仰，有价值观。但我们现在呢？说句不好听的，真是“拜金主义”严重泛滥，且因为这种物质至上的思潮引发了各种值得警醒和反思的社会现象。

如今，中国的孩子去国外留学已经非常普遍，你注意一下他们所选专业的某种变化：最早是一窝蜂学进出口贸易，然后是工商管理，现在又以经济或金融为潮流，几乎很少有人会选择社科人文类专业。为什么？因为经济金融类专业在国内需求量大，就业后收入相对较高，加上家庭环境和父母亲友的一些观点影响，最后孩子们的专业选择大部分是以未来经济收入、福利待遇和发展前景等在他们看来几个非常重要的基本要素为权衡，而非思考如何通过自己所学专业为国家和社会作出贡献。

中央电视台原来播过一个故事，一个美国年轻人到中国贫困山区做支教志愿者，一做就是好几年，收入补贴十分微薄，所有的家当就是一个背包和一台照相机，但是他生活得很充实很快乐。其实一直以来，发达国家每年都会有大量的年轻人去非洲或者其他贫困国家和地区去做志愿者，这些年轻人没有什么特殊背景，也不是所谓的“富二代”，但他们的使命感和责任感非常强，觉得自己有义务为这个世界、为人类社会发展进步做些力所能及的事。

但，假如你说咱们国内的年轻人在美国读完书、留完学以后，也要到非洲去保护大象，去做环保志愿者，这孩子的家长肯定都得急哭了。为什么接受不了呢？就是和我们自身的这种价值观有很大关系，所以当下我们的一些年轻人总会在时代的发展过程中越发感到迷茫和困惑，你会发现——很多人每天都在为追逐物质和财富而奔波忙碌，却常常已经忘记了自己当初为何出发。

到底什么是推动地球生态良性发展、人类社会和谐共处的核心动力？到底什么样的力量可以让战争消失，饥饿消亡，让人与人之间的伤害、猜忌和打击从此烟消云散，化为灿烂的阳光与温暖的笑容？——唯有公益，唯有爱。

2003 年 11 月，《公益时报》与中国民间组织促进会等单位共同举办“首届跨国公司与中国公益事业高级论坛”。此次会议上，一位贵宾的到来成为人们关注的焦点，他曾是邓小平先生的座上宾，是美国著名的华裔科学家、中国科学院名誉院士，也是世界第一台电子计算机的发明人之一——朱传榘先生。受论坛邀请，84 岁的朱老先生在大会发表了慷慨激昂的演讲：

“我们做公益事业不是给人一口饭吃，也不是救一时之急，而是要富

刘京与朱传榘老先生合影

国强民，促成中华民族的伟大复兴。”他不无遗憾地表示，尽管社会公益事业是国家发展的重要课题，但偌大的中国对此问题有深入研究的人屈指可数。

会议休息的短暂间隙，朱传榘先生发现了摆在会场内的几份《公益时报》，随即找到我，“狠狠地”夸赞了一番：“我看到了一张最好的报纸，看到了最好的文章，看到了一支最值得尊重的‘公益救国军’。你创办的这份报纸，是能够把公益与国家发展、民族大业相结合的第一公益媒体，是国家的功臣，我向你们致敬！我要把你们的报纸送给国家高层领导看看，还要推荐给海外华人精英。你们做的工作事关国家千秋大业，了不起！”

老先生越说越激动，当场承诺要和我并肩“战斗”，支持《公益时报》未来发展之路，动员海外华人力量共同托举起这张报纸，让中国公益事业可以星火燎原，越来越好。

我和朱传榘先生成了一见如故的“忘年交”，有段时间他经常突然萌发一些关于“公益”的灵感，然后马上就会打越洋电话给我，有时甚至是大半夜打过来说一通，他在那头说得开心，我在这头听得激动。有一次他在电话中说：“刘京，你是不是共产党员？我跟你说，公益可以让共产党员万岁！”“你知道美国这么强大是为什么？是基于他们形形色色的 NGO（非政府组织）组织，这只看不见的手如同隐形的社会网络，遍及全美，所到之处充满力量，硕果累累。”

17 个春夏秋冬飞逝而过，朱传榘先生，这位被誉为“公益传教士”的前辈和智者已于 2011 年离世，但他当年对《公益时报》莫大的认可和真诚的鼓励，至今令我感动铭记。

让我在公益理念方面茅塞顿开的一书——《散财之道》的作者资中筠

刘京（左二）与民政部原部长崔乃夫（左三）、朱传榘老先生（中）等合影

老师也已 90 岁高龄，但她依然关注和支持着中国公益事业的发展，始终不遗余力地为之鼓与呼，祝愿她老人家健康平安。

近 20 年光阴已逝，时至今日，我们是否已在无数前辈的探寻和呐喊中真正认识和理解了“公益”？我们是否曾在无数难眠的深夜追问自己：人生的价值和意义何在？财富的归宿又该何去何从……

（刘京口述，文梅执笔）

6

真正的慈善家应该『又红又专』

2004 年，印度洋海啸成为中国公益走向世界的划时代事件，中国红十字会、中华慈善总会、中国扶贫基金会等中国公益组织开始参与这一灾害救援及灾后重建工作，这是中国公益组织首次有组织、成规模地进入海外开展工作。

2004 年，国务院发布第 400 号令，《基金会管理条例》于当年 6 月 1 日起施行。《条例》的出台，使得中国基金会发展逐渐呈现蓬勃之势，特别是非公募基金会的大量出现，对中国公益慈善事业的健康发展和全面提升释放出不可小视的生机与活力。

2004 年，宪法修正案规定了公民的合法私有财产不受侵犯，私有财产的保护得到确立。这一举措对稳定中国企业家未来发展信心，推动企业家群体开展公益慈善事业意义非凡。

2004 年，《公益时报》创刊三周年。这一年，刘京和他的公益伙伴们集思广益，大胆创新，结合他于一年前参与成立的“中国社会工作联合会企业公民工作委员会”，融合企业家公民社会责任，首次发布“中国慈善排行榜”。该活动一经推出便迅速引起社会热烈关注，企业家群体对此更是反应积极。这也让刘京更加笃定——随着中国市场经济的快速发展，必定会有更多企业家践行公益，而倡导和推动企业家向慈善家的转变，亦绝非纯粹的新闻宣传路径可以实现，媒体的运营和观察视角也应与时俱进，求新求变。

一个人一生中总有几个关键的节点，在这个节点上作出的选择和行动，直接影响其未来的发展和命运，一个组织也是一样。

无论对我个人还是《公益时报》，2004 年都是必须要浓墨重彩予以记录的一年。那一年，我们推出了首届“中国慈善榜”，当时社会反响之热烈程度，真是难以用语言尽述，按照现在的话说：“火得一塌糊涂，《公益时报》成了那一年名副其实的‘网红’。”

2004 年 6 月 1 日，在《公益时报》创刊三周年年会上，我发表了一段感言，虽然没有什么华丽的辞藻和动听的语言，但每一句话都是发自肺腑的用心表达，与我亲近、熟悉我的朋友，亦不难听出许多平日里我不曾说出口的唏嘘感慨。

2001 年，在圈内朋友的各种猜测和质疑声中，我参与创办了中国第一张、也是迄今国内唯一一张公益类报纸——《公益时报》。当时有业内人士使劲摇头：“这张报纸来得不是时候，至少早产了 5 年。”在他们看来，当下中国普罗大众还在为生存奔波，中国企业还在埋头原始积累，这时候你跟他们谈公益慈善、谈企业社会责任，谁顾得上搭理你？四个字就足以形容当时这张报纸的处境——不合时宜。

但我这人有个“毛病”，也可能是陕西人骨子里的那种自信和倔强——你越说这事不行，我越要干成给你看看。这和急功近利、彰显自我没啥关系，我觉得是一个人对自己认定了的事业必须要有的一种坚韧和努力。这不，难归难，苦归苦，几年之后，《公益时报》的走势越来越好。

要说清楚 2004 年我带着《公益时报》打的几场漂亮仗，还必须得从 2003 年回溯一番。2003 年 6 月 2 日，《公益时报》专门开辟了中国最早的《企业公民专刊》，内容设置多达 4 个版，彼时，“企业公民”这个概念刚刚由跨国公司传入中国。

我们对企业发展和社会责任的观察与前瞻很快得到了其他媒体的认同和呼应。同年 8 月底，《21 世纪经济报道》在上海召开了国内第一次关于企业公民的研讨会，并刊发了一期特别报道，就叫《企业公民元年》。

但是，仅靠一些媒体的倡导和个别跨国公司的“引进”，要想让“企业公民”在中国落地生根还远远不够，必须要有一个专门的平台，致力于

中国企业社会责任论坛活动现场

在中国启蒙和推广“企业公民”理念，推动其在中国的扎根与发展。

我就琢磨，一定要做一个可以具备类似职能和特质的组织，就叫“企业公民工作委员会”。想好了，我很快就开始行动。筹建成立中国社会工作协会企业公民工作委员会的时候，我是中国社工协会的副秘书长，我在民政部的入党介绍人王久安担任秘书长，我们俩就此问题沟通得很好，很快就开始走申请报批程序。当时的二级委员会审批很难，要经过很繁杂的注册手续，没那么容易。

这里面还有个小插曲——时任民政部民间组织管理局局长的李本公看到我们递交的申请材料，就问王久安：“你跟我说说，‘企业公民’是啥意思？”王久安曾经担任过民政部原部长崔乃夫的秘书，与李本公也算是老相识，便调侃地回了一句：“您真老土啊，连‘企业公民’是啥意思都不知道！”李本公又问：“这机构谁办的？”王久安说：“刘京啊！”李本公听后“哦”了一声，笑了笑，再没多说什么。过了没多久，大约在 2003 年 10 月，中国社会工作协会企业公民工作委员会便获批成立。

后来王久安跟我说起这事，“当时李本公局长问我啥叫‘企业公民’，我也蒙了，一时半会儿还真说不清楚啊！好在你做事的风格大家都了解，李本公也是冲着你这个人，才认可这件事。”

组织机构注册搭建好了，不能拿个空架子忽悠人。接下来，就要进行筹组领导班子，组建团队，发展会员，召开会员大会等一系列工作。可以说，没有中国社会工作协会企业公民工作委员会的成立，就不会有2004年诞生的首届“中国慈善排行榜”。企业公民工作委员会就像一个元气满满的孵化器，培育出了后来蜚声全国的“中国慈善榜”。

2004年5月和2005年4月，我们先后推出了第一届和第二届“中国大陆慈善家排行榜”，尝试通过现实的慈善榜样来推广“企业公民”这个概念。做这件事之前，其实我也不知道是否可行或结果一定会怎样，就想试一试，不料现实回馈了我若干毫无准备的惊喜收获——

社会各界对慈善家排行榜推出的反应非常强烈，媒体关注度也很高，全国数百家媒体都在“炒”这件事。中央电视台《经济半小时》《中国财经报道》《面对面》《新闻会客厅》等央视极有影响的栏目都对这次活动作了长达半小时以上的专题报道，全社会都对慈善家的慷慨义举报以尊敬和赞赏。这两次榜单先后出来之后，《公益时报》的电话都快被打爆了。

社会公众将慈善家排行榜与财富排行榜进行对照，当他们发现财富榜

2005年中国大陆慈善家排行榜暨十大慈善家发布典礼活动

的富豪只有极少数跻身慈善榜，很快便产生了质疑：为什么财富榜与慈善榜的对比如此大相径庭？为什么财富收入越靠前，公益慈善捐赠越少，甚至是零？这是不是说明中国大多数企业家都为富不仁？作为市场经济的主体，中国企业是否履行了其相应的社会责任？企业家在做好企业的同时，应不应该拿出财力和精力去捐善款、做善事……

据媒体当时推出的相关调查显示，全国仅有 1% 的企业有过捐赠行为，99% 的企业从来没有进行过捐赠。中华慈善总会公布的一份调查报告显示，54% 的企业听说过“企业公民”这一概念，其中外资、合资企业的认知度达到近七成，而本土企业认知比例不到一半；只有约 35% 的企业刚刚开始进行“企业公民”建设，而仅有 8% 左右的企业有每年的发展规划，7% 的企业有长期的发展规划。事实上，国内 99% 的企业还没有专门负责协调“企业公民”事务的部门。

一场由慈善家排行榜引发的关于企业社会责任的大讨论，迅速在全国发酵和蔓延。据不完全统计，那年全国各地关于企业公民、企业社会责任的各种研讨会和论坛，至少达 10 次以上。

这足以说明一个不容忽视的事实——中国正在以加速度的方式进入市场时代，或者说公司制时代；以企业家为主体的商人阶层，正在成为这个时代的中坚力量之一。

作为一个新崛起的财富阶层，中国新兴企业精英阶层需要建立自己的社会形象，凸显自身价值理念。他们急于改变原有的“无商不奸”的社会旧有认知和“暴发户”形象，勇于跻身全球化和现代商业文明，承担社会中坚的重任；他们逐渐懂得，追求利润的最大化不应该成为企业的唯一目标；他们愿意通过承担社会责任，成为受人尊敬的“企业公民”。他们敢想敢做，理念很快就转变为行动。

印象中，那几年里有不少中国知名企业家都开始积极向公益慈善靠拢，还有一些大企业开始探索成立自己的基金会，进行现代公益事业的试点。

联想集团创办了自己的基金会，设立了自己的公益活动日，成立了自己的“企业公民”部门，时任首席执行官史蒂夫·沃德向社会郑重承诺：

"联想将致力于成为一家'企业公民'。"

万通集团将自己的公司生日定为公益活动节；深圳万科集团将企业公民定为公司的发展目标，出资向全社会征求中低收入群体居住解决方案，解决困难群体的安居问题。

搜狐张朝阳、神州数码郭为、万通冯仑、TCL李东升的名字，悄然出现在华夏慈善基金会的发起人名单中。中国移动、宝钢集团、中国远洋、南方航空，也纷纷成立了各自规模庞大的企业基金会。

香江集团的翟美卿，出资5000万元在民政部注册成立了香江社会救助基金会，编号为1001，成为中国非公募基金会第一人。

2004年6月成立的阿拉善生态协会，无疑是中国企业家群体觉醒的一个标杆事件，该组织由时任首创总裁刘晓光先生首倡，海峡两岸100多家企业自觉发起，同时创立了中国第一个民间环保奖"SEE生态奖"，志在推动可持续健康发展的环保公益行动。阿拉善SEE生态协会的成立，远远超越了普通意义上的环保理念，是中国企业家阶层的一次群体精神洗礼。

当年，我也是阿拉善生态协会最早的10个发起人之一，关于公益，我与刘晓光先生有过多次愉快的交流和探讨，受益匪浅。可惜刘晓光先生英年早逝，因病于2017年离世。愿他在"天上"护佑自己钟爱的阿拉善公益事业越来越好。

截至目前，已经走过17年发展历程的中国社会工作联合会企业公民工作委员会队伍越发团结壮大，是国内目前唯一致力于"企业公民社会责任"倡导和推广的企业、企业家及相关权威人士联合组成的全国性社会组织的二级机构。17年来，中国社会工作联合会企业公民工作委员会为优化营商生态环境，搭建政企、社企间的融合通道和互惠平台作出了积极贡献。对此，我很欣慰。

截至2020年底，当年依托于中国社会工作联合会企业公民工作委员会"生出的孩子"——"中国慈善榜"——也已经走过了17载春秋。17年来，中国慈善榜共记录了2845位慈善家、7223家慈善企业的大额捐赠，收录总金额超2000亿元；17年来，中国慈善榜坚持"慈善不问动机，旗帜鲜明地扬善"，开创了首个以"树立榜样力量，鼓励全民捐赠，弘扬现代公益精神，繁荣中国公益慈善事业，打造和谐社会”为宗旨的爱心大舞台。

17年间，荣登中国慈善榜的多位慈善家你方唱罢我登场，榜单上映刻了无数真实生动的面孔，留下了不少慈善佳话和温暖的捐赠故事。我心目中真正的慈善家应该具备一个基本特质：“又红又专”，这里我所说的“红”，是指一颗为国为民、为公益为慈善的红心；“专”是指他们在各自领域表现出的专业、专注和专心。下面我就跟大家说说我心目中两位“又红又专”的慈善家——福耀玻璃集团董事长曹德旺和宁夏宝丰集团董事长党彦宝。

曹德旺和他的福耀玻璃集团，现在在全世界都很有名。国内企业界目前流传着很多“曹德旺语录”，有谈人生的、谈企业发展的，当然也有谈公益慈善的。这几年因为公益慈善事业的交集，我跟曹总交往相对多了些。2019年他们公司换届，他主动邀请我和招商银行原行长、深圳国际公益学院董事会主席马蔚华一起担任公司独立董事，还去了他的企业参观交流，确实挺震撼的。能和这样睿智非凡的企业家做朋友，是我的荣幸，也

刘京（右）和曹德旺（中）、马蔚华（左）合影

党彦宝出席“中国慈善榜”颁奖活动

是我学习和感受更多企业经营与人生哲理的好机会。

宁夏宝丰集团董事长党彦宝曾多次登上中国慈善榜，我与他也是因公益结缘，彼此的了解也是在最近几年逐渐加深。党彦宝 1973 年出生，比我小一轮。虽然年龄不算大，但他的经营思路与时俱进，发展企业的前瞻性很强。他带领下的宁夏宝丰集团近年表现相当出色，2019 年化工板块上市，市值已达 1000 亿元左右。截至目前，已经在养老企业投了 100 个亿，太阳能企业发展势头也很迅猛。党彦宝在专业领域的奋斗和投入有目共睹，取得今天的成就也就不奇怪了。他从小成长经历也比较坎坷，是吃过苦的人。正因深知贫困学子的不易，他每年都要拿出好几亿元投入教育，真金白银地做公益，这些年持续资助了很多贫困学生，为教育事业作出了很大贡献。拥有不菲身家财富的党彦宝平时十分低调谦虚，这一点我觉得尤其可贵。

当然，曹德旺和党彦宝只是 17 年来“中国慈善榜”上榜企业家中比较典型的两位，还有许多社会公众十分熟悉的企业家，如马云、许家印、马化腾、陈一丹等人，也是中国慈善榜上的先锋人物，他们在迅速发展企

“中国慈善榜”发布典礼现场

业实力的同时，也不忘回馈社会，将大量的财富和资源捐赠给社会，是名副其实的优秀企业家和慈善家典范。他们的爱心和善举，有力地印证了“和谐社会，国富民强”的发展目标。在为社会创造更多财富的同时，他们也为社会文明与进步承担起了更多责任，他们的努力和付出正在建构起一种全新的价值观念和现代公益理念。而“中国慈善榜”作为值得推崇和珍惜的时代荣誉，在托起更多慈善家走上爱心舞台的同时，也必将成为中国企业家从财富追求走向公益追求的历史见证。

（刘京口述，文梅执笔）

7

问道美国公益慈善之路

2008年，中国重大自然灾害频发，特别是年初南方的雨雪冰冻灾害和“5·12”汶川特大地震最为严重。大灾激发了中国社会各界空前的慈善捐助热潮。截至当年12月初，各界地震捐赠款物达751.97亿元，其中，个人捐款达458亿元，首次超过企业捐赠。大灾中迸发出的巨大民间力量影响深远，使得2008年被称为“中国民间公益元年”。此后几年间，公益慈善事业在中国的步伐突飞猛进，社会公众的关注和参与度持续上升。

然而，好景不长，3年后的2011年，公益慈善丑闻层出不穷，成为“中国公益慈善界的多事之秋”。

2011年4月，网友肖雪慧在其微博分享了一张餐饮发票，付款单位为“上海市卢湾区红十字会”，消费金额为9859元，发票上的时间显示为2011年2月28日，此事迅速发酵并遭到公众质疑；不久，陈光标高调慈善遭遇诚信危机；同年6月，郭美美粉墨登场，牵出中国商业系统红十字会；接着，中国青基会中非希望工程、河南宋基会公益医保和投资放贷相继被媒体质疑。“炫富女”郭美美引发的“官办”慈善公信力危机的多米诺骨牌效应在短时间内来势汹汹，国内公益组织公信力因此受到重创，发展面临空前困境。

同样是2011年，中国公益组织显现冰火两重天。3月，记者邓飞在贵州调查采访期间发微博呼吁关注农村儿童营养问题，继而发起“免费午餐计划”，该计划推出后可谓“一呼百应”——90万人捐款，募集资金近3000万元，“免费午餐计划”也因此迅速为公众所熟知。随后，邓飞在中国社会福利教育基金会名下设立了“免费午餐”专项基金，从此走上了公益专业化发展之路。

无论是郭美美微博炫富，还是邓飞微博高调宣传公益、启动相关项目，都显示了新时代下新媒体力量的无比强大，亦为慈善回归民间社会、保障公民自由选择参与公益活动并行使监督的权利创造了可能性。

2011年10月，刘京跟随“中美传媒·慈善领袖访问交流”项目代表团赴美参观访问，为期大约两周。那段时间刘京思考最多的是——正值中国公益“多事之秋”，此行到底该向美国公益组织学什么？在公益慈善文化已经高度发达的美国，能否找到打开中国公益发展困境之门的钥匙？

2011年10月1日到13日，我随“中美传媒·慈善领袖访问交流”项目代表团赴美参观访问，目的是通过学习交流，探寻中国公益组织的可持续发展之路。赴美之前，我专门主持召开了一场专家座谈会，想要集思广益有所收获，但座谈会结束后，我不无失望地发现，在此问题上，我们尚无任何可行方案。

此次访美，我就像一位虔诚的公益信徒，向在此领域已有深厚发展底蕴的美国公益组织求教问道，希望可以为中国公益事业的发展找到一个可靠的支点。

访美期间我发现一个很有趣的现象，美国人“爱江山更爱公益”。从总统到华尔街精英、商界大佬，无论他们人生的上半场有多么辉煌精彩，人生的下半场都不约而同地投入公益慈善事业，似乎唯有公益才是其灵魂的最终安放之处，人生之旅才可因此画上一个完满的句号。

美国前总统克林顿在位期间，就已开始谋划成立克林顿基金会，而且像他这样在位期间就筹备基金会的美国总统不止一位。一些曾在美国商业领域呼风唤雨的“牛人”，后来转身到公益组织任职的太多了。比尔·盖茨将自己的毕生财富都投入到盖茨基金会发展公益慈善事业的故事，相信很多中国人都不陌生。

在克林顿基金会参访时，我找了个机会向基金会工作人员吐出心中疑问：美国政界和商界精英纷纷投身公益，是不是与美国这个国家的核心价值观念有关？

对方给出的答案非常肯定——美国的核心价值观念就是公益。这个回答与世界第一台计算机发明人之一、大部分时间都生活在美国的朱传榘先生当年的说法完全一致。朱老曾在人民大会堂掷地有声地告诉来宾：美国之所以强大，并非其民主和高科技，亦非其军事力量，而是它的核心价值观：公益。

公益是美国人的普世价值观，所以无论是在公益组织工作，还是捐钱、捐时间做公益的人，都能够得到美国社会的尊重和认可。无论那些财富人士在资本原始积累阶段有多少不堪的过往，只要当下你是真正在做公益慈善，美国公众的接纳度和包容度就能足够高。据统计，2010 年美国人的慈善捐赠总额已达 2908.9 亿美元，从美国的人口基数来看，这个捐款比率已经相当高。2010 年中国慈善捐赠总量达 700 亿元人民币，与美国相比差距悬殊。

在加州大学伯克利分校访问时，一位华人教授告诉我："在美国，捐钱的人是道德高尚的人。"捐钱的人是道德高尚的人——这个观点让我眼前一亮。在目前中国社会发展环境下，是否也需要提倡这种观点——为公益慈善捐赠的人应该得到尊重和认可，他们的善举也应该得到赞赏和提倡。而事实上，无论是曹德旺和陈发树的股捐、牛根生的"裸捐"、陈光标的"直捐"，还是以其他多种形式进行捐赠的企业家们，无一不是在各种质疑声中背负着巨大的舆论压力，受到"动机论"及"财富原罪"的反复拷问。

由此不难看出，社会公众捐赠额的多少固然是衡量一个国家或地区公益发展程度的指标之一，但在全社会形成一种尊重公益理念和公益行为的价值观，更为重要。

既然捐赠人是非常重要的公益事业发端，那么公益组织又是怎样发挥作用的？早在 1860 年，法国学者托克维尔在其经典著作《论美国的民主》一书中就已指出，美国的活力在于第三部门。托克维尔曾在美国旅居半年多，从多个侧面考察和分析了美国社会，对美国的公益慈善组织有着自己的观察。我早就惊讶于书中的描述，这次有机会现场探访学习，很希望多了解一些这方面的信息。

2008 年，美国公益组织数量已经接近 250 万家，在“小政府，大社会”的模式下，公益组织承担了大量国内事务。拥有 3 亿多人口的美国，2011 年仅基金会的数量就超过 7 万家。美国的基金会非常强调独立性，保持与企业，尤其是与政府的距离，以更好地发挥第三部门作用，弥补政府和市场失灵时的空缺。美国的政府只是在很低限度通过立法对其进行监管，很多事务基本都是基金会自己说了算，使其自主能力强，发展空间大。

美中关系委员会是一家致力于美中两国人民交流的机构，了解之后才发现——这家在我们访问之前认为很具有美国“官方色彩”的公益组织，其实只有 20% 的资金是来自美国政府，其余均以自筹方式解决，目的在于保证其立场的公正客观，不被政府左右。

独立并不意味着对立。在走访美国公益组织的过程中我发现，美国基金会在保持着引以为傲的“独立性”的同时，其所提供的服务在客观上竟然和政府高度“捆绑”——他们所有的服务都和政府的工作目标不冲突，并且日渐成为践行美国核心价值观的主力军。

从具体操作层面来看，美国大部分公益组织所做的工作已经超越救助性层面，着力于促进国家政策的改变。比如福特基金会、亚洲基金会和克林顿基金会等机构，在这方面的实践案例已经不在少数。成立 75 年的福特基金会的使命是：共享民主观念，实现社会公正，从根本上去解决社会问题。亚洲基金会致力于亚太地区的和平、繁荣和开放。克林顿基金会则致力于整个社会的改变。

从某种程度而言，美国的公益组织也是政府的探路石和“试验田”。他们凭借自身的灵活性，进行各种创新性探索。探索成功，他们会游说政府跟进实施，将民间的组织行为上升到国家政府层面进行关注；失败了也没关系，其“试错”的成本远比政府犯错所付出的成本小得多，即使从头再来也相对容易。

克林顿基金会的工作人员告诉我，当基金会所做的事情已经引起政府和社会重视，如果出现比他们做得更好的机构，他们就会主动退出，开启新的公益计划，当他们认为目标已经实现，就会及时放手。这种工作机制和模式，也使得美国公益组织对社会问题的发现和关注始终保持着一种警觉和活力，不易陷入僵滞和刻板。

与美国相比，中国绝大多数公益组织还处于初级发展阶段，关注的大多是扶贫、助学、助残等救助层面的工作。但实际上，中国的公益组织可以做得更多，发挥更大的作用。2011年，类似的例子在国内就已经出现——由民间力量发起的“免费午餐”关注贫困地区孩子的营养问题引起了政府重视，中央决定实施“农村义务教育学生营养改善计划”，每年拨款160多亿元予以助力。“免费午餐”撬动了政府政策的改变，推动了政府资源的跟进投入，是中国公益组织推动社会进步、发挥作用的一个典型案例。

诚然，中美两国的国情不同，美国这个国家的特殊性在于先有社会，后有政府，历经了一种自下而上发展模式的长期积累，是上百年市场自由竞争的结果，美国基金会如此发达，也与欧洲深厚文化底蕴的传承密切相关。而中华人民共和国建立以来一直是中央集权，政府主导经济改革，走的是社会主义市场经济的道路。这意味着，政治体制的模式和经济发展的快慢，也直接影响了中国公益慈善组织的发展模式。

这次访美经历，对我的影响和触动不言而喻。其间我时常萌发出各种新奇的想法，以及与之前观察视角完全不同的专业问题，一路走，一路看，一路问，收获满满。

了解美国公益组织的发展历程和工作模式，对比当下我国公益事业面临的诸多现实困难，我并无妄自菲薄，倒更觉平静从容。知人之长，补己之短。国情不同，发展模式不同。咱们根据自己的情况，认真学习可借鉴可操作的，同时还得和本土实际现状相结合才行。此次赴美，本想找到一把摆脱困境的钥匙，没想到重新发现了一条路，意外收获，值得铭记。

后来这些年，我又多次去过美国，与2011年访美相比，心境已然大相径庭。近十年的发展，中国经济发展规模已经不可同日而语，公益慈善事业更是得到了长足发展。

截至2019年底，中国社会组织总量为86.63万个，基金会总量达8172个。

公益组织参与社会治理成为社会常态，其必要性和重要性在社会重大事件中愈加凸显，社会公众相关认知不断深入。

公益专业化水平不断加强，公益领域人才引入机制逐渐提升，高素质、高学历精英进入公益行业成为社会职业新风尚。

《志愿服务条例》自 2017 年 12 月 1 日起施行，使我国志愿服务制度化建设全面加强。国家将志愿服务纳入国民经济和社会发展总体规划，为志愿服务带来了巨大的发展机遇。

社区社会组织培育首次成为国家重点政策，政府下文，各地响应。

互联网公益走向成熟理性新阶段，发展创新继续迭代。

慈善伦理建设走向聚焦，厘清公益慈善介入的专业性与伦理界限；公益行业的集体审视、反思、教育与建构迈上新台阶。

……

我想，有机会的话，我还会再次组织公益同道赴美参访，也许还会再循着当年的行程，拜访那些大名鼎鼎的美国公益机构，畅谈分别近十年来各自的成长与发展……那个场景，一定是美好有趣又充满温暖的吧。

（刘京口述，文梅执笔）

8

中国社工在行动

作为一门起源于西方国家的学科，社会工作本着助人自助的科学理念，于20世纪20年代传入中国，但中国社会工作走过了一段漫长艰难的发展历程。最近几年，社会工作在中国有了较为明显的提升和进步，截至目前，国家已出台180多项有关社会工作的法规政策，53.4万名持证社会工作者活跃在国内多地，近140万人参加了专业培训，各地累计开发设置了近40万个专业岗位，大约1万家社会工作服务机构在民政部门进行了注册登记。

刘京不只是《公益时报》社社长，也同时担任中国社会工作联合会副会长兼秘书长。中国社会工作联合会的前身是中国社会工作协会，成立于1991年，2015年调整合并为“中国社会工作联合会”，目前下设17个工作（行业）委员会、12只专项基金、11个职能部门、3个直属单位。

随着中国经济发展和社会需求的诸多变化，曾经不被人们了解的“社工”行业也逐渐走入人们的生活。如何激发社工领域内在活力，推动行业健康发展，对负责中国社会工作联合会日常工作的刘京来说无疑是新的挑战。

2020年5月7日，第十届（2020）中国社工年会在京举行，这是社工行业的年度盛会，也是传播情怀、树立榜样、凝聚力量的行业大事。大会当天发布了“2019年度促进社会工作发展十件大事”“2019年度中国百强社工机构”“讲好社工故事精选作品”“第四届全国微电影大赛”“2019年度中国百名社工人物”“2019年度中国十大社工人物”等奖项。

刘京出席本次大会并发表演讲，他用尽可能通俗易懂的话语阐释了社工的含义，号召通过全国上百万社会工作者的共同努力，让社会各界认识其社会价值，呼吁更多企业家关注社工领域，与社会各界共同努力，将社工事业发扬光大。

很多人对“社工”并不了解，关于这个词，你在大街上随便问一个人，答案可能都是千奇百怪，真正能说得八九不离十的人寥寥无几。

什么是社工呢？我在中国社工联合会工作这么多年，发现业界关于“社工”的概念有着多种不同的注解和阐释，其中不乏特别专业晦涩的“高难度”术语。不过我是个喜欢将复杂的东西简单化的人，我个人对“社工”的表述更加简单明了——社工是一个专门帮助人的职业，不仅有自己的伦理、价值观，还讲究一定的专业度，专注于协调关系、整合资源、发现和解决社会问题。

我经常说：“社工是社会的医生”，功能有三：第一治病，第二预防，第三发展。当然，公益慈善事业同样也是帮助、预防和发展，但它跟社工是有区别的。比如，当你作为一个公益志愿者参加公益活动的时候，你要付出时间、精力、体力和脑力，但这通常属于自愿且无偿的贡献，社工则是三百六十行里的一种职业，在帮助他人的同时，他们也要兼顾自身的生存和发展问题。

1956 年，社会工作者的国际组织“国际社会工作者联盟”成立，目前全世界已经有 141 个国家加入。中国社会工作联合会 1992 年加入该组织（当时的名称为中国社会工作协会），是中国在国际社工联的唯一代表。联盟每两年会召开一次世界社工会议，各大洲每两年也会举行自己的区域会议。2017 年，中国社工联合会在深圳承办了该年度亚太区域的会议，得到了国际国内的一致好评。

社会工作在国外已经有 100 多年的发展历史，在诸如纽约大学、哥伦比亚大学等这类的国际知名大学，社工都是热门专业。

作为社会工作的行业组织，中国社会工作联合会经过多年发展，已经先后成立了社区、医务、心理健康、社会养老、婚姻家庭、禁毒、儿童救助、社会公益等 17 个专业委员会，以引导细分领域社会工作的发展，探索中国特色的社会工作发展之路。

2017 年，第 24 届亚太地区社会工作区域联合会会议由中国承办

2017 年，在民政部指导下，中国社会工作联合会发挥社工专业优势，聚焦城乡社区治理和社区服务创新，陆续尝试开展了一系列具有创新性的工作，推出了“美好社区计划”，顾名思义，就是帮你建设更加美好和谐的社区生活。现在国内很多社区都是新开发的社区，过去开发商把房子盖完，房主拿到钥匙搬进来就算完。但结合我们的“美好社区计划”来说，无论个体或者家庭，不是仅仅有套房子住就算人生完满了，我们需要更加完善的社区营造，为社区建设提供定制化解决方案，让社区居民生活更加舒心和安心。

“美好社区计划”包含四个维度：社区治理、社区营造、社区服务、社区公益，帮你打造最好的生活方式。只要你有这样的需求，我们就可以帮你制订一揽子整体解决方案，由社工机构组织社工队伍，整合相应资源予以实施，中社联组织专家督导评估，最后给予“美好社区”的资质认定。我认为这中间的发展潜力是巨大的，市场价值也不可估量。因为我们有 140 万专业社工，有 1 万多家社工机构，基本可以覆盖现下所有的社区。经过 3 年努力，到 2020 年初，我们已经遴选出 50 家首批“美好社区计划共营伙伴”。

2017 年，中国社会工作联合会开展“美好社区计划”战略合作

除了美好社区计划，中社联一直在推进“讲好社工故事”。截至目前，我们有 140 多万专业社工活跃在全国各地，但社工的职业价值和社会意义依然没有得到普及和推广，公众认知度一直很低。美好、崇高、专业、赋能……我觉得所有美好的词语用在社工身上都不为过。可惜，高山流水难觅知音，社会上知道我们的人太少，懂我们的就更是凤毛麟角。

怎么办？我希望全中国 140 多万名社工都积极行动起来，每一个人都要勇敢自信地现身说法，从自己的真实体验和工作经历出发，告诉你身边的人，影响你身边的人，感染你身边的人，让他们了解社工、信任社工、亲近社工，让全社会都能接纳和欢迎这个看似平凡却十分了不起的群体。唯有如此，中国社工事业才能更加蓬勃，中国社工队伍才能越发强大。

借由移动互联网时代的快速飞跃，这几年中国公益慈善事业得到了长足的发展，例如线上募捐筹款已经成为行业常态，腾讯“99 公益日”也成为象征意义上的“全民公益日”。回过头看，社工行业如何才能借助互联网加快自身发展建设，促进行业面貌，提高市场竞争力呢？这也是我最近几年一直在深入思考的问题。

2019 年 12 月，国家发改委、教育部、民政部、商务部等七部门联合印发了《关于促进“互联网＋社会服务”发展的意见》，从顶层设计层面明确发展目标、作出战略规划，助力“互联网＋社会服务”驶入发展快车道，为社会工作提供了新的广阔空间。

看到这份文件以后我非常激动，我觉得这个文件就像是专门为社工行业量身定做的。问题是，“互联网＋社会服务”，我们应如何参与，如何做？

就此我们提出了一些设想，有些正在加紧运作，有些亟待梳理整合。比如养老服务这部分，目前我们准备做一个公益的社会服务合作社，一则可以量化公益服务，二则能够满足许多家庭的实际需求。比如针对国人心理健康问题，我们可以搭建一个全国性的平台，把优秀的心理社工按等级进行分类服务，这样不仅可以很大程度上缓解一些公众的心理健康问题，也能将其融入商业化运作轨道，使其科学化规范化发展。

2020 年伊始，最大的事情莫过于 1 月新冠肺炎疫情在国内暴发。近十多年来，从来没有一件事情像此次新冠肺炎疫情这样引起全世界高度关注，它对人类生活方式的震撼和改变，不是三言两语可以尽述的。

此次疫情发生的关键阶段，中国社会工作联合会根据武汉一线抗疫经验，编写了《社区“三社联动”线上抗疫模式工作导引（第一版）》。这个导引受到了民政部相关司局的高度肯定，民政部基层政权建设和社区治理司、慈善事业

社区“三社联动”线上抗疫模式
工作导引
（第一版）
指导单位：民政部基层政权建设和社区治理司
民政部慈善事业促进和社会工作司
民政部社会组织管理局
主编单位：中国社会工作联合会
2020年2月

社区“三社联动”线上抗疫模式
工作导引
（第二版）
指导单位：民政部基层政权建设和社区治理司
民政部慈善事业促进和社会工作司
民政部社会组织管理局
主编单位：中国社会工作联合会
2020年3月

2020 年新冠肺炎疫情期间，中国社会工作联合会主编的《社区“三社联动”线上抗疫模式工作导引》第一版和第二版

促进和社会工作司、社会组织管理局三个司局对导引的编写、发布进行了指导，并转发到全国各地，各省（自治区、直辖市）民政厅（局）、社工协会等也都纷纷转发。《社区“三社联动”线上抗疫模式工作导引（第一版）》推出后，受到基层工作者广泛欢迎。民政部建议我们升级做 2.0 版。经过反复论证修改，这个抗疫模式 2.0 版导引从社区走向家庭，更具指导性和实用性。

有了导引，如何落地？如何更好地服务于社区群众？要知道，此次疫情不仅影响了人们的身体健康，在心理层面带来的副作用也是巨大的而且是持续性的，由于这种伤害往往比较隐蔽私密，不如人身伤害那么显性直接，所以常常会被忽视，实际需求量巨大。

鉴于此，中国社会工作联合会下属的社区工作委员会、心理健康工作委员会等联合发起实施了“心社联动送安心公益行动”，我们在百万社工和百万心理咨询师两个群体中发起号召，立足社区，通过“心理＋社工”的模式，聚焦受疫情影响的社区、家庭和一线医务工作者、社区工作者等重点群体，为他们做好心理援助和社会工作服务。

开展线上服务的同时，首批心社联动工作队于 3 月 19 日赶赴武汉。4 月 20 日至 21 日，首批爱心援建的“安心小屋”落地武汉，立足社区，充分利用信息化手段，通过预警评估、AI（人工智能）自助、危机干预等八大服务系统，提供一站式心理服务，也为全国社会心理服务提供示范引领。这种线上线下同时推进的工作方式，切实解决了基层群众和社工服务的难题。

由于受到太多现实条件的限制，疫情期间去武汉开展工作基本上属于“不可能完成的任务”，很多机构根本无法在当地工作。但我们做到了，因为我们是社工。国家信任我们，社会信任我们，无论走到哪里，民政系统和社区的领导没有二话，全给开“绿灯”，一路畅通。

在中国社会工作联合会的统筹下，国内社会工作机构积极发挥社区、社会组织、社工“三社联动”作用，动员社会力量参与困难群众疫情防控。全国各地开展疫情防控志愿服务项目超过 29.8 万个，参与疫情防控的注册志愿者达 584 万人，记录志愿服务时间达 1.97 亿小时，贡献突出。我为中国社工在此次抗击新冠肺炎疫情战斗中的忘我奉献和出色表现点赞！

我认为，不远的将来，其实社工还能做一些特牛的事情，我甚至可以断言，在社会工作服务领域，只有你想不到的，没有社工做不到的。一个国家发达与否，服务领域就业的人群比例也是衡量指标之一。2019 年，服务业占我国 GDP 的比例为 53.9%，相比发达国家 70% 的比例仍有较大差距，将来这个领域必定是发展的蓝海，大有可为。

但目前我们面临的现状并不乐观，整体状况令人担忧。现在中国社工行业学历水平和专业技能较以往普遍大幅度提高，但待遇始终偏低，生活境遇并不令人满意。要想让中国社工在不远的将来释放更多动能和积极作用，国家政策扶持是很重要的一个推手，媒体宣传也要跟得上。

总而言之，我觉得社工行业绝对蕴藏着巨大资源，但要看我们怎么去发掘。我呼吁更多的企业家关注社会工作和社区公益，只要你们对社区感兴趣，都可以来找中国社会工作联合会，我们可以提供精准的实施方案和解决路径，只要群策群力，一起发力，一定能够取得社会效应和市场效应的双丰收。

我们还有一个想法——吸纳那些承认社会工作者价值观，还有专业能力的人成为中国社工联合会的会员，共谋发展大计。这事如果能成，中国社会工作联合会起码可以发展 1000 万会员，这无疑将是一个巨大的宝藏。

千里之行，始于足下。我们要一点一滴、一步一个脚印地努力；我们要整合力量，聚拢资源，在全社会树立社工的美好形象，为中华民族的伟大复兴，为建设美好强大的中国而不懈努力。这是非常美好的愿景，我期待这一天早日实现。

（刘京口述，文梅执笔）

9

『盖棺论定』不如『早揭谜底』

2001 年《公益时报》正式创刊，刘京 40 岁。

2011 年《公益时报》创刊十周年，刘京 50 岁。

2020 年农历六月初一，刘京度过了他 60 岁的生日。

60 岁，对于大多数人来说，奔波忙碌了大半辈子，此时终于可以停下脚步歇一歇，安逸地度过后半生。但刘京是个闲不下来的人，他还有太多事情要做，还有很多新朋友等着他结识相交，还有很多美好的计划正待实施。

60 岁的刘京仿佛重新开启了人生新的风景，他说自己其实正青春，因为公益航船永无止境，他便是那充满激情、扬帆起航的水手。

也许是上天听见了我内心的某种声音，也许这世间本就有许多心存大爱的公益同道，这两年我又陆续与许多志同道合的朋友结缘。原中央电视台《新闻调查》栏目制片人、知名纪录片导演夏骏就是其中一位。

在 20 多年的电视制作历程中，夏骏主持摄制了百余部集电视作品。主要有大型电视系列片《东方》《中国农民》《改革开放 20 年》《汉江》等，获国内外大奖数十项。

2017 年夏骏推出 6 集电视纪录片《张謇》，讲述了张謇从读书人、名士、状元，转而成为实业家、政治家、教育家的不凡一生。为了拍好这部纪录片，夏骏筹备和等待了 20 多年。

看完纪录片《张謇》，感动之余，我也很受启发。张謇处在一个动荡的年代，山河破碎，民众流离，这种乱世中他还能静心专心于公益事业，尽己所能，实业救国，为社会为民众做好事，实属不易。更为可贵的是，张謇去世后并未给他的子女留下什么财富，却倾其所有在当地办了几百所学校，为江苏南通的发展奠定了坚实的基础，善莫大焉。一个人，一辈子，一件事，行至如此，夫复何求?

前段时间，我和老朋友穆军加上夏骏，仨人猫在北京民族园的一个饭店里，聊公益说慈善，探讨当下社会进步与公益事业发展等问题，从早上九点一直聊到下午两点没挪窝，中午饭也是在那儿解决的。三个人都觉得很兴奋，关于公益真是有着说不完的话题，最终我们达成了一个共识：联合出品一个大型纪录片《公益中国》，记录中国公益慈善事业的发展脉络及其在每个时代的作为和贡献，挖掘那些沉淀于历史脉络中的人和事，特别是中国改革开放四十余年来振聋发聩、启迪人心的公益进击史。

目前此事已经列入我们共同的大事记，开始基础筹备工作。希望有识之士能够多多关注支持这部纪录片，有钱的出钱，有力的出力。

相信有夏骏这样大格局的专业“大腕”操刀，再加上充裕的制作经费和足够高的业界人气，这部公益纪录片一定会被打造成品质一流、内容精良的作品，一定会开中国公益纪录片先河，值得期待。

细细想来，其实这些年的公益之旅中，我遇到过太多像夏骏一样有缘并肩的同路人，他们既是我事业上的老师，也成为我生活中的朋友。

华为国际咨询委员会顾问田涛是我的“陕西乡党”，是我多年的老师和好友。他对华为公司的企业文化研究得十分透彻，对华为创始人任正非的经营哲学观察独到，是《下一个倒下的会不会是华为》的作者之一。

这些年市面上关于华为的书太多，滥竽充数者甚众，许多作者根本就没有进入华为内部进行访问调查，随随便便在网上找几篇文章，几个报道拿来串一串就能洋洋洒洒攒几十万字，最后编成一本书，销量还不错。田涛老师这本书的分量和意义绝非平常，他从任正非的个人经历和企业管理哲学入手，一步步解开众多不为人知的华为之谜。

2018 年夏天，我要求每个员工人手一本《下一个倒下的会不会是华为》，深入学习。我想让员工都明白一个道理：一个企业的成功需要百倍的努力，而一个企业的倒下，或许只是稍不留神的瞬间疏忽。千言万语，

"以客户为中心，只有奋斗才能成功。"华为公司的企业文化带给我太多有益的思考，田涛老师功不可没。

我是个不轻易说自己难处的人，但有幸与这些可爱又温暖的人成为朋友，彼此坦诚相待，为我平添了许多勇气和信心。他们或者在精神上给了我莫大的支持和鼓励，或者在资金上给予我无私的帮助和扶持，他们真心热爱公益，也多年如一日地关爱我这个并不完美的朋友。

创办《公益时报》的时候，我刚过不惑之年，转眼20年过去了，我已经不再年轻，2020年迈入花甲之年。按说值得总结的人生感悟太多，可每每千言万语涌上心头，又不知从何说起。

曾经有人问我："你觉得智商重要还是情商重要？"

我说："两个都重要。"

对方又问："很少有人可以智商情商都占全，总要有所偏重。你认为自己智商高还是情商高？"

我想了想，笑了："我这个人，情商可能比智商更高一些。"

之所以给出这个答案，是因为我素来看重"情"字。这么多年以来，有幸结识不少可以交心的朋友，且能常相忆不相忘，全在一份"情"。那些烦琐平凡的流金岁月里，朋友们常常泡在一起聊天、聚餐、打球，这个大家庭中的每一个人都活力满满，不刻板不守旧不狭隘。他们善于发现新鲜事物，喜欢探讨发展与创新，彼此支持、彼此鼓励、彼此扶助，真称得上"聚是一团火，散是满天星"。我的朋友圈就这么"刚"、这么正能量——困难时不颓丧，失败时不迷茫，始终向着灿烂的阳光飞奔，皆因被"情"环绕，被"爱"拥抱。

2019年，我59岁。大概有个"过单不过双"的讲究，7月3日那天，朋友们非要张罗着给我热热闹闹地过个59岁生日，实在拗不过，我点头答应了。当天有上百号人参加了在东升汇俱乐部举办的"刘京·公益私享会"。那天是真开心——徐瑞新老部长来了，许多曾经共事的老朋友来了，还有一些忘年交的小兄弟也来了。报社同事们忙碌着招呼四方宾客，老领导、老朋友轮番上台发言，大家在推杯换盏、觥筹交错间追忆着往日种种美好与难忘，感动幸福之余，我始终沉浸在一种难以言述的温暖中。主持

刘京在“公益私享会”上发表演讲

人让我上台说几句，我也没特意准备什么发言稿，就是有感而发，说了些平时很难当着上百号人表达的心里话。那天，我看到有几个哥们儿听着听着眼圈就红了，他们一定是想起了某年某月的某一天，我们曾经共同经历的风雨和故事吧。

自古以来，中国人都非常在意朋友，在意朋友对自己的评价，在意自己在朋友心中的形象。大家可能看过电影《非诚勿扰》，其中孙红雷饰演的那个叫“李香山”的哥们，在罹患癌症以后提前办了一个“人生告别会”，当天模拟追悼会场的背景板上写着“爱过、颓过、活过”几个大字。主持人介绍李香山生平，然后其“生前好友”挨个上台追悼，讲述当年与“逝者”李香山的各种渊源和桥段，李香山这哥们儿就坐在第一排，笑眯眯地听着所有人对他的追忆和悼念。他的诉求很简单——活了一辈子，最后告别人世前，他想知道身边的人们如何评价他，好坏照单全收，只为不留遗憾。

那天专门为我举行的“公益私享会”上，我的好哥们儿、企业公民俱乐部的秘书长杜淼也说了这么一段类似的话来调侃我：“六月一日是刘‘主席’的正日子（生日），像平时一样把大家聚一起打球、吃饭，喝得五迷

刘京和他的朋友们在“公益私享会”前于球场合影

三道的，好像也没多大意思。我就提了个建议——咱就在今天这个日子里，把刘京‘主席’的前半生做个总结。”我笑了：“行啊！将来真走了，别人念悼词，我躺那儿啥也听不见，那不如就提前听听你们到底怎么评价我。”

还真不是吹牛，在我这个朋友圈里面，不管比我有钱还是没钱，无论比我“官”大还是“官”小，都对我非常尊重。在企业公民俱乐部，大家都叫我“主席”。俱乐部里将近60个人，每次不管谁请客，都必须让我坐在中间，因为我是“主席”。刚开始我确实也不大好意思，使劲推让：“别这么叫，不合适”，“这位置不应该我坐”……可没人理你这茬儿啊，人家一见面该怎么叫还怎么叫，该让你坐中间还让你坐中间。后来有一年，企业公民俱乐部的年会我上台分享，对“主席”这个称谓进行了“全面深入”的阐述，并表示感恩和致谢，最后如此总结：“以后大家叫我‘主席’我就应了哈，我把这名字当成我的小名了，兄弟们随便叫。”其实我心里明白——这是大家对我的尊重和抬爱，是朋友们、兄弟们的思想境界和品性涵养更高于我，才这么叫的。

人过留名，雁过留声。

生命之火尚在燃烧之时，我尽力做了自己想做的一些事，真心结交了一些值得交的朋友，人生足够丰富有趣，做公益几十年更是我人生的加分项，沉甸甸的——有意思，有意义。

他年离开这个世界，若有一些人因为我所曾参与的公益慈善事业而人生得以改变，生活更加幸福，那将是我的荣幸和造化。若还能有些人偶尔记起我，念叨我说：“刘京这家伙，不错！够哥们儿！值得交！”

那我就挺知足，偷着乐了。

（刘京口述，文梅执笔）

第二篇

五湖四海遍知音，真诚结善缘

徐瑞新
民政部原副部长
中国社会工作联合会原会长

将《公益时报》打造成中国公益的集结点和联络站

我认识刘京的时候，他才 1 岁，还是襁褓中的婴儿。1961 年我到中办去工作，他父亲也在中办，我们在一个科室工作，关系也很融洽。那时候就知道这孩子。

1966 年“文化大革命”爆发前夕，他父亲被下放到江西干校劳动。他妈妈带着他和他妹妹回到陕西老家，没几年他妈妈就因病去世了，他和妹妹就跟着姥姥生活，日子过得比较艰难，那些年刘京确实吃了不少苦。

1979 年，刘京的父亲得到平反后重新回到中办工作，他们全家也跟着回到北京生活。同年，刘京参加工作，被分配到民政部机关。再后来他担任了民政部副部长的秘书，接着又去做了公司，不过当时他的编制还在民政部机关服务局，同时参与企业经营的一摊子事情，干得很不错。

2001 年，我从民政部副部长任上退下来，到中国社会工作协会（2015 年更名为“中国社会工作联合会”）当会长，其间民政部刚好有一个空闲的刊号，我就把这个刊号争取过来，和我的搭档、协会副会长杨建昌同志商量筹办一份报纸。鉴于这份报纸既要强调公益性，还要凸显新闻媒体的时效性，所以将其命名为《公益时报》。

报纸刊号要过来了，怎么个办法？这份报纸不仅要能活下去，还要活得好，可不是那么简单，第一要有人，第二要有钱，这时候我们就想到了刘京。之所以第一时间想起他，首先是因为我们看好他身上的很多特质——年轻有为，有魄力有闯劲，能干事敢干事。另外，我们跟他交流过多次，他的政治理念比较过硬，做事情有格局有担当，不小气。

说实在的，听完我们的想法，最开始刘京也有点犹豫。后来我就跟他说，“这事我们就交给你了，你不做也得做！”刘京骨子里是个很勇敢的人，最终他还是很坚决地点了点头——“做！”

刘京和徐瑞新（左一）会长合影

就像唐僧师徒西天取经要历经九九八十一难，刘京办报初期经历的各种磕磕绊绊，这里就不多说了，但为了《公益时报》的生存和发展，刘京确实付出了很多外人看不见的辛苦和汗水。他积极动脑子想办法，从各种渠道对接资源，为报社建立多元发展、打开工作局面使尽了浑身解数。我们还曾经琢磨着，是否可以把民政部旗下的几个报纸合并，探索报业托拉斯，但最终因为各方想法不统一，没成。

这一晃快 20 年过去了，刘京没有让我们失望，《公益时报》这些年发行量虽然不算大，但社会影响力已经越来越大，知名度也越来越高。比如报社每年 4 月份举行的“中国慈善榜”，全面梳理和汇总了中国企业家在本年度公益慈善领域的捐赠和贡献，社会公众的关注度很高，企业家参与热情也很高，今年都第十七届了。

最近两三年，刘京在中国社会工作联合会副会长兼秘书长的工作岗位上表现也不错。从最初的外行，到现在蜕变为几乎“半个专家”，看得出他还是很认真地学习和钻研了这方面的知识，现在讲话都没有外行话，这点很不容易。无论是社工发展，还是项目执行，他的认知和看法也越来越成熟了，这就是“干一行专一行”。

2008 年徐瑞新会长（中）、刘京前往巴西参加国际社会工作联合会全体会员大会，左二为时任国际社工联秘书长大卫·琼斯

当然，我能感觉得到他的压力和疲惫，这我也能理解。他其实担负着精神和经济的双重压力。对上，他对民政部要有所交代；对下，无论报社搞得好坏，员工他都得养着，这一大摊子他得撑着。这些年国家没有任何补贴和支持，全靠他自己努着劲往前奔，不容易。

我和刘京的父亲是故交，所以他平时和我交流、走动比较多，报社有些大事他也会听取我的意见和建议，我也会尽已所能给他一些支持，但总体原则是助力不干涉，帮忙不添乱。既然我们选择了刘京来做这件事，就一定会给他充分的信任，充分地放权。不能说选了他让他干，你又不放心，成天去给他出这个主意那个主意，那他就会很为难。这一点我们都是有共识和默契的。

在我看来，《公益时报》创刊将近 20 年，这么大的平台，没有出现严重问题，没有捅过娄子，新闻导向和报道原则都没有大的失误，就很不简单。我相信，只要把握好大方向、大原则，对日常工作中的小问题时常保持警醒和反思意识，报社整体发展就会持续平稳和健康。

关于《公益时报》的未来发展，我认为重点要做人的工作，让更多人了解《公益时报》、亲近《公益时报》、信任《公益时报》。要开展更加丰富的社会活动，以活动为支点，带动社会影响力的同时，创造更具内涵和更为厚重的社会价值。要多交朋友，多和公益界的同人们往来，包括基金会、社团、协会，还有那些越来越关注公益慈善并愿意慷慨为之投入财富和爱心的企业家群体，要把《公益时报》做成一个中国公益的集结点和联络站，形成自己的独有特质和特色，引领和带动更多人做公益做慈善。

有人认为《公益时报》是行业媒体，发展空间有局限，难以做大做强。我的看法还真不太一样——只要明确使命，立足定位，《公益时报》绝不会做不下去，相反，在中国公益慈善事业发展的这片广阔蓝海中，它将是那艘动力最强、后劲最足的公益航船。

《公益时报》记者采访时问我："您给刘京、给《公益时报》20 年的公益表现打多少分？"

我笑答："95 分。那 5 分扣在一些小缺憾，这些小缺憾也是未来的进步空间。"

宫蒲光

第十三届全国人大社会建设委员会副主任委员
中国社会工作联合会会长
中华慈善总会会长
民政部原副部长

中国公益事业任重道远，未来可期

——采访中国社会工作联合会会长、中华慈善总会会长、第十三届全国人大社会建设委员会副主任委员、民政部原副部长宫蒲光

记者：您在中国社会工作联合会担任会长的那些年，刘京给您留下了什么样的印象？在您看来，他作为社会工作与公益慈善事业的推动者，身上有哪些特质值得肯定？

宫蒲光：2015 年，我作为民政部分管副部长兼任了中国社会工作联合会会长一职，一直到 2018 年下半年，我与刘京同志在社工联共事三年多。刘京同志作为副会长兼秘书长，负责联合会的日常工作。在这三年多里，围绕社工联的自身运作和社工事业发展，我们成了一个战壕的战

2016 年 12 月，宫蒲光副部长（中）接待国际社会工作者联合会主席露丝・斯塔夫（右四）

友，在共同工作中，增进了我对他的了解。

我总的感觉是，刘京同志有很强的事业心，对社会工作联合会的各项工作兢兢业业、尽心尽力。他不墨守成规，善于思考、勇于探索、大胆创新，努力推动社工工作又好又快发展。

这些年，他推出的一系列重大活动，对社工事业的发展起到积极作用，在社会上也形成了良好的声誉。比如关注企业家群体公益慈善捐赠的中国慈善榜、社工论坛和社工年会、中国公益年会，影响都非常广泛。这些社会活动在他的全力推动下，做得有声有色，无论对中国社会工作还是公益慈善事业都起到了很好的引领作用。

刘京有丰富的社会人脉，难得的是，他把这些社会人脉与社会工作和公益慈善事业很好地结合，把个人的朋友和社会资源动员起来，一起加入社会公益事业，共同参与社工事业发展。

刘京的经历比较特殊，他从体制内走到体制外，在市场经济大潮中闯荡成功之后又投身公益事业。过去他曾在政府机关长期工作，还给领导做过秘书，熟悉国家社会治理运行和行政管理工作，他能从高层次高视角了解中国政治运行的一些基本规律和模式；后来他又下海从商，对市场经济的基本规律也有较深的感悟。他把这两方面的经验结合起来，投入社会工作和公益事业中，形成了自己的工作理念、工作思路和方法。

在社工联实际工作中，他一贯主张社工事业发展和社工联自身的发展都要与市场经济规律相衔接，尽可能在社工事业发展中引入商业模式。他的主张在社工联领导层里也有不同看法，有人就给我讲："我们不能把社工事业搞成商业活动了。"我对刘京的主张一直是支持的，我认为：一是中国的社工事业是在市场经济大背景下发展的；二是社会组织在推动事业发展中，首先要保障自身的生存和必要的物质基础；三是将商业模式引入社工事业之中，是社工事业可持续、高效发展的必由之路。我也经常在社工联内部的会上强调，将商业模式引入社工事业的过程，必须要把社会工作的自身特质和行业规范与市场经济规律紧密结合，本质上就是处理好社会工作的公益属性和市场规律之间的关系，真正做到和而不同、融合发展。

这些年的实践证明，刘京做到了社会工作公益与市场的有机结合，把握了公益原则，运用了市场法则，在商业模式下推动了社工联自身的发展，也为中国社工事业的发展作了有益的探索。

刘京在商海中闯荡多年，但作为一名共产党员，他在社工联内部管理上，始终坚持党的领导，对民政部提出的管理要求，他都严格遵守、认真履行；作为社会工作联合会的党委副书记，刘京对社工联党的组织建设、思想建设和日常党建工作，始终紧抓不放、毫不含糊，使社工联的发展始终坚持了正确的政治方向。

作为《公益时报》社社长，他既坚持报纸的正确舆论导向，又注重了报纸的公益性和专业性。在他的引领下，这张报纸有个性、有活力、有思想、有时效性，发出了许多有思考深度的好新闻、好作品。在民政部直属的媒体单位中，社会影响力和经济效益都名列前茅。

记者：您如何看待公益慈善事业和广大社会工作者在此次新冠疫情中发挥的重要作用？

宫蒲光：中国公益慈善事业在这次疫情大考中经历了一次洗礼，既是展示自己风采的一次机会，也是检验自身问题的一个过程，未来任重道远。因为公益慈善事业在中国的发展经过了一段非常特殊的成长经历，走过了一条十分坎坷曲折的道路，直到改革开放之后才真正登上中国社会的舞台。党的十八大以来，党中央、国务院高度重视慈善公益事业和社工事业，将其作为国家治理体系的重要组成部分。从整个社会环境来看，人们对公益慈善事业的认识越来越广泛，也越来越深入，而且随之发展的社会氛围也越来越好，大量的爱心企业和爱心人士对社会公益慈善事业的理解、支持和投入也越来越多，这是非常好的发展态势。

中国社会工作者们在此次新冠肺炎疫情暴发后作出了积极努力和突出贡献，党和政府对广大社工们予以充分肯定。广大社会工作者一方面通过链接政府、企业资源，满足社区民众日常需要，发起志愿者团队，解决人员不足的短板；另一方面开通社工援助热线，提供信息咨询服务。疫情期间，社工队伍发挥了积极的作用，让全社会对社工在社会治理体系和治理能力现代化中的重要作用有了进一步的认识。

记者：您怎么看待当前社会工作发展面临的问题？对未来中国的社会工作和公益慈善事业有什么期待？

宫蒲光：随着经济社会发展、社会流动加快，社区治理呈现出需求多样化、主体多元化等特征，社会治理对专业社工的需求将进一步增加，社工工作量也将进一步加大。但社工队伍建设面临的薪资待遇较低、社会地位不高、发展空间不大等问题成为社工事业发展的突出问题。我想，所有的问题都应该在务实和努力中慢慢得以消化解决，只要我们的社工让政府和群众意识到他们的独特价值，那么未来无论是政策层面还是社会需求方面，一定会有所突破和提升，最终也将得到全社会的尊重、理解和认可。

在我看来，自 2019 年党的十九届四中全会之后，中国慈善公益事业迎来了一个新的春天——中央将其明确定位为第三次分配，这意味着公益慈善在整个中国经济社会运行和社会治理中都占有了重要的一席之地。中国公益慈善事业在中央的文件中不仅赋予其更加精准的地位，也赋予其更加光荣伟大的使命。我坚信，在党和政府的支持关怀下，在全社会的关心理解下，中国的社工事业和慈善公益事业都将进入前所未有的发展机遇期，让我们伸出双手拥抱这美好的新时代！

（《公益时报》记者　文梅）

乔卫
中国华侨公益基金会理事长
中国侨联原副主席

一个令人尊敬的好人，一个可以信赖的兄弟

十年前，我开始担任中国华侨公益基金会的理事长时与刘京相识。他是一个令人尊敬的好人，又是一个可以信赖的兄弟。

他的善良和爱心暖人心扉。结合他的本职工作，无论是社会工作还是公益慈善事业，或者他周边凝聚的爱心群体，都不无真实地体现了这些特质。

他的谦逊与和蔼让我印象深刻。刘京有过辉煌的历史，但是他从来没有炫耀过他的历史，也没有炫耀过自己过去取得的那些成就。他待人非常谦和低调，而且对周边人又都很关心。

他的坚韧执着和敢于创新值得肯定。从最早他发起的“中国慈善榜”，到后来的“中国社工年会”，再到近几年业界关注的“中国公益年会”，不仅浓缩了他多年的专业思考和行业积累，也凸显了他对事业的坚持和定力，以及不死板不守旧的勇于创新。这些年他做的很多事情都是踏着时代的节奏向前的，视野宏阔，意识超前。

他的睿智与胆识令人感佩。对自己看准的事情，想好了，他就毫不犹豫地去做，不迟疑不退缩。

他的善解人意和细致周到让人折服。刘京在他的朋友群体当中是有很强的亲和力和感召力的，这可能是缘于他往往是从对方的角度去考虑问题。所以他的朋友圈里无论年长年幼，大家都愿意把他当成兄长；无论大事小情都愿

乔卫理事长（左四）出席“2020 中国慈善榜”发布活动

意让他出来当个裁判者。他还比较善于抓住大家的共同点，能够把各个方面差异非常大的人凝聚在一起，聚拢成一个对社会有贡献的美好群体。

提及华人华侨这个群体在公益事业当中的作用，我觉得可以总结三点：第一，他们是中国公益慈善事业的先导者。因为自清朝中期以后，大批的华侨在海外成功之后就开始回馈家乡，不仅在文化教育、修路搭桥等方面大力推动慈善事业，同时也把很多海外先进的东西带到中国来。他们的努力在很大程度上推动了中国公益慈善事业的发展。

而每每在中国遭遇重大灾难时，海外华人华侨都是努力地冲在前面，包括这次我们面对的疫情也是如此。大家都开玩笑说：“中国打上半场，外国打下半场，海外华人华侨打全场。”所以在我看来，海外华人华侨是中国公益事业的先导者，是中国公益事业的主力军；同时也是世界公益事业当中的重要支持力量。

正因如此，海外华人华侨群体对中国公益慈善事业的贡献不言而喻，他们的奉献和努力不应被忽视和淡忘，更应得到人们的尊重与认可。作为公益专业媒体，《公益时报》在这方面可观察和报道的内容非常丰富。

纵观当下，我对中国公益慈善事业未来的格局还是充满期待的。我觉得在今后一段时间内，公益慈善事业会有一个比较高涨的过程，在此过程中，社会爱心的力量，个体爱心的凝聚，会更好地促进中国社会的进步和发展。

杨建昌
民政部原党组成员、原直属机关党委书记
原中国社会工作协会常务副会长

《公益时报》的成功之道：以创建公益品牌项目促平台发展

算起来，我跟刘京从认识到现在有 41 年了，我是 1978 年到民政部，他是 1979 年到部办公厅的秘书处工作。那时他还不到 20 岁，是个蛮稚嫩的小孩。当时对刘京的第一印象就是话不多，不显山不露水，老老实实干活的孩子。时间过得真是太快了，转眼他都 60 岁了。应该说刘京的个人经历还是非常丰富的，在机关待过，当过部领导秘书，下过海，经过商，办过报，搞过社会团体，做了若干个比较大的有轰动效益的社会活动项目，而且这些品牌在全国都产生了很大影响，这一路走来是很不容易的。

《公益时报》的创刊得益于一次难得的机会。2000 年，国家新闻出版署（现国家新闻出版广电总局）委托民政部将《中国老年报》和《中华老年报》两张报纸进行了合并，诞生了现在的《中国老年报》。两报合刊以后就多出了一个报刊号，国家新闻出版署决定将此刊号留给民政部。民政部研究决定，这个报刊号交由中国社工协会（现已更名为中国社会工作联合会）创办一份报纸，当时徐瑞新副部长和我已经由民政部报请中央组织部批准，担任社工协会的会长和常务副会长。拿到这个报纸刊号以后，我们认为，这对社工协会的发展是一件大好事，应该把它办好，关键是要有一个合适的人来主办。这个人必须具备几个基本要素：第一，必须有积极性；第二，要有能力；第三，

刘京（右二）与民政部常务副部长贾治邦（正部长级，左三）、徐瑞新会长（右三）、杨建昌副会长（左二）合影

要有实力。经过反复斟酌，决定把这个任务交给刘京，他本人也有这个积极性。

这张报纸叫什么名字合适呢？社工协会是搞社会工作的，当时社会工作对普通民众来说还是一个很陌生的行业，如果采用社会工作专业的名称类别来命名这张报纸，发行量不会大，社会接受程度也不会高。

既然社会工作属于社会公益事业的范畴，那我们就可以确定它属于公益类的报纸，但又不属于那种可以大范围覆盖的大报，所以不能叫“日报”“晚报”等，想来想去就叫《公益时报》，大家听了一致赞同。就这样，经过了一段时间筹备之后，2001 年 6 月 1 日，《公益时报》在北京人民大会堂举行了正式成立的新闻发布会，时任部领导多吉才让部长、范宝俊、徐瑞新、李宝库三位副部长都参加了成立大会，我是大会主持人。那天，四位部长分别作了讲话，给报纸的创立指明了方向，提出了要求，增强了信心。我大致讲了三层意思：第一是社工协会为什么要办《公益时报》；第二为什么叫《公益时报》；第三个重点讲了讲如何理解“公益”；最后谈到了对《公益时报》未来的期望，就是希望它能够成为引领中国公益事业的一个专业平台。

《公益时报》开办伊始，面临很多困难，首先是资金问题，其次是人才问题，组织领导班子是当务之急。我们也知道刘京当时的处境，但他很少诉苦和抱怨，因为这是他自己喜欢的事业，也是始终很有信心办好的一件事。报社一成立，刘京就拿出了一百万元作为启动资金。开始办报的头几个月，我还经常把报社的编委会成员召集到一起开会，后来我就慢慢放手，更多地让刘京自己去磨合和处理问题。

现在回头看，刘京能够把《公益时报》做起来用了两个办法。首先是“报中报”，就是在《公益时报》下面开办了彩票副刊。因为大家都对彩票比较感兴趣，彩票版的主要内容就是吸引大家研究彩票，琢磨着怎么才能中奖，正因为满足了人们的这种需求，所以彩票版副刊发行量还是蛮大的，这也对整个《公益时报》的发展提供了基础的资金支持，意义匪浅。

其次，刘京办《公益时报》有自己的思路和想法，不是单纯为了办报而办报，而是以报纸为传播基础，借助《公益时报》这个平台创办一些有特色有价值的社会公益项目。这种方式促进了《公益时报》的发展壮大，使其始终处在中国公益领域的前沿，积极发挥桥头堡作用。比如中国慈善榜、中国公益年会等许多社会知名活动，不仅集聚了中国公益行业的中坚力量，而且吸引了一大批企业家和社会名流的关注和参与。由小到大，聚沙成塔，终于成就了今天的《公益时报》。这自然也体现了刘京为人处世的诸多特点，比如办事诚信、为人大气、社交广泛、资源丰富。他很善于活学活用，比如在北大上 EMBA 的时候，他就聚集了一大帮同学共同拓展资源，办报、做公益，后来又成立了企业公民高尔夫俱乐部，大家经常聚会、交流感情、研究问题、开展活动，为提高公益项目的质量，发展公益行业的规模群策群力，成绩还是很突出的。刘京内涵比较丰富，人缘很好，为人低调，能团结人，走到哪里都能起到核心作用，做到这一点并不容易。

刘京担任社工联合会副会长兼秘书长这些年，社工联的工作还是有变化和提升的，他把《公益时报》的运作思路沿用到了社工联，以活动养平台，通过运作项目提升行业影响力，效果不错。2013 年，经过前期多次沟通和研究，国家开放大学和中国社工协会决定联合创办社会工作学院，旨在为中国社工行业培养更专业对口的人才，建立中国社工人才资源库。当时在院长的人选方面，我们也作了多方考量，最后还是把这个重任交给了刘京。6 年过去了，听闻社工学院已经走出了最初建校时的困境，无论是专业、师资，还是生源，都在逐渐向好发展，我深感欣慰，证明当初将院长这个职务交给刘京是正确的。

说到中国社会工作的未来发展，我认为社会工作总体看好，而且专业化水平会越来越高，这个方向不会变，但前进的道路还是非常艰难的，不会像雨后春笋呼啦啦一大片都起来，也不会一帆风顺。关键问题还是国家要认可，要把社会工作纳入国家总体发展战略当中去，这个行业未来才真正有发展的希望。今年年初暴发的这场新冠肺炎疫情，我们的社工在社区管理方面发挥了关键性作用，也引起了社会公众的关注，这应该说是我们社会工作发展一个非常好的契机，在此基础上，怎样更深入地切入社会领域，以更合适的角度去开展社会工作，是下一步我们需要深思的问题。

话说到此，我也想表明一个观点：社会工作和社会工作者千万不能混为一谈——社会工作不等于社会工作者，社会工作的范围要远比社会工作者的范围大得多。怎么理解？我认为，提高国家基层社会治理工作现代化水平一个很重要的方面就是社会工作化，而利用社会工作的理念和方法开展社会工作、基层工作和社区工作，二者其实是有共性的，也是可以融会贯通的。即便不属于专业的社会工作者，也可以在日常的工作中运用社会工作的理论和方法开展工作，只要理论与实践结合相得益彰，工作效果一样出彩。但目前社会工作的价值和意义并没有得到广泛的重视和认可，这也使得整个社工行业发展始终迟缓滞后。当然，社会工作的理论和发展也要进一步本土化，更符合中国的实际情况，即社区工作社工化，社会工作本土化。在此基础上，如果社工的价值和意义得到广泛认可，那未来社会工作的发展必将突飞猛进，整个社会也会因此受益，那才真是了不起的进步。祝福我们的社工行业百尺竿头，更进一步，越来越好。

刘良玉
中国社会工作联合会副会长

坚韧和勤奋成就不凡人生

刘京和我接触时间还是比较长的，我们曾在不同阶段先后两次有缘共事。刘京是 1979 年到民政部工作的，当时在办公厅秘书处，我是 1984 年从部队转业到民政部的。

我和刘京第一次共事缘于民政部机关服务局。我曾先后担任机关服务局副局长、局长，他是在那儿做局长助理，分管企业，那阵子彼此的工作就有交集。但我们真正熟络是在 2000 年之后，那时我到了中国社工协会，也就是现在的中国社会工作联合会，他 2001 年开始主管《公益时报》，并担任报社社长。从那时候开始，我们的交流互动更多了起来。

我对刘京的基本评价有三——第一是待人真诚，第二是善于学习，第三是事业心强。刘京为人宽厚实在，可以做很好的朋友；刘京有能力有魄力，遇事有担当，能够成为很好的合作伙伴。

刘京为人很真诚，所以他人际关系非常好。给我印象比较深的，是当年他在机关服务局负责企业的时候。那时他的工作任务还是比较艰巨的——不仅要让企业良性发展，同时作为机关后勤单位，还要给机关提供一定的福利保障。这中间的方方面面、上上下下和里里外外都要协调好、处理好、安排好。这种情况一般人还真未必能应付得来，但刘京做得很出色，最难得的是他和机关各单位相处融洽，而且同很多人慢慢都处成了朋友。反过来，你要说机关后勤这些具体而琐碎的事情有什么标准？其实很难给出什么既定的标准，只要是大家基本满意就行了，这就是标准，刘京做到了。

刘京很善于学习和思考。人这一辈子就是这样，谁也不可能总是一帆风顺，都有遇到困难和波折的时候，刘京也不例外。但无论是当年在机关服务局，还是后来担任《公益时报》社长，刘京从没有说碰到沟沟坎坎就消沉颓废或者打退堂鼓，他总能从挫败中总结经验，加强学习，从来都是在逆境中寻找机会，修炼和提升自己。比如他当年去上北大的EMBA，这种专业学习对于当时身兼多项工作、十分忙碌的刘京来说，如果没有足够强烈的求知欲和上进心，是绝对不可能完成的任务，但刘京做到了。他投入时间和精力，用知识强大和武装自己的同时，也交到了不少综合素养和社会层次都非常高的朋友，对他个人发展无形中又是一种正向的促进，可谓一举两得。这充分说明一点——对于自己的路究竟该怎么走，刘京心里有数，同时，热爱学习和勤于思考也成就了他。

刘京事业心很强，对于自己认准的事情，具有足够的坚持和韧性。当年他刚刚参与创办《公益时报》的时候，起步阶段万事皆难，没有任何基础和渠道资源，工作局面非常被动艰难。有段时间，刘京一天到晚都皱着眉头，心事重重的样子。你想啊，报社那么一大摊子事，那么多员工要生活，每天面对着各色人等，需要钱，需要资源，需要发展……刘京能不“压力山大”吗？

看到这种情况，我们也很替他着急，那时候说啥话的都有。有人说“不行就算了”，劝他放弃；还有人说：“《公益时报》又不属于主流媒体，每年还要投入那么多资金，纯粹是烧钱的事，就是个赔钱的坑……”就是在那么巨大的压力面前，刘京还是咬牙挺住了。

记得当时我也曾帮他到处“推销”《公益时报》。为了让行业系统了解《公益时报》，我们就想尽办法宣传自己，到各地民政厅局“串门”，一家家地挨个跑。那时候我也跟着刘京一起到处跑，坐夕发朝至那种夜班火车，基本都是硬座。现在回头想，那段时间刘京就是硬着头皮找出路，按他的性格，“死”也要死个明白，但不能啥也不干“束手就擒”，干坐着等死。

话又说回来，尽管当时日子那么难熬，我也没见刘京跟谁去诉苦或者抱怨什么。他这个人有个特点：不说自己的难处。我认为这不见得是刘京爱面子，其实是他在自己承受了很大压力的情况下，有足够的勇气担当和消化能力，主动积极地想办法，不断开拓思路，最终解决问题。

关于刘京“事业心强”这个特点，其实上述事例无一不在佐证和说明。如果他事业心不强，责任心不强，那《公益时报》散就散了呗，我自己生活过得挺好就行了，管那么多干吗？但他不是，他希望通过自己的努力带领团队有个好的发展，让我们的社会生活有更大进步，这体现了他不凡的追求和不俗的担当。

刘京目前还担任中国社会工作联合会副会长兼秘书长。兼了秘书长这个负责具体执行的职务后，他过人的综合调度和资源整合能力进一步得到了展现。首先他对社工联大楼进行了整体改造，将已显老旧落后的机构形象改造得焕然一新，焕发出极具活力的时代气息，让我们深感骄傲和欣慰。2017 年 9 月，刘京主导发起了第 24 届（2017）亚太地区社会工作区

刘京陪同时任民政部部长黄树贤（中）、副部长宫蒲光（右一）参观第 24 届（2017）亚太地区社会工作区域联合会展区

域联合会议，这也算是社工联有史以来举行的最高层级和最具规模的国际大型会议，受到了国内外行业人士的高度赞赏，这也再次展现出他主动同国际社工机构加强互动，与时俱进的工作作风。

刘京在社工专业工作推动和建设层面颇具眼光，他带领团队推出了“美好社区计划”项目，把社工的工作重心下沉到了社区，这一点抓得真是既稳又准。因为社会工作的基础是社区，家庭婚姻、精神健康、儿童救助，或者医务社工，等等，最后都会和社区有交集融合，落脚点在社区。“美好社区计划”在全国逐渐推广落实，将会给更多社区和家庭造福。

作为与刘京相识三十多年的老同事、老朋友，对他的评价岂是三言两语可以尽述？三十几载四季轮回，无数张面孔在人海中交错，能够沉淀在心底且能称之为“朋友”的人着实不多。所以，我很珍惜和看重与刘京的这段情分，也真挚祝愿他未来更好，所有梦想都成真！时间终会证明，他为中国公益慈善和社会工作事业所作出的努力和贡献，这一笔不可磨灭。

王庆
民政部离退休干部局原副局长

心有大爱，事有担当

过去我和刘京曾经在一起共事多年，那时候每天午休时间，我们一帮人就聚在一起“打拖拉机”（扑克牌游戏的一种）。突然有一年刘京就不吭不哈地报名参加了 EMBA 学习，搞得我们这些同伴都有些蒙——什么是 EMBA？搞不清楚。要知道当时读 EMBA 得花好几万块钱，在那时也是很大的一笔支出。听他讲了这件事，我们都不理解，说：“你都这个岁数了，都干到老总级别了，怎么又跑学校去了？”上了 EMBA 之后他的变化很大，每次见到我们就兴奋地讲这讲那，说学到很多东西，这学费花得可值了！从那次以后我就觉得刘京非常善于学习，对知识充满着渴求。当然，与此同时带来的另一变化就是“打拖拉机”的水平不如以前了。

刘京非常有担当，非常有公益心。当年民政部机关服务局企业管理处管理着很多企业，其中有一些企业就历史和社会影响而言在当时都是比较大的，还有一些公司做得非常好。随着时间的推移，真正做得比较好的就是刘京同志负责的企业，其他企业都是大浪淘沙被淘汰了，最后民政部真正成功做下来的、取得成就的就是刘京带领的企业。在那个时候，他临危受命创办《公益时报》，报纸初创期非常艰难，当时没有钱，没有场地，没有广告收入，没有企业赞助，一穷二白。刘京基本上是把前几年企业的积累全部投入了这张报纸，为这张报纸的存活和发展花费了全部的心血和精力。从这一点来讲，刘京是非常有担当和公益之心的一个人，我非常敬佩他。

我认为公益更具有社会价值的非凡意义，就是公益事业和公益水平，这是国家治理的一个更高层次的目标，也是社会文明的一个重要指标。我觉得从这个角度讲，改革开放 40 多年来，中国公益界有两个重大的事情，可能将来大家都不会忘记，一个是希望工程，一个就是刘京创办的第一张国家级的公益报纸：《公益时报》。该报的创立应该是刘京一生最大的成就，我们替他感到高兴，也深感自豪。

史柏年
国家开放大学社会工作学院执行院长

个人魅力成就了社工学院的今天

要用一句话概括刘京院长的特质似乎很难，因为他身兼多职，目前还担任着国家开放大学社会工作学院院长，这里我就称他“刘院长”吧。

刘院长性格比较多元，个人特点也并非寥寥几句就可梳理总结，这可能跟他个人经历有关。早年他一直在民政部机关任职，因而政策理念和组织大局观在他身上十分凸显；继而他又做过企业，积累了不少商业经验和市场阅历；后又执掌公益媒体的运作，担任《公益时报》社社长，逐渐练就了媒体人的高度敏锐和深入观察能力。这期间，他通过丰富的社会资源及报社举办的各类社会活动，结交了大量的企业家朋友，加上性格直爽宽厚，便在朋友圈得了几个颇有趣味的封号：“老大”“主席”，等等，所以他还兼具企业家的某些特点，比如超前的市场观念和大胆的创新精神。与此同时，他还是中国社会工作联合会副会长兼秘书长，因而，他又有着强烈的社会责任感和公益心。

刘院长和我共事这些年来，留给我总体的印象比较大气，对朋友十分讲义气，懂得关心和体恤下属，不拘泥于一些惯常琐事，和他相处还是很愉快的。一般的领导常常会站在自己的角度论事处事，觉得任何事都应该以他的观点为核心，不希望下属或同事有什么异议和质疑。在这方面，刘院长还是非常民主和宽容的。就拿我来说，我是研究社会工作的，因为个人认知习惯或者专业角度的解读，对某些专业领域的观念和判断难免有“认死理”的时候，包括对学院发展的相关问题探讨，有时也会以专业的研判表现得有点“一根筋”，很多时候，可能“学院派”的学术气息过于浓厚，跟刘院长提出的市场观念和商业运作想法会不一致，彼此的看法并不完全相同。但通过多次的碰撞和沟通，我发现，刘院长并不会因此就表现出反感或者排斥，也不会独断专行，他还是很尊重知识、尊重专业。这些年的工作交集中，他对学者和专家始终体现出诚意和尊敬，且愿意支持他们尽量发挥各自专长，这种胸怀十分难得。

社工学院自2013年成立，至今已经七个年头了，一路走来非常不容易。学院成立之初，大家想得确实比较简单，觉得就是纯粹做教育，致力于培养人，开发课程，开展招生、授课，等等，但其实不然。社工学院虽然是由中国社会工作联合会和国家开放大学联合办学，但实际上国家开放大学只对学院提供基本的办学资质，并无任何其他方面的支持，资金、资源等都需要学院自己去筹集和开发。由于在专业课程的发展规模和数量方

2013年，第十一届全国人大常委会副委员长周铁农（左二）、中国社会工作协会会长徐瑞新（右二）等领导为国家开放大学社会工作学院成立揭牌

面也受到一定的限制，再加上学习中心平台有限等现实条件的制约，社工学院起步阶段的工作真是举步维艰。

尽管如此，社工学院自成立伊始就完全按照标准化建制设置了基础架构，各部门设置齐全，人员配备到位，前期投入还是比较大的。与此形成鲜明对比的是少得可怜的招生数量——一开始是几十个，然后到一百多个，再到几百个……生源少，意味着收入就少，可是这么大的机构，工作人员都等着生活开销，招不到学生，拿什么给大家发工资呢？那段时间还是很艰辛、很艰难的，连续几年都是“哗哗”的支出，不见有什么收益，这种入不敷出确实有些难以维持下去的被动。

社工学院之所以能够“挺”到现在，刘院长在其中起了很大的作用。尽管学院在发展初期遇到各种沟沟坎坎，但刘院长始终坚持以市场运营的方式推进机构发展，他动用企业家人脉资源支持办学，这在国内来说其实也并不多见，还是很有胆识的。人们通常的认知是：其一，企业家做事情都追求利润第一，效益至上，办教育显然不是短期就可以回收成本、赚取利润的“好买卖”，人家凭什么给你投入？其二，办教育机构应该是属于社会公共服务性质的事情，为什么要找企业合作？但刘院长把这两点进行了很好的融合，不仅找到了企业投资，而且彼此达成了共识。当然，这其中刘院长的个人魅力是最主要的，企业家朋友信任他、支持他，要不然的话，光见支出，不见回报——一般的企业家谁愿意干这种“傻事”？

现在学院真可谓“守得云开见月明”，不但事业发展渐有起色，且不断向好。最典型的就是招生规模越来越好，生源数量不断壮大。

国家开放大学每年春季和秋季两季招生，目前社工学院每季都能招几千人，在校人数已经达到 19000 多人，随之学院进项就比较多了，基本上已经熬过了比较困难的时期。

在学院整体工作逐渐向好的同时，刘院长也一直在通过各种渠道和方式向社会公众推广和普及社会工作的意义与价值，看得出来，这几年他的大力倡导还是有一定效果的。尽管如此，摆在我们面前的困难也是显而易见的，还有许多问题需要解决。社会工作本身并非理论研究或是思辨专业，它就是一种运用型专业，是服务于人的，要能够充分被社会和公众利用，才能彰显他们的专业属性和工作特色。但在目前国内社工人才培养领域，社工学院并非占据独有优势：一方面，教育部批准的各地全日制高等学校已有不少类似专业，成为该领域培养的主渠道；另一方面，通过民政部、人力资源和社会保障部等每年组织的相关自学考试也不在少数，这也分割了一部分资源。

社会工作学院要走的是有别于上述这两个途径之外的第三条道路，既非全日制普通高等学校，亦非通过考试或自学，实际上是属于在职成人继续职业教育学历，这恰恰也是当下中国社会比较欠缺的。现在有许多在职成人有继续进修的需求，但既无途径，又无提升动力。社工学院就是要为这些人提供一个广阔的平台，帮助他们完成求知梦想，打造更好的人生。所以，无论是课程设置，还是实习环节，我们都是从学员的动手能力入手，以应用型人才的培养规格去设计，这些特质将成为社工学院未来发展不变的使命和愿景。

下一步，我们会在保持现有专业门类的基础上，继续增加专业类别，增设本科层次，还将拓展学习中心平台范围，扩大招生规模。我相信，在刘院长的支持和带领下，在大家的共同努力奋斗下，社工学院的前景会更加美好，我非常看好它的发展。

徐健
国家开放大学社会工作学院副院长

我们的主心骨和定心丸

刘京先生是中国社会工作联合会副会长兼秘书长，兼任《公益时报》社社长、国家开放大学社会工作学院院长等多个职务。但对我而言，最熟悉最亲切的还是我们对他的称呼——“刘院长”。

刘京院长有气魄，有担当，也有独特的思考和深度的见解，在社工学院成立伊始，他就对其将来的方向和定位有着全面的认识和把握。众所周知，教育是一个投资需求大、回报周期长的行业。而由于先天条件的限制，最初中国社工协会（现为中国社工联）跟国家开放大学合作成立社工学院的时候，协会无法对其进行长期性投资，在这种前提下，国家开放大学社会工作学院纯粹属于白手起家，无论其维系生存还是推动发展，都势必采取公司化的运营方式。值得庆幸的是，依托于刘京院长广泛的社会资源和人脉，筹建前期的很多工作都是以他一己之力在推动，可以毫不夸张地说，没有刘京院长就没有社工学院的今天。

在社工学院建院最初的那几年，困难波折还是很多的。那时候场地、人员，包括各种师资基本上都配套到位了，但生源这部分力量还是十分薄弱的，加上前期的投入很大，现实压力不言而喻。那些年，刘京院长始终在负重前行，他对学院的整个发展前景寄望甚高，要求也比较严格，希望大家可以在合法合规的操作基础上想办法创新突破，但这个过程其实并不是那么容易和轻松。截至 2018

年，社工学院的投入达到将近3000万元人民币，这样一个庞大的数字，一般的企业或负责人可能已根本无法承受了，要么及时“撤退”，要么及时止损，很大概率上不会再继续投入了。但刘京院长始终坚持，他多次跟大家谈起自己的观点：教育一定是先投入，资源到位、基础牢固，前期工作做足了，才可能得到较好的增长和回报，不可能一步到位，只有平台基础夯实了，未来才可能有更好的发展。越是困难艰苦，越是考验团队的能力和素质，对每个人的成长也是一种很好的磨砺。关于股东们对此抱有这样或那样的看法，刘京院长的回答很直率——教育是个非常复杂的领域，其肩负的社会责任非同一般，所以不能把它当成纯商业来操作，当然，股东们投入了资金和资源，自然希望有回报有效益，这也是人之常情。

刘京院长说：“大家都是企业家，你们来投入教育的时候，可以把教育看成一种崇高的公益行为，即便迄今为止大家还没有赚到钱，但其实我们并非一无所获，甚至可能收获了更多。因为你们帮国家培养了很多一线的专业社工，这些人学有所成后会更好地服务于社会，你们的投入是有意义有价值的。但也请大家放心，只要好好运营，你们的投入不会打水漂，社工学院一定会越来越好！”

在刘京院长看来，社工学院的定义跟传统的院校有很大的不同。社工学院面对的是一个行业，教学形式也并非传统面对面的授课，师生交流渠道灵活多样，这就要求社工学院开发拓展更为丰富多元的师资力量，以更好地满足学生们的现实需求。目前社工学院专家团队有60多位专业人士，分别来自国内各省份以及台湾、香港地区，还有日本相关专业的知名教授也是我们的专家成员，他们的授课内容得到了学生们的广泛欢迎。这样一种师资团队格局的搭建其实也正是缘于刘京院长对相关问题的深入思考和认知，他强调，社工学院培养出来的学生，一定是既有理论体系，也有实操经验，要兼容并济，吸引和凝聚更多更优秀的人才加入社工行业中来。

除了投入，社工学院发展面临的第二个压力就是如何在众多的院校中凸显特色，找到自己的定位和发展路径。社工学院2013年底成立的时候，正好也赶上了我国教育行业百花齐放的时候，不只我们在做开放教育，甚至一些隶属“985”“211”的重点院校也在做，作为新近诞生的学院，社工学院要如何让这个行业认识你、了解你？这其实是非常大的一个困难。

第三种压力其实来自专业的打磨论证和发展成熟，这更多属于人们心理感受和认知层面的东西，更加微妙，也不好把握——想建设一个专业，你要从论证开始，还要从不同的地方着手调研，验证其实用性和适用性，然后听取各路专家的不同意见，再梳理汇总，之后再度论证调研……周而复始，资金、资源以及人力的投入，还需要搭上大量的时间和精力，却未必能在短时间内就看到效果。而且，作为企业化运作的社工学院，势必要考虑到股东们的看法和感受，接受他们的批评和质疑。而这其中所有的压力都是由刘京院长一个人来承受了。

此外，由于开放教育的师资队伍中大部分老师都来自各个大学，每个人所在的机构不同，个人教育背景也不同，他们对社工行业的认识以及相关课程的理解都不会完全一致，这时候你怎么去平衡老师们对专业或对学院发展的一些意见呢？前提是对社工学院这样的行业院校，现行政策也不允许民政部门过多干预，更不可能用行政命令促成，所以多种师资力量达成共识和统一行动也是个问题。

尽管面对如此繁多令人头疼的问题，但事实证明，无论何时何地，无论日常工作多么繁忙，刘京院长始终是社工学院的“主心骨”和“定心丸”。每到关键时点，他及时提出的意见、做出的决策，确实一次次将社工学院的发展推向了更立体的层面和更多维的角度。每当学院内部有一些不同意见的时候，刘京院长就会从整体大方向予以把握和考量，尽可能地协调各方想法，求同存异，共谋发展。刘京院长将社工联的优势资源和社工学院进行有机的结合，就此也做了大量细致的工作，这也仰仗于他还兼任社工联秘书长，有着很好的社会工作基础。

刘京院长建议通过社会活动将社工学院推向社会，让更多的人了解和理解我们的办学初衷和社会价值。于是，我们从 2014 年就开始撰写行业发展报告，目前已经连续推出了六年。我们做全国社工案例大赛，做百强机构评选，做全国微课大赛，等等，不断地结合社会发展的现实需求，推出一些新鲜有益的行业活动，吸引大家的关注和参与，行业人士的参与度非常高，效果也非常好。这些年在刘京院长的带领下，在团队成员共同努力下，社工学院的行业认可度和社会知名度在逐渐提升，越来越多的人知道了我们的名字。院长经常开玩笑说：“你看你们以前去基层调研的时候还需要开介绍信，现在去就打一个电话，有时候可能都不用去，直接发个资料就搞定了。”

目前社工学院发展势头非常好，招生规模翻倍、飞速地增长，在校生已达到 19000 多人。这个规模在当下的行业圈也是比较靠前的了。我们的社区管理服务专业顺利通过验收，而且在整个集体验收过程当中得到了最高分，这对我们整体办学质量是莫大的肯定。在满足社会发展需求方面，社工学院成绩显著，从整个中国社会发展的轨迹来看，社工行业需求空间大，该职业也一定有其自身的专业特色和服务动能。如果大家都不重视这个学科，不去坚持其人才培养教育，未来愿意进入这个行业的人会越来越少，这样并不利于国家经济社会的健康发展。

为了学习他山之石，更好地促进工作，刘京院长曾专门带我们去韩国、美国考察，就是想了解这个行业究竟有没有前景，到底怎样做才是更

《全国百优社会工作专业服务案例》正式出版

适合中国本土的发展模式。考察后发现，美国社会工作的发展过程其实比我们超前了好几十年，我们需要学习的东西太多了。我个人理解，随着国家的整体发展，缓解社会矛盾，服务有需要的群体，需要更多的专业服务的接入，社工行业的需求量将会更大，而且在近年的实际工作过程中我们也发现，学生们一定是因为学了之后收获了很多，才会带动和影响更多的人选择社工专业。

2013—2020 年，社工学院已经走过了七年发展历程，这段并不平坦的道路也如试金石，给予我们太多启悟和经验、深思。回想建院之初，刘京院长就给社工学院制定了基本发展思路——要符合国家有关方针政策，以培养应用型、创业型的社会工作人才队伍为宗旨；要秉承开放、责任、质量、务实、多样、联合国际的核心工作理念；要注重实务，全面启动信息化技术手段，将社工学院建设成为社会工作应用型人才培养基地和创新教育平台……经过七年的共同努力，我们已经逐步实现了这些设想，契合了发展定位，一切都在向着更有生机和希望的方向前进，真的是很不容易。

中国社会工作联合会、国家开放大学社会工作学院"播种计划"校企联合"大爱城"定制一期班开班典礼

特别值得一提的是，我们办公大楼的几位年轻保安在工作之余，也主动学习和拥抱社工专业，其中两位已经顺利地从社工学院毕业了，学的就是社区服务与管理专业。这必将使得他们未来的人生具有更多美好精彩的可能。而这一切，正是在刘京院长多年的执着和引领下，开出的美丽之花。

何继宁
中国华侨公益基金会副理事长兼秘书长

公益思想家和社会活动家

在我心里，刘京社长是一个高大上的人。刘京做《公益时报》20年了，算起来我与《公益时报》也有至少15年的交情，但是前十年确实是坐在台下，像仰望星空一样仰望刘京。2014年我到中国华侨公益基金会工作，与刘社长有密切的接触。我觉得这十几年，刘社长与《公益时报》做了四件非常伟大的事情。

第一，不遗余力地弘扬公益精神，并且推动公益精神与企业家精神的互动，我觉得这是一个非常伟大的事情。我一直觉得思想家、科学家和企业家，是社会发展的动力，影响甚至决定社会发展的方向，所以在我的眼里，刘京首先是一位思想家。

第二，我觉得刘京和《公益时报》这些年，始终在不遗余力地推动社会建设。我觉得刘京做公益给我的一个印象，他不是为了做活动而做公益，而是在为一个更加进步、更加温暖的社会在做公益，在构建一个社会建设的课题。我们知道，一个社会能否真正地走入现代，能否真正实现民主、法治、和谐，加强社会建设是非常重要的，所以刘京给我的感受是站在推动社会建设的高度、视角和责任在做公益。

第三，刘京这几年不遗余力地推动社会工作，积极促进社会工作者这个群体的职业发展，我觉得是非常有远见的事情。我大学是学社会工作专业的，后来参加过在香港中文大学社会工作的短期培训班，社工对未来中国社会发展有什么样的意义，我想未来会越来越能体现。

第四，我觉得最有意义的事情是刘京给我们搭建了这样一个公益平台，各界精英会聚一堂，大家在一起情深谊长，简单而纯粹，亲切而朴实，我认为这是刘京做的最重要、最有意义的一件事情。

刘文奎
中国扶贫基金会副理事长兼秘书长

不爱财不爱官，只爱公益

刘京兄不爱财不爱官，但我知道他爱公益。这些年伴随公益行业的发展变化，公益媒体起起落落，很多大报都曾开设了公益版块，甚至广播电视台也有公益频道或节目。但我们也看到，很多公益频道和公益版块都由生到死，由灿烂绽放到逐渐暗淡。在这种环境下，其实我和大家一样，也有一个疑问，当然是关心——《公益时报》的红旗还能坚持多久？而刘京和他的团队用实际行动让我们看到了坚定的回答：《公益时报》不仅坚持了下来，而且越办越好，越办越专业。

中国社会的发展进步离不开公益事业的成长，现在我们的社会面临很多问题，需要专业人士关注和解决，需要大家聚集起来发出不同的声音，公益的道路需要更多同行者并肩前行。而刘京和《公益时报》不仅发挥了媒体的作用，而且还时常发挥着行业平台的作用——由此说来，刘京兄坚持办《公益时报》就愈加难能可贵。

祝愿《公益时报》越办越好，祝福刘京兄越活越年轻。

窦瑞刚
腾讯公益基金会秘书长

“斜杠青年”非你莫属

圈里的很多朋友都喜欢称刘京为“主席”，我一般叫他“刘老大”。我们认识已经有十多年了。从2006年开始，腾讯基金会就是企业公民论坛的合作伙伴，和中央电视台、中国社会工作联合会企业公民工作委员会一起主办中国优秀企业公民论坛和表彰大会，后来又一起做“中国公益年会”，还曾一起去美国学习考察。我们相处这么多年，从年龄上来讲，刘京绝对是大哥，但他从来没有把我当小辈，他叫我的口头禅是“这瓜”，总是带着赞赏表扬我。

在我心中，刘主席是一个斜杠青年，从政界到媒体界、公益界、企业界、学术界，当然还有高球界，各种跨界各种身份他都游刃有余，转换自如。在所有的跨界身份中，他一直是一个开局举旗的人，开局之后他不恋权，而是充分地授权出去，所以他手下很多人成长得特别快。我心目中的“刘老大”，格局大，有情怀，讲义气，不爱钱，不爱权，只爱一样——就是朋友。

这些年我们一直在探讨，公益慈善在这个社会最大的价值到底在哪里？我们都知道，中国几千年一直是一个农业社会，人和人的连接是基于血缘，基于地域。但是改革开放40多年来，我们迅速从农业化社会进入城市化，都成为城市的陌生人，我们基于血缘、基于地域的纽带被打破了。而重构和人之间的关系，我觉得，除了我们现在市场经济推动的基于利益交换的关系，还有政府、雇主形成的基于行政权力的关系之外，其实公益慈善能够激发出人性本具的大爱和慈悲，建构温暖且富有人情味的社会氛围，从而塑造社会良好正向的支持系统，这是公益慈善的本质。

我一直认为，刘京对公益最大的贡献，或许不是参与创办了《公益时报》，也不是推动了企业公民，包括提升社工组织在中国的发展进步，而是他以自己的人格魅力聚集了一帮公益界、企业界、媒体界的好朋友，大家都在为同一个目标而努力，即通过公益推动社会进步的诚挚初心从未改变。

雷永胜

内蒙古老牛慈善基金会秘书长

痛快仗义，值得结交

认识刘京让我想到一句话——“付出总有回报”。

我是通过资助北京师范中国公益研究院的项目认识了刘京。我特别在意公益慈善文化在公众范围的启蒙和普及，我认为，只要秉持公益慈善文化之心，一个公益项目的使命和价值就会实现得更好，也会蕴含更多深层次的内涵。如果没有广泛的文化基础，单靠少数人的捐赠去推动公益项目，是不持续的。那么公众的这种公益慈善文化理念源自何处？或者说是如何培养起来的？媒体是特别重要的渠道和手段之一，如果媒体不呼吁不传播，公众便难以知晓。北京师范大学中国公益研究院成立之后，我希望对一些媒体的社长、总编等机构负责人、资深媒体人进行专门的培训并组织出国访学——这个项目诞生后，我便认识了刘京。

认识刘京以后，我在公益界有什么事都喜欢找他，因为每次找他总能把“我的任务”完成，而且他总是把朋友的事当成自己的事，所以说刘京是个靠谱的朋友。

我来自内蒙古，我们当地有喝酒的习惯，用“酒品”来调侃人品也是常有的事。刘京也是快 60 岁的老汉了，可喝起酒来毫不推诿——“酒品如人品”，这个人很痛快、很仗义，所以这个人我交定了。

过去我们说“长征是播种机，是宣传队”，我觉得刘京办的《公益时报》就是这个概念，在媒体界也好，在全社会也好，就是我们公益慈善的播种机和宣传队。

至于“公益”究竟应该怎么做，我觉得就是三个字——“平常心”。你能做什么就做什么，你想做什么就做什么，你能做多少就做多少，你能做多大就做多大。不要心里总想着今天环境不好了，明天政策不给力了，大后天又是社会捐赠减少了，不要总是怨天尤人，要有一颗平常心。这样我们就能心安理得，皆大欢喜，身体健康，心胸开朗。我在大学工作5年，公务员体制内待了11年，蒙牛集团待了8年，最后定格在公益慈善领域。所以走到今天，尽管我也不年轻了，但总有人在问我“为什么这么显年轻”，我觉得坚持做公益就是我的“保养秘籍”，所以，于我而言，无论年轻还是老去，这辈子都会把公益做到底，此生无悔。

我办公室墙上贴有一句话：慈善是日常生活，慈善是终身“职业”。今天借刘京的场子，送给大家共勉。

孔维
演员、深圳市传梦公益基金会创始人

支持我迈出公益第一步

刘京老师作为我公益事业的领路人，支持我迈出了公益第一步。2001 年，很偶然的机会，我接触到一个白血病的孩子，时值《公益时报》创刊，我帮助这个孩子筹到了 10 万块钱，这离不开刘京社长的支持。这件事情一直激励我到现在。

19 年来，我一直在公益的路上践行坚守，从积极参与其他公益项目到我自己创办公益组织（传梦公益基金会），他都作为我的导师，给予我很多指引和帮助。目前，我们发起的“资教工程”公益项目，已经在云南和贵州支持了 38 所乡村学校，累计招募 207 名支教教师，给 1900 多名乡村孩子带去了音、体、美、英、计算机“七彩课堂”。未来，项目将在更多地区播种，惠及更多乡村孩子。今天，每每谈及我的公益成长和收获，我都会感恩 2001 年的那次公益经历，它是起点，也是初心，让我铭记。我相信，所有的公益人都需要给予支持，给予鼓励。当你看到他做了好的事情，那么请不要吝啬，也许你一个小小的鼓励甚至笑容，就可以让他在这条路上走得更远，走得更踏实。

刘佑平

中国慈善联合会副秘书长

《公益时报》社原总编辑

一个人，一张报纸，一个行业，一个时代

刘京这个人，怎么形容呢？他是那种初见面觉得很平常，也没感觉有什么特别了不起的地方，但相处越久就会越发现他的魅力和独到之处。他大气开朗、不拘小节、乐于助人等这些特点，会让你对他的好感与日俱增。

我是 2003 年 10 月入职《公益时报》的，2007 年 10 月离职，我和刘京曾在一起共事了四个年头。在这四年里，我们既是上下级关系，也是平等的合作伙伴关系，更是兄弟。即使离开多年后，我们始终关注牵挂着彼此，每年还是会抽空见面叙旧。刘京与人相处不会让对方觉得不适或者别扭，你可以跟他很坦诚地谈些个人私密之事，也可以很深入地交流各种大事，无论事业或者人生，与他沟通你都大可不必心存戒心，因为你眼前的刘京就是坦诚到毫无保留的那种大哥和朋友。我们彼此认可，彼此欣赏。

从整个公益理念来讲，我曾说过“刘京是一个人，一张报纸，一个行业，一个时代……”他和《公益时报》的轨迹折射出整个中国大时代的一种发展进程和时代变革。尽管《公益时报》的发行量不是很大，但它的影响力很大。因为在整个中国公益慈善事业的启蒙方面，《公益时报》所起的作用超过任何其他媒体，包括那些所谓的主流媒体。现实发展历程证明，我们将刘京视为中国公益慈善领域的“旗手”并不夸张，因为他对整个社会大公益的推动和传播所作出的努力和贡献，以及由此产生的号召力和影响力，有目共睹。

当年整个社会对公益慈善还完全是一片“认知荒漠”的时候，《公益时报》的诞生就像是那个荒漠中间远远看上去的一面旗帜，让很多人看到了方向。当我们深知自己深处的历史进程，也能够特别敏锐地感受到历史的脉搏，那么就应该毫不犹豫且责无旁贷地去探索和尝试我们应该做的事。那时候，我们最早提出“知识青年要到 NGO 去”，这种倡导在当年有点超前，但现在已经成为一种社会共识，整个公益慈善事业领域已经成为国人就业的一个新的增长点。

2004 年，《基金会管理条例》出台，中国基金会自此开始得到了真正的发展；2004 年，刘京参与发起了阿拉善生态协会的策划会，成为该机构最初的十个发起人之一；同样是在 2004 年，《公益时报》牵头改变中国财富的走向，推出了国内第一个慈善排行榜，当时是和胡润、福布斯三家联合推出的，社会反响非常大。至今中国慈善榜已经是第十七届了，这份坚持真的不易，社会影响也十分广泛，极具张力。这种影响不仅是慈善领域，而是覆盖整个中国财富领域，亦与企业家群体形成了很好的互动和融合。在我看来，2004 年不仅是慈善事业的一个节点，更是中国历史进程的一个节点。因为那一年，我国修改了宪法，将“公民的合法的私有财产不受侵犯”写在了《中华人民共和国宪法》里，将保护私有财产写入《中华人民共和国宪法》的同时，也从此奠定了公益慈善事业的法律基础。

这些年以来，《公益时报》为整个行业培养了大批优秀的后备军，很多从这里走出的人后来都各具特色，成为某一方面的佼佼者。《公益时报》既是公益慈善领域的一个发动机，又是一个“黄埔军校”，这是其他媒体或者慈善组织不可替代的。我认为，中国公益慈善事业的发展会是很漫长的一个过程，前提是目前我们整个公益慈善事业的现代化构成并没有完成，而该任务得以完成的基础是公益慈善的全民启蒙。启蒙，就是《公益时报》必须去做的事情，必须要承担的责任，必须去唤醒人们，让公益慈善成为大家习以为常的一种生活方式，像阳光、空气和水一样不可或缺，这才是我们的目标。如果说几十年前，政治革命的激情是推动这个社会进步的最大动力，那么后来商业的激情、经济的激情就是推动社会进步的第二层动力。时至今日，我认为应该是公益慈善的力量在推动这个社会继续向前。

当公益成为国人的一种生活方式，整个社会的公益慈善事业才会很发达，财富才能够为促进社会公平正义、增进人民福祉作出实际的贡献，也才能够对中华民族的伟大复兴增砖添瓦。就此而言，《公益时报》和所有的行业人士都任重道远。祝愿刘京大哥公益之路更精彩，让我们坚持这个道路，一起加油，大步流星地走下去。

沈小平
北京社会工作者协会副会长兼秘书长

“三高”“三新”和“三有”

刘京会长在我心里，是具有“三高”“三新”和“三有”的人。

三高：

1. 思想站位高——战略思维，大局意识，发展理念。

2. 工作标准高——注重服务，注重创新，注重持续。

3. 为人品德高——很谦虚，很务实，很仗义。

三新：

1. 把握新趋势。

2. 抢抓新机遇。

3. 创出新效益。

三有：

1. 有视野。

2. 有干劲。

3. 有资源。

黄浩明
深圳国际公益学院教授、副院长

中国公益事业的一张名片

刘京社长参与创办的《公益时报》，是中国公益慈善事业的一张名片。在中国，无论是对公益慈善事业的国内外传播和宣传的解读，还是过去的18年间普通老百姓对公益关系事件的认知、倡导和行动以及政府的政策改变与公益慈善组织的规范化发展方面，《公益时报》是第一功臣，也是推动中国内地公益慈善事业发展的重要的专业传播平台。

我的公益领路人

画家
柯良

中国有句古话叫“物以类聚、人以群分”。我认识刘京二十多年了，他身边始终围绕着许多有志之士，包括一群志同道合的中青年好朋友、好兄弟，大家在一起相互帮助谋发展，关注慈善，践行公益。在刘京的影响和带动下，这些年的公益活动做得风生水起，影响力日渐提升，这一切都来自刘京的个人魅力。他是个有爱心、有责任心、有执行力的人。在我们这个圈子里我算岁数大的。我下过乡，当过兵，留过学，后又回国到北大教书，潜心研究绘画艺术，由于社会和职业的关系，我一度不愿跟外界交往太多，想安安稳稳做个“清流派”，所以当时给自己刻了一方印章叫“齐鲁布衣”。

认识刘京之后，得知他致力于公益事业，交流便多一些。刘京觉得我完全可以把自己的书画艺术和公益慈善活动结合起来，且意义非凡，就跟我谈：“咱们一起做公益吧。”“怎么个做法？”——这方面我完全没有经验啊。他说我的任务就是专心画画，至于怎么把画画和公益慈善融合到一起，我们再共同研究，这么着，“一不小心”，我就被刘京带上了“公益”之路。

这些年我受邀参加了无数慈善公益活动，包括《公益时报》发起和主办的“中国慈善榜”“中国公益年会”“5·18企业公民俱乐部慈善晚宴”等国内知名公益活动，我多次为这些公益活动提供画作，慈善拍卖所得全部捐给了公益

2017 年 4 月，中国社会工作联合会柯良艺术公益基金成立

事业。联合国教育基金、联合国南南教育基金、革命老区江西莲花县扶贫公益项目、阿拉善环保，还有关注妇女乳腺癌等公益活动都曾留下我的作品，与此同时，我对“公益”内涵的理解也在不断提高，认知得到了升华。

在刘京的大力支持下，2017 年 4 月，“中国社会工作联合会柯良艺术公益基金”成立；2018 年 10 月，“柯良艺术公益基金会馆”落成，这也是我们所有志同道合的朋友开拓的一个艺术公益发展基地。让我非常开心的是，招商银行原行长、深圳国际公益学院董事会主席马蔚华，华为国际咨询委员会顾问田涛等几位老朋友一直对我以艺术助力公益的活动给予持续关注和扶持，还有许多新老朋友也在不断加入这个公益大家庭，我们的队伍越来越壮大了。

由于对“因果”的不断认识，后来我又刻了一方印章，叫“齐鲁布施”。从最初身处世事风尘外的“齐鲁布衣”，到现在常常参加各类公益慈善活动的“齐鲁布施”，我的个人追求和思想境界发生了质的转变。人生在世，书画与公益的携手，却是我内心世界真正得到满足和幸福的开始，公益丰富并圆满了我的人生寄托，也让我领悟了“布施”的真谛和帮助他人的快乐。

这个圈画回来，还得感谢刘京。虽说他比我小十多岁，但作为我的“公益领路人”，他当之无愧。

徐芳
《公益时报》社退休员工

天生具备卓越领导力

我跟刘京社长认识时间比较长。1989 年，我们都在中民实业公司做商业，他是我的领导；2001 年，他参与创办了《公益时报》，我又和他一起工作了十多年。我们见证了彼此人生最好的奋斗历程，那段日子也是我个人工作和成长经历中最快乐充实的一段岁月。所以，我从内心深处觉得，很多时候我和刘总之间不仅是老板和员工、上级和下级的关系，更多的时候像朋友。共事多年，我一直觉得刘总是个很有人情味的老板，而作为报社领导，他还有很多宝贵的优点和特质令人难忘，我就挑几件印象深刻的往事说说吧。

刘总对任何新生事物都抱着学习态度，不拒绝创新，更不墨守成规。记得《公益时报》刚创刊的时候，我们谁都不知道“公益”到底是怎么回事，我想当时做市场出身的刘总自己可能对“公益”这两个字的内涵也不是特别理解。这种情况下，刘总建议大家多学习多研究相关方面的知识，尽快熟悉和建立对公益慈善事业的认知，边学边干，在实践中迅速提升和成长。

那时候我负责报社的人事工作，诸如报社编辑、记者的考核应该怎么做，他们应该是一种什么样的工作状态？——这些属于报纸人力资源部门应该掌握的能力，初涉媒体工作的我还有些摸不着门道。刘总说：“万事开头难”，鼓励我不要灰心，只要做个善于学习的有心人，很快就能把工作捋顺了。

为了尽快上手工作，我找了很多同学和朋友，让他们帮我介绍一些媒体工作者，向他们请教相关的人事管理架构和规章制度，以及招聘考核等问题。当时有个细节很有意思——只要你一跟他们介绍《公益时报》，几乎所有的人都以为你在说“工艺时报”，而没人想到你实际上是在说“公益”，于是我每次都得给他们解释“公益”是哪两个字，即便这样，依然有人会写错。因为那时候好像大家确实都不清楚“公益”是怎么回事。

报社初创磨合时期，我们曾经先后招聘过几位知名媒体出身的总监，离职的时候，他们大都不无遗憾地表达过同一个意思：《公益时报》生得太早了，这张报纸在中国至少提前诞生了50年。言下之意就是在我国经济发展和社会文明还不足以与之匹配的时候做公益媒体，既没有受众的土壤，也不会有良性发展，根本做不起来。

但刘总特别有前瞻性和大局观，无论遇到什么困难都不曾动摇他办报的决心，这么多年硬是坚持把这张报纸做下来了。报纸初创时既没有发行量，又没有广告；既不是事业单位，又没有财政拨款，还不是传统媒体，大家不知道应该怎么去做，也没有人看好这张报纸。刘总从最初报社没钱、没有任何影响力的一穷二白做到现在，在保障了基本生存的同时，报社一直在健康向好发展，社会影响力和品牌知名度也与日俱增，这和刘总的领导艺术和卓越才华是绝对分不开的，我由衷地敬佩！

刘总身上天生具备一种卓越领导力。你会发现，无论是朋友聚会还是客户谈判，他总能很快在一群人当中成为这个场合当中的主角，说俗一点就是自带一种“领导气场”，很快就能感染到周围的人。当年刘总在北大国发院上EMBA的时候，我看过他那些同学的通讯录，他班上不少同学都比刘总当时的背景厉害得多，有银行行长、大国企的老总，等等。可是刘总在那个班里没多久，就成为班里的“领袖”人物。每次他那些同学来找他的时候，从不管他叫“刘总”，而是称呼他“老大”。

刘总非常爱惜人才，他总是很关注员工的动态和建议，对一些新近招聘的员工，素来都是鼓励他们敞开心扉，提意见、说想法，无论是内容策划，还是版面设计，只要员工愿意谈，刘总都会耐心听，用心沟通，并且

中国社会工作联合会和《公益时报》社员工大合影

尽可能给他们空间和舞台，让他们有机会施展才华。

刘总性格开朗，不急不躁，遇事总是表现出十足的宽容和涵养。报纸曾经因新闻标题使用不慎，刊发后造成了较大负面影响。事发后，上级领导部门对报社进行了非常严厉的批评，约谈刘总，那些天大家心里都捏着一把汗，非常担心。但刘总回来以后并没有为此大发雷霆，或者指责我们各种不是，而是语气平静温和地把这件事情重新梳理了一遍，告诉我们哪个地方做的是不对的，哪个地方不够严谨，今后工作中应该在哪些方面改善和注意，等等。他那种临危不乱的大将风范，让大家一下子就觉得心里特别温暖，心里的压力和忐忑很快就消散了。

每年《公益时报》社社庆的时候，只要经济条件允许，我们都会组织一些活动，例如表彰优秀员工、团训拓展等。每次参加活动的时候，刘总都是和我们大家一起玩，一起唱，一起打牌娱乐，从来不摆架子，也不在一边端着拘着，而是自然亲切地融入大家。当然，他在工作中经常是不怒自威，该严肃的时候也绝不含糊。这些和刘总平时在工作中树立的人格魅力密不可分。员工从心里认可他、爱戴他，也热爱这份报纸，更多的有理想有抱负的年轻人都把《公益时报》当作自己事业成长的起点，与报社共同成长，荣辱与共。

2011 年，报社举行成立十周年的社庆纪念活动，刘总建议给在报社工作满十年的员工发 1 万块钱奖金，我也是其中之一。其实对报社来说，拿出这笔钱并不是一个小数目。记得那天所有在报社工作了十年的员工轮番上台发表感言，回忆起一幕幕在报社经历的悲欢往事，那一刻我热泪盈眶，感慨万分。

2014 年，我退休了。虽然离开了奋斗十多年的《公益时报》，但我从来没有停止对老东家的关注和祝福。衷心祝愿刘总能够带领大家开创更加精彩的未来，让《公益时报》走向更蓬勃更辉煌的舞台。

资中筠
知名学者
中国社会科学院美国研究所原所长

希望《公益时报》成为公益启蒙和传播的主动力量

记得我的《散财之道》这本书第一版出来的时候，正好是2003年闹“非典”期间，所以当时社会反响并不大。而最初我写这本书的初衷，是作为研究美国的一个侧面，并没有想要把它结合国内的慈善公益事业来考量。但是结果让我比较意外的是，美国研究界的反应反而不如企业界和国内最早的那批NGO组织反响那么热烈，当时一些公益机构的人就来找我交流，包括《公益时报》社的社长刘京也来跟我聊过，包括阿拉善最初的发起人之一宋军，还有好几个正想做点公益事业的成功企业家，以及现在自己做公益研究院、时任民政部救灾司司长的王振耀，等等。那时他们都表示看了这本书对他们有不小的启发。倒不是说我这本书有多么应景，而是说当时正好赶上了国内公益之心开始觉悟的时候。也就是在这后来的几年间，中国的NGO组织开始蓬勃地发展起来了。

无论是像《公益时报》这样的公益媒体，还是现在好多机构的公益培训、很多大学“公益系”之类的专业学习，这些都是有形而且有意识进行公益传播和启蒙的主动力量。

现在的NGO组织良莠不齐，有的做得不好的，时间长了自然就被淘汰了；做得好的，不但发展壮大能够为社会作贡献，无形当中也成了业界榜样了。像这种榜样，《公益时报》应该加以宣传，而且不是一般的宣传，要做深入的、调查性的宣传报道。每一家公益机构都有它的特点，特点在什么地方，它的效果如何体现，这些都很重要，通过报道，慢慢地把这些能够带来参考和实践价值的内容呈现给社会。这些都会给予民众公益启示和养分。

（本文摘自《公益时报》专访《资中筠：中国公益事业不可因噎废食》）

田涛
华为技术有限公司国际咨询委员会顾问

极具理想且富有使命精神

刘京是一个我所见过的属于那种极少数极具理想且富有使命精神的人。

按理说，刘京的家庭背景不错，个人成长发展也一直充满机会，他完全可以利用自己的人脉资源和关系网络做很多事情，他可以有更现实主义的选择，但是刘京选择了做公益慈善事业，而且乐此不疲。更重要的是，他不是做浅层次简单化的公益慈善，而是有志于在中国形成一套系统化的公益理念，始终倡导具有中国特色的公益生活方式。他通过多年的努力和实践，唤醒和动员更多有实力的人士自觉自愿地奉献爱心，乐于拿出自己的一部分财富帮助更多需要帮助的人，从而使得这个社会上更多贫困的人、不能接受良好教育的人、不能获得相对体面生活的人，能够得到救助。刘京心目中的公益慈善图景非常丰富多元，他更多的是要构建一套理论，构建一个体系，形成一套方式，我觉得这才是最重要和最有价值的。

近年来，我一直在跟一些年轻人探讨一个问题，就是你年轻时候的那种理想、激情和单纯，在你走进社会20年之后，是否还能保持历久弥新不褪色，保持一些本真，保持一种激情，保持一份对社会和大众的关爱与温暖……我说，若果真如此，那你的人生就没有白走过，至少没有异化，没有扭曲。但现实情况是，不在少数的人走上社会若干年以后，逐渐就变成了所谓“精致的利己主义者”，屈从于现实，缺乏激情，缺乏理想，尤其是缺乏悲悯之情和关爱之情。但在刘京身上，我看到了这些可贵的精神风貌，就是可以在世事变迁中始终保持本色，保持初心。

西方国家的公益慈善理念，与其宗教精神有着非常紧密的内生关系；而严格地讲，中国是个无宗教的国家。所以一个企业家或者一个人，在他获取财富和个人发展的过程中，赚钱的动力是什么？赚钱以后如何使用财富？是更多的物质性地满足自己贪婪奢侈的生活消费，还是像清教徒那样尽其所能地创造财富，尽其所能地节约，尽其所能地奉献？我想，中国的公益慈善事业跟西方很重要的区别就是，我们未能构建一套属于我们的，东方式的、中国式的公益的理念体系，且在此基础上将这种理念体系进行更广泛的传播。反之，才能使得更多人在创造财富的过程中，更自觉更乐意地将财富跟社会和大众分享。

《公益时报》其实可以担当这样一种非常重要的责任，它既可以是中国公益事业理论构建的平台，同时也是传播公益慈善理念的扬善平台，使更多的阶层，尤其是企业家阶层的良知、情怀和使命感能够被激发出来，

田涛在《公益时报》社主办的“2018 中国公益年会午餐会”上发表演讲

从最初“我施舍给你”的浅层认知转变为“做公益慈善不仅是利他，更是利己”的自觉行为。《公益时报》创刊近 20 年，这种影响和作用已经在不断呈现……不知道世界上别的国家有没有专注于公益慈善事业新闻传播报道的报纸？我觉得在中国，《公益时报》这样的报纸是特质鲜明、独树一帜的，相信《公益时报》会越办越好。

最近几年，企业家做公益慈善似乎也逐渐成为热门话题。我认为，如果说公益慈善是展现企业家情怀的一个方面的话，纳税就是企业家的第一职责。税收使得政府可以有更多的能力去解决包括基础设施建设、公共卫生、教育、国防、贫苦阶层的救济等诸多问题，助力社会公平的实现。企业家的第二职责是带动就业，这一点不言而喻。

比如华为，2019 年的纳税大概达到 1000 多亿元，由此带动的就业更是非常大的一个数字。当然，过往 30 年来，华为也做了大量的社会公益活动，但是他们非常低调，尽管总是积极参与公益慈善活动，然而就是不愿意对外宣传。早在 1998 年，华为就用 2500 万元设立了“华为寒窗学子基金”。包括后来长江抗洪抢险、汶川地震，以及这次抗击武汉新冠肺炎疫情，还有过往对海外一些贫困国家的捐助，华为从来不曾缺席。我认为更为重要的是，华为让全球大概接近 30 亿的人口享受到了普惠优质的信息技术服务，这其实是消除落后国家与发达国家贫富差距过程中，华为作出的最重要的贡献，也是最大的公益。

夏骏
纪录片导演
中国星云影视文化集团有限公司（香港）总编辑
中央电视台《新闻调查》栏目原制片人

多年行走庙堂与江湖，却不失为人本色

我与刘京先生认识时间不长，却印象比较深。知道他虽然出身于干部家庭，少年时却在动荡岁月没少遭罪，有艰苦奋斗的苦底子。后来青壮年得志，当过领导的秘书，行政、国企都很早出道。如果依照20年来事业成功的惯常思路，刘京走官场或进商场，本是轻车熟路，一般社会虚荣价值观意义上的升官发财，有太多优势，他却偏偏舍弃这条捷径，走了第三条路，举善旗，做公益。

参与建设当代中国的公益事业，参与创办《公益时报》，并不是一件容易的事。现代公益事业，需要工商文明土壤的生态基础，包括社会、政治、文化、信仰等配套力量的支撑。中国在社会转型的巨变时期，一个传统农业社会向现代工商社会的立体转化仍然处于初级阶段，尽管财富快速成长，但阶层落差、法治水平、信仰模糊等问题，使得现代公益在中国的发育生长充满挑战。刘京就是绿化荒原的第一批耕耘者，推动并且引领了这个不可或缺的事业的最艰难成长阶段，使得这个事业成为中国现代化的一种光明力量。

刘京先生给我的印象是真实、淳朴、可亲，虽结识了太多达官巨富，却不显世故圆滑，而是保有赤子之心，这是最难能可贵的，可能也是他行走在庙堂与江湖之间数十年的法宝。太多的人在红尘中迷失了自我，因为身外之物扰乱了做人的本色，刘京却没有，这就显示出了他的独到与宝贵之处。

所有的人生都是在取舍之间走向各自的因果。在这里，我愿意为刘京先生的未来祝福。

陈屹
旅美作家

我们永远的班长

一

初识刘京源自北京大学朗润园，当初的中国经济研究中心活动上，在每位都是“牛人”的2000届EMBA同学中，刘京这家伙的性格：低调与高调并存。

从哪里说起呢？

从朗润园走出的校友们有一个传统，称为“永不毕业”，言外之意，即使完成学业走出北大，大家也要继续读书、继续关心彼此。所以，刘京就成为那届校友毕业之后的班长。

作为班里的大哥，他最热衷的就是约大家定期聚会，他的亲和力在于，他总会让所有参与者感受到他在认认

刘京和北大国发院EMBA同学合影，右一为陈屹

真真地聆听每个人讲述的“故事”，还不时以谦卑的态度，给对方中肯的鼓励。

当大家关注点都在其他主角身上时，刘京又会在不经意之间，蹦出几句令人脑洞大开的俏皮话，说得大家捧腹大笑。当所有人把关注点移向他时，他又面不改色、岿然不动，好像什么事情都没有发生过。

自己与刘京交往近 20 年，如果用一个词描绘他，那就是“够哥们儿”。刘京班长实属“高人”，为什么这样说？因为他让每一位与他交往的人，都感受到你是他的唯一，而他本人，又让他百位千位朋友感受着他是他们的唯一。

我们那个年代出生的人的名字里，总会带有一些强烈的生命印记，刘京的这个京字，就代表了他出生于北京城。然而，年幼时，刘京的父亲被下放到江西，在一个叫作“五七”干校的特殊学校里劳动，刘京就跟着妈妈、妹妹一起离开了北京。

无论何时何处，吃过苦，大概每个人都经历过，但是，青少年能经历落难与磨难，也许对当事人的未来才是一份无形的“礼物”。在饱受漠视、冷眼甚至嘲讽的童年岁月里，给了刘京做一个坚强的“男人”的源泉和力量。

幼年时在没有父亲相伴的成长路上，他已有要保护母亲和妹妹生存的男子汉使命，到后来，他参与创办《公益时报》、全面崛起于中国公益界的公益意识与行动时，他也实现了多年注入血骨中的大情怀与理想的夙愿。

二

记得 2005 年我在北京逗留的一个盛夏中午，刘京招呼我去参加他们同学、也是令我铭记一生的聚会。

有一年他们班王同学突然与校友们“失联”，那段非常艰难的岁月里，王同学全班校友始终对他的妻子和家人给予了方方面面、不遗余力的支持……让王同学家人感受着意料之外的温暖和力量！

与世界已经隔离了一年多的王同学终于出狱，当天走出这座离北京数百里之外的小镇监狱的大门之刻，他惊呆了，或者说，人到中年的王同学，顿然热泪纵横……

因为他看到了眼前来自全国各地同一时间出现的几乎全班“老板”兄弟姐妹们，这是什么语言才能表述清楚的大爱啊？

而我参加的就是刘京班长为王同学来京时组织的接风聚会。

大家静静地围坐一堂，王同学还是闪烁着激动的泪花，重复叙述着那个走出“大门”的瞬间。

因为焦虑不安的他，正在琢磨自己走出“大门”时，他面对久别的妻子和孩子，会怎样表现？但是，当他看到面前齐刷刷、这么多熟悉的面孔时，而且，这是大家花费了多大的力气，专程来到这个“偏僻”的“不毛之地”时，他的心都被融化了。

2000 年后的数年里，我采访了百位连续五届的北大中国经济研究中心（今中国国家发展研究院）的 EMBA 校友们，这是自己历时数千小时采访中的一个小小片段，一切尽在不言中的温暖，其背后强大的“推手”，当然是刘京班长和与他志同道合、北大朗润园熏陶了两年的兄弟姐妹们！

三

2004 年畅销书《因缘际会——超越 EMBA》在刘京班长和无数其他校友及教授学者的支持下出版了。但是，作为作家，我却无法沉浸在已经圆满完成自己作品的诞生喜悦中，而是进入了另一个拿不起放不下、无处逃避的“困境”。

为什么会这样？

我访谈的是当时中国改革开放之际，走入北大回炉读书、最成功的一批企业家，然而，作为已进入中年的我们，精神层面的探讨中，总离不开对家庭和婚姻的重新认知。

具体到我个人，整整数年，美国中国的时空交错，我几乎 24 小时地访谈、思索和写作，让我身心疲惫，就跟在高速路上驰骋的跑车，一时还无法停住。而那段时间里，我特别需要即刻回到相夫教子、属于我自己的真实节奏里，而我思绪的惯性与现实的生活状态，被全部错位了。

前面访谈的百万企业家里，幸运结交了许多挚友，其中包括刘京班长，因为中国与美国 12—13 小时的时差，我经常在美国的白天、中国的半夜，电话“骚扰”他们。经过头脑风暴成百上千次之后，我的第五本书《不是男人的错》以惊人的速度、叫好又叫座的影响力，横空出世。

“当女人找到适合自己的男人时，她找到的是生命旅程的归宿；而男人找到适合自己的女人时，他在女人的世界中重新发现了自己。归宿与发现、结束与开始，形成了男女之间在思维上、言行上最基本的错位。”

这是我《不是男人的错》的开场白。

刘京班长作为一位充满智慧和格局的男士，在构思和创作中，给了我许多直言不讳的点拨和引领，让我换位思考了自己在婚姻和人生路上的定位与角色，我唯有感恩！

结语

刘京班长之所以备受众人敬重，不仅仅因为他是创立中国公益媒体事业的第一人，他还给这个世界留下了超越个人生命和自我价值的大爱无疆之印记。

20 年前刘京班长对我，或者对许多其他人说他的公益梦想时，当初仅仅还是一个梦而已！与刘京班长同行的“大人物”有很多，相信其中许多人会比他做的企业更大、名气更响亮、财富更雄厚，然而，当一个人守望、坚持、不遗余力地将梦想变成现实时，这个梦就真正成为一个圆，进而变成永恒！

我和刘京班长同在 1960 年出生，在不惑之年相识相知，经历人生的起起伏伏，今天幸运地发现，我还没有被“离弃”！是的，跟上刘京班长，还有他哥们儿姐们儿的步伐，挥别上半场的“精彩”，再一起走入下半场的人生之旅！

2020 年 4 月 28 日写于纽约

宫玉振

北京大学国家发展研究院教授、BiMBA 商学院副院长

他的公益人生特别打动我

刘京不仅是中国社会工作联合会的副会长，也是北大国发院的校友，同时也挑起了成立不久的北大国发院公益委员会会长的重担。近 20 年的时间，刘京一直在做公益的事情，也逐渐带动更多人走上公益的道路，他的公益人生特别打动我，也感染着我。

“过有意义的生活，做有意义的事情，建立有意义的关系。”——这三句话就是刘京公益思想的集中体现。公益本身就是有意义的生活，通过公益平台建立更多有意义的关系，跟一群志同道合的人，做一些有意义的事情，从而推动社会进步——这无论对个人还是对整个社会来讲都是很高的境界。

中国四十多年改革开放的成就有目共睹。当社会发展到一定层面，当我们手中掌握了一定财富之后该怎么做？这确实是摆在我们面前的课题，家还要贵，“贵”本质上是精神上的高贵。当利他的社会氛围逐渐形成之后，每个人才有可能生活得更加美好精彩。我个人感觉，公益是社会进步的一个重要指标，而判断一个国家社会进步与否的核心指标并非财富、军事实力，或者其他。不管在中国，还是在西方，其实都有这样的公益环境——穷则独善其身，达则兼济天下。在刘京身上，这个特质尤为明显。

师曾志
北京大学新闻与传播学院教授、博士生导师
北京大学公共传播与社会发展研究中心主任
中国扶贫基金会安平公共传播公益基金联合发起人

他的公益价值观充满人文关怀

我跟刘京社长相识虽然还不到十年，但仿佛已经是很多年的故交老友，我们共同经历和见证了中国社会发展进步的迅猛变化和高速转型期，对公益慈善事业的探寻有着基本的共识。

我印象中的刘京社长，多年来始终不忘初心，秉持着他心目中的公益价值观，一直无畏地游走在丰富多元的领域，心态开放，格局包容，在前行的道路上卓尔不群，对中国公益的启蒙和进步具有鲜明的引领作用。

刘京社长是个很无私的人，待人真挚细腻，可以照顾到每个人的情绪和想法，这也就奠定了他的公益之路是实实在在、以人为本的公益，而非空洞虚华的矫饰。对于未来中国公益的探索，他坚持在实践中寻找方向和答案，努力务实，令人感佩。

北京大学国家发展研究院校友公益委员会秘书处

刘京：北大国发院校友公益之路的引领者和推动者

刘京是北大国发院首届 EMBA 的学生，2000 年能了解到这个项目的人不多，愿意去尝试和创新，从这一点上也能看出他的性格特质。校友们和他接触多了，有三点印象特别深刻：第一，这么多年，刘京非常专注地聚焦于公益去做事；第二，很多时候，他不是一个人在走，而是带动一群有影响力的人一起做公益；第三，在刘京身上我们可以看到谦虚和恭敬之心，这应该缘于见得多了，当他自己的海岸线足够长的时候，才得以凸显大海有多么深邃。

2018 年，学院拟组建成立北京大学国家发展研究院校

2018 年北大国发院校友公益委员会成立仪式

友公益委员会，希望依托国家智库，聚集一批有责任、有担当、有创新精神、有全球视野的教授、校友和企业家；通过创新的组织形式，以案例研究和分析的方式参与和推动社会治理与创新实验；在项目推进过程中，充分发挥社团成员的积极作用，调动社会各界的力量，通过跨界的平台在复杂而系统的社会问题中进行案例实践。

曹德旺
福耀玻璃工业集团股份有限公司董事长

《公益时报》促进了公益慈善事业的健康发展

《公益时报》社社长刘京先生，憨厚朴实，对传媒事业忠诚且又专业，对中国今天的慈善事业作了很大的贡献。

《公益时报》隶属于民政部，每年除了宣传慈善公益的意义与好人好事外，更积极推荐推广公益慈善先进人物，促进了公益慈善事业的健康发展。

我个人认为，作为企业家必须具备的基本素质是感恩与担当。从成长的健康要素而言，更应具有仁慈、仁爱、仁义之心。

建设并发展公益、慈善事业是每个企业家不可或缺的修养。

马蔚华
深圳国际公益学院董事会主席
中国企业家协会理事
招商银行原行长

他对公益慈善有自己独到的观察和视角

追溯过往，刘京做公益的时间比我还早。20 世纪 90 年代初，他给领导做过秘书，后来又经商下海，干得很不错。按说他可以有很多选择，但是他最终选择了关注 NGO 在中国的发展，专注投身公益。虽然那些年公益事业在国内还未得到充分认识和重视，但今天看来，他当时的选择还是非常有意义的。

当年在招商银行当行长的时候，我们曾经共同推动过许多公益事业，包括在汶川地震发生后，我和刘京也通过多种方式投入抗震救灾工作中，尽己所能地做了些事情。我印象最深的，就是 20 世纪 90 年代初，我们曾共同尝试和探索企业 CSR（企业社会责任）在中国的落地和萌芽。那时候“企业社会责任”在国内还是个很陌生冷门的概念，但有些跨国公司已逐渐开始在中国推广，我和刘京觉得这是一种很具前瞻性的企业发展理念，就联系了一些愿意携手来做这件事的公司，比如 TCL、可口可乐等企业，一起创建了“中国社会责任同盟”，我担任该机构主席，刘京作为骨干力量一起参与此事，他对这个问题很早就有自己的观察和认识，所以，其实在那个时候我们就开始了中国企业社会责任的启蒙之旅。

时至今日，我国的上市公司已达几千家，许多企业都在发布社会责任报告了。回首往昔，感慨之余不免有几分自豪——那时候我们对企业社会责任的认知和开拓还是很

刘京和马蔚华（左二）在中国公益年会现场

有社会价值和历史意义的。从这一点看，刘京对新生事物的敏感性很强，特别是对公益慈善领域的认识有自己独到的视角和观察，而且能够在有所认知后投入心力去参与、支持和推动，难能可贵。

我想说的另外一件事，就是我们携手推动了深圳国际公益学院的成立。成立专门的公益学院不仅在中国是个新生事物，在全球范围内都很少。当时比尔·盖茨、瑞·达利欧以及几位中国企业家都一起参与，刘京担任了学院唯一的监事。在参与公益学院创建的过程中，刘京提了不少好建议，每次开会他都很认真地参与，在学校建设机制和管理体系的架构方面，刘京都提出了很多建设性的意见。

《公益时报》是中国目前唯一的一份专业传播公益慈善的报纸，业界很多的声音和观点都希望能够通过《公益时报》予以传播和推广。比如，壹基金的发展，深圳公益学院的发展，也包括我们提出的影响力投资、可持续发展，这些新的理念都得到了《公益时报》的支持。《公益时报》每年举行的中国公益年会，只要有时间我都会参加，且将我的很多新观点在年会上作了演讲和分享，得到了大家的关注和支持。刘京作为《公益时报》的负责人，走到现在不容易，他做这件事本身就是对中国公益事业最大的支持和最重要的贡献。

从招商银行卸任后，我一直在倡导公益金融在中国的建构和发展，我认为这是中国社会经济和人文进步发展到一定阶段的新需求和新动能。传统的慈善捐赠和爱心救济当然是中华民族的传统美德，需要继承和弘扬，但光靠这些是无法解决现实情况下越来越多的现实问题的。我们需要不断探索，大胆创新，用新的商业手段来解决大量的社会问题，这是我所推崇的公益金融社会影响力投资能够带来的全新公益力量。我非常欣慰，在这个问题上，刘京不仅非常理解，也全力支持我。

改革开放四十余年来，中国社会经济高速发展的同时，也积累了一些诸如生态环境、贫富差距等社会问题。党中央、国务院对此采取了很多措施进行治理和改善，比如现在大力推进的扶贫攻坚等很多工作，也对全球发展进步作出了贡献。但面对不断多元的全球变化，中国还在发展的道路上奔跑，中国的公益慈善事业也面临着进一步深化和转型。目前，中国基金会总数已经超过 7000 家，如何让这些公益组织都能跟上全球公益发展的潮流和趋势，如何能完成中国公益的发展和转型？这都需要我们去宣传、教育，需要培养人才，需要不断创新。

比如说今年初“新冠肺炎疫情”暴发后，我们也一直站在全球社会治理与生态环境的角度进行了分析和反思——为什么过去的这十年到二十年，病毒、瘟疫的发生频率越来越快、范围越来越广？当然，气候变化给我们人类带来的挑战不仅有病毒，还带来了澳大利亚大火、蝗虫、水灾等，也就是说，我们居住的这个地球已经“生病”了，所以联合国在 2015 年提出了 2030 年可持续发展议程，提出无贫困、零饥饿等 17 个发展目标。我们必须认识到，每个人对自己生存的环境都有责任，每个人也都有义务为此作出努力和贡献，推动和改善我们生活的地球向好发展。在新冠肺炎疫情尚在全球肆虐期间，有机构邀请我就相关内容进行演讲直播，当时有将近 289 万网友在线收看，说明大家对这个问题都非常关注。

我认为，坚持新的发展理念，推动新的商业文明，坚持可持续发展，方可从根本上解决我们生活的地球和人类自身面临的诸多挑战。就我个人而言，我曾在商业岗位完成了自己的奋斗之旅，退出商场后又专注于公益慈善事业，既能够对社会公益有所贡献，也能够实现自己的一些想法，这一生非常丰富且有意义。

党彦宝
宁夏宝丰集团有限公司董事长
宁夏燕宝慈善基金会理事长

因公益结缘，与我亦师亦友

我与刘京社长因公益而结缘，因对温暖人间的共同期待而交心。我们相识已有三年多了，各自繁忙的工作让大家一年都难得见几面，但有时会在微信中探讨公益实践问题，有时也在电话中稍作问候，每一次交流都格外亲切。尽管时空阻隔，但我们始终彼此默契，心意相通。

作为发起人之一，刘京社长带领《公益时报》一路走来充满艰辛不易，但他坚韧努力，以时间的积累、爱心的凝聚、善行的积淀，使得《公益时报》不仅成为公益事业发展的推动者，更成为社会公认的前沿公益理念的启蒙者和传播者。在这座因善而搭建的平台上，公益机构、责任企业、爱心人士相伴而行，为困难群体提供精准帮扶，为更广泛更多元地弘扬公益慈善事业作出了积极贡献。

于我而言，刘京社长亦师亦友，在公益事业的坚守和创新上，给了我很多启发和指导，因此，我心怀敬佩，也非常珍视彼此的这份友谊！

乐善好施、扶危济困是我们中华民族的传统美德，也是现在社会的一种主流价值观。我始终认为，做企业就要做“对社会有价值的企业”。尽管创业不易，企业发展的每分每秒都在克服困难、突破瓶颈，积累财富的同时，也是一个艰辛奋斗的过程。但财富应当取之于社会、回馈于社会，这一直是我的财富价值观。

2011 年，我与夫人边海燕成立了家族式非公募基金

党彦宝（左五）和夫人（左四）边海燕参加“刘京·公益私享会”

会——宁夏燕宝慈善基金会，进行了一系列的公益实践和探索，最终将教育扶贫确定为公益慈善事业的重点。我一直深信，知识能够改变命运，扶贫扶智才能彻底挖断穷根，阻断贫困代际传递。我也希望通过自己的言行能够带动家族和身边的人积极参与到公益慈善中来，不断传递“爱”心，传承“善”行，共同为全面建成小康社会、实现中华民族伟大复兴的中国梦加油助力！

葛国瑞（Gregory Gilligan）［美］
中国美国商会董事会主席

我们的公益榜样

刘京主席是我们大家从事公益的一个榜样。多年来，他通过自己的领导力和个人魅力一直鼓励我们积极参与公益活动。从他身上学到的不仅是美好的慈善精神，还有许多丰富具体的公益慈善操作模式和思路。有时候我也会请教刘主席一些公益活动的策划应该怎么做效果会更好，如何将效果最大化，等等，因为他在这个领域确实是一个非常重要的影响者。《公益时报》的存在和发展，也让我们大家能有一个可以学习如何做公益的平台。

当下企业家们参与到公益慈善活动里面来，我觉得对中美关系的大局有一个非常好的帮助。因为商业就是中美双边关系的一个“压舱石”和“推进器”，只要我们在商业领域能多进行一些合作，就会促进中美关系的良好发展。在此过程中，企业家们将一定的财富和精力转移到公益慈善领域去，同样利于社会发展进步，可以让社会公众知道企业家们对社会人文的关注和关怀。

要说中美企业家在公益慈善领域开展的活动有什么不同，我觉得中国政府层面可能会更多引导企业家如何参与公益活动，美国这方面的引导会少一些，企业家可能会按照企业自身的需求和计划来做。未来我希望中美企业家的合作能越来越多，因为回馈社会是大家共同的责任，我们美资企业不仅要融入中国社会，也要融入更多有意义有价值的社会公益活动，我们愿意和中国企业家一起推动这些重要的工作。

穆 军
资深投资人

为公益事业尽心竭力

有机会和大家分享当年和刘京共同的成长经历，我心中非常感动。这里面有很多人应该被永远铭记——

当年带我们开创公益事业的第一位前辈是徐瑞新部长，他给了我们很多指点和帮助；还有特别值得怀念的、我们的老大哥、老朋友刘晓光，没有他，就没有后来的阿拉善 SEE 生态公益组织，虽然他已经离开了我们，但他是中国公益事业的重要开创者之一。

追溯往昔，我和刘京当时最大的困难就是，如何让所有相关的人理解“公益”到底是干什么的，这个真的非常难。后来我们发现了资中筠先生的《散财之道》这本书，觉得其中的观点与我们当下的追求不谋而合，就开始四处推荐。当年那段时间里，我们俩在车的后备厢里堆满了这本书，逢人就送。我们最朴素的动机就是想从这个基本概念入手，向大家说清楚什么叫“公益”。

按照当年我和刘京真正的构想，如果能把当时徐瑞新部长领导的中国社工协会改名成“中华公益总会”就太好了，这样的话，那边有一个中华慈善总会，这边有个中华公益总会，以后咱们甩开膀子做公益就名正言顺了。尽管这个设想最终没能实现，但我觉得无论是刘京还是我，都在公益这条路上尽力了，尤其是刘京，这些年一路走来很不容易，可以说为公益尽心竭力。如今，回首往事，我们更多的是自豪和欣慰。

唐小尧
北京香港马会会所原总经理

一位真心爱公益的谦谦君子

说起刘京社长，真的要由衷地竖起大拇指——他太厉害了！能力强、人缘广，同时又非常谦虚低调，一点老板架子也没有，跟他一起聊天总是如沐春风，非常舒服。在我眼里，他是一位谦谦君子。

要说和刘京社长交往过程中印象深刻的事情，真的很多，但基本上都跟我们一起合作的公益事业有关。过去我在北京香港马会会所工作的时候，和他一起做了不少有意义的公益，感悟也很深。

我是北京香港马会会所开业后第一任总经理，会所开业前期的一系列规划都是我亲自做的，可以说，从筹建伊始，公益慈善的种子就已经深深地根植于会所的整体发展当中。北京香港马会会所是 2008 年 4 月 10 日开业的，一个月以后就发生了汶川特大地震。在这么大的灾难面前，我们也想参与一些公益慈善活动，尽一点心意。后来我们找到刘京社长，说明了想法，希望他能以专业人士的角度给我们一些建议和帮助。他非常爽快，说可以合作的方式很多，可以根据我们的实际需要和操作方向而定，大家共同的目标是把事情做好。我一看刘京社长这么务实热情，心里立马就踏实了，很快就敲定了合作方案。虽然彼此是初次见面，但我和刘京社长一见如故，彼此沟通毫无障碍。这些年相处下来，双方的了解和理解愈加深厚，也成为彼此信赖的知心好友。

在刘京社长的支持下，我们的合作一直延续下来。每年通过会所举办的慈善酒宴筹集大量的资金，投入了公益事业中。

2008 年 9 月 20 日，北京会所举办了首届慈善酒宴，由此开启了会所“骑士”们在内地的慈善征途，当晚所有净收益全部用于资助四川灾区贫困家庭的伤残儿童。怀揣公益之心，在 2010 年 9 月 3 日第三届会员年度慈善拍卖酒宴上，我们正式启动了中国社会工作联合会“共铸中国心”专项慈善基金。

我们共同倡导发起的疾病救助项目，历年来已走进四川、陕西、西藏、内蒙古、吉林、河北等地，为近 10 万人次进行了筛查、诊疗和救治，捐款捐药 2000 多万元，先后为近千名儿童进行了免费先心病手术，探索出了一个政府支持、社会参与、媒体互动的现代公益发展新模式。

为支持高原教育，我们组织了“百人青海公益行”活动，先后走访海南、青海省的西宁、果洛、黄南、海北等地区，让更多的企业家和爱心人士了解当地孩子们的学习和生活状况，捐赠了数百万善款，并尽可能地持续给予他们更多关爱和帮助。

北京香港马会慈善拍卖酒会现场

在湖北西部山区，我们实施了“鄂西巴楚风情公益行”项目，马会会员及义工队累计为湖北长阳山区的5所学校近千名学生以及百名教职员工送去了价值数百万的爱心物品。

我们相信涓涓细流必将汇聚成汪洋大海，每一份善举将集聚强大力量。这是我们坚持每年举办慈善晚宴的初衷，也希望我们能用更多善举来回馈社会。

如今，一年一度的慈善酒宴已经成为我们最具代表性的筹款活动，也是影响会员乐善好施精神的关键之举，每次落槌、每笔成交都成了爱心的见证。而这些都离不开刘京社长的支持，他总是说做公益是一件很快乐的事情，帮助他人也会成全自己。

回望这些年的合作与交往，刘京社长给了我一种很好的引导。这里面体现了他个人的一些美好特质：对朋友的真诚和信任、大气和仗义；做事言出必行、行出必果的责任担当和执行力等。

刘京大哥除了担任《公益时报》社社长，还身兼多职，是个大忙人。说实在话，我拉着他做的公益项目和他平时打交道的那些大资金大手笔不

刘京（二排中）和唐小尧（二排右二）在北京香港马会会所举办的慈善酒宴上

能相提并论。但他为了公益，不仅鼎力支持，而且始终和我并肩“战斗”，还推动了大量资源的加入。

通过资源对接，发挥平台的作用和优势，刘京社长让更多人参与了慈善事业，让困难群体与公益组织、捐赠人实实在在地建立了联系。但他并不居功，而是一再感谢各方，他常说的是“感谢各位尽己之力，让更多的人更有希望，让更多的无助变得有助，让公益更有力量！感谢各位多年以来的慷慨奉献，让这个世界更加美好，更如你我所愿！”

这让我很感动！我觉得刘京社长是真心做公益的人，他不看项目大小，也不是那种浮夸骄躁的人，他做事沉得下心，更看重公益项目本身的意义。

刘京社长让我认识到，慈善是一种生活方式，我们通过每一个人的努力，调动每一个人的积极性去创造更多的财富，让财富真正流动起来，才是一种健康的、积极向上的生活方式。

物换星移，几度春秋。迄今为止，北京香港马会会所举办的慈善酒宴已经坚持了十二季。现在我虽然已经离开，但我相信慈善酒宴依然会长久持续地开展下去，因为这是一个非常有意义的活动，而那一天，更是许多爱心人士心中共同的公益纪念日。对我而言，公益让我领悟了生命的真谛，荣耀了我的人生，以后不管在这世界的哪个角落，公益将始终是我一生践行的事业。

（本篇撰稿：王勇，《公益时报》记者）

于 懋
资深投资人

素描刘京

在我的印象里，刘京是个身份很模糊的汉子。通常来说，本事大的人，本身的辨识度就是不明显，什么都是，又什么都不是，有他不显，没他不行，是无法简单归类到某个领域里去的那些“大神”。

我现在也不确定他的身份到底是什么。有人称呼刘社长，这很容易理解，不就是手里那个《公益时报》吗？这事根本无法入我的法眼，不是因为别的，这年头的纸媒，悲惨得不成样子，本身就是个赔本的买卖。要是我，既不想做，也不敢做，理由很明了，就是赔不起。

可他竟能让一份过于偏门小众的报纸，愣是不死，还办得红红火火，很让人纳闷。我不知人家是怎么做到的，也不想弄明白这里面的名堂，怕太深奥，伤到脑细胞。

也有人甜甜地叫着“刘主席”。这个头衔跟任何姓氏放在一起，都很好听，也舒服。要是有大把人对俺也是“主席”长“主席”短地喊着，别的不敢说会怎样，给自己增寿这事，肯定会有。对此私底下羡慕嫉妒，不就是搞了个企业公民高球会，便可戴上这顶桂冠。赶明儿个，咱也随便鼓捣一个什么会出来，级别立马跟他齐平。

甭管称呼什么，其实他在我们这群朋友中最真实的身份，是哥们儿，是一辈子可托付、可信赖的密友。倒不是由于关系好，才这么聊天，只要有机会与他亲密接触，共过事，自会有标准答案。

他身上的特殊气质很明显，温和又有张力的气场在那儿放着，干净、正直、真实、公平公正的气质，极具亲善力的人文关怀，不打诳语，不动坏心眼。这么一来，不想成为中心人物都不行。

我打量过他身边那些“狐朋狗友”，“不省油的灯”占大多数。个个都是佼佼者，在自己一亩三分地称王称霸。但大把人能围着他转，听他吆喝，你只能说，这个男人有故事。

不能再表扬下去，既怕别人说咱俩有互相吹捧、共同提高的嫌疑，也担心他骄傲自满。从文字表述上也不合适，话聊得太满，让人看上去会误以为是悼词。

按说咱也是阅人无数，好的坏的都见识过。奇怪的是，他在我的评价体系中，始终具有神秘性。如果把他看作是一个官员，那他是最不像官员的官员。如果他是一个企业家，身上又有着明显体制内人的特点。能出此效果，一看就是在复杂社会环境下，自己认真进化所为。

不过这种混搭挺好的，左右逢源，见招拆招，光滑圆润，啥都不耽误。这是自然形成的文化生态，一般人还真学不来，稍有故意，就会露怯。

这个人的特点，是做啥像啥，无法揣摩他的可能性的边缘在哪儿。无论是工作还是生活，审美意识较为突出，有声有色，很像那么回事。他不属于严肃紧张的那种，松散随意的劲，倒是满身流淌。

可能心大的人都会这样，原则问题把握住了，其他的零碎都不叫个事儿。好处是，啥事都能过，轻易不卡壳。任性但不随意，别把自己给憋着了是大事，舒服一会儿是一会儿。将快乐地工作、甜蜜地生活，视为生命的大心情、大态度，这事可以有。

以这样的状态投入，专注和创造性肯定会在现场。甭管是正经事还是其他，一出手就得有。但凡被他盯上的事，准保一整一个准，回回中的，绝不放空枪。

我比他长几岁，也有十多年的交情。从年龄排序上，理应我是他哥。可在心里，不知为什么一直默认他是我的“老大”。这里涉及的东西应该很多，一时半会掰扯不清楚。其中有一点倒是有可能，人家比俺大度、懂业务，啥事都让着你，罩着你，这种关系也就决定了相互的心理位置。

这是《公益时报》记者跟我约的稿，字数要求在1000字以内。不知不觉写到这个份儿上，估计是已经超额完成任务，该收笔了。她还嘱托我谈点有关公益的事，看来已经没地方放置此话题，这活儿只好留给他人去做了。

徐军利
北京科怡辰业投资管理有限公司董事长

朋友圈里的“公益火车头”

我认识刘京十多个年头了，是他多年的老友，因为同样的业余爱好“高尔夫”，我们走到了一起。一直以来，我也是与他投身公益、并肩同行的追随者和同道者。

2008 年，刘京把一些喜爱打高尔夫球的企业家聚集在一起，成立了“中国企业公民高尔夫俱乐部”，由他担任俱乐部主席。从此以后，在我们的朋友圈里，大家都习惯叫他“主席”。2010 年，在刘主席的介绍下，我成为俱乐部一员，这是我第一次接触并了解“企业公民”。

在我们这个高尔夫俱乐部里，聚集着各行各业的企业家，而且其中大部分都是称霸一方的“诸侯”。他们有自己的企业，有深刻的经营理念，有成功的创业史，甚至有一定的社会影响力。就是这样一群人，不仅有着打“高尔夫”的相同爱好，还有一个最重要的共同的特点——强烈的社会责任感。而有能力把这些各具特色的“诸侯”聚集在“企业公民”理念之下的人就是刘京主席，能够加入这个群体，我也感到很荣幸。

我们俱乐部的人有句口头禅，叫作“有事找主席”，这是因为刘京主席总能给我们一个方向、一种力量，虽然他不愿张扬高调，也不喜夸夸其谈，但却有着非同寻常的号召力和感染力。后来，我的企业主动加入了在他的推动下成立的“中国社会工作联合会企业公民工作委员会”。这些年，我们在一起打球、讨论企业发展和企业战略，他给了我很多建议，他说：“所有人都可以跳上战车，也随时都可以跳下去，唯独自己走不掉。”正是他的这种责任心和坚持创造了《公益时报》的现在，也带动了我们这些企业家自觉认真地履行着企业社会责任。

刘京主席是我们这个朋友圈里的“火车头”，他给我们创造了一个商业合作、公益传播、品牌发展的良好交流平台，我们也有机会通过这个平台传播善行，弘扬企业责任。这样的交流和互动可谓“相得益彰，共同进步”。

因为高尔夫，我与刘京主席结缘；因为公益，我们彼此的理解和友谊更加深厚。

“如果你是真心拥抱你的事业，那么公益可以净化你的灵魂”，这是我在企业中一直秉承的一个理念。我做企业 30 多年了，经济形势的不断变化也确实对企业的发展起着非常重要的作用。很多人对公益、慈善的理解就是献爱心、捐赠。其实跟着刘京主席一起做公益之后我才发现，原来公益是在给我们企业和每个人创造一个机会，一个体现自身价值和存在感的机会。企业不能独自发展，公益也不是捐点钱那么简单，其真正的动力在

一年一度的东升汇慈善拍卖晚宴现场

一年一度的东升汇慈善拍卖晚宴现场

于促进社会和谐全面地发展。

自 2016 年开始，我的企业将每年的 5 月 18 日都作为“公益慈善日”，至今已经是第五个年头了，在刘京主席的支持下，我们帮助了很多需要帮助的人；目前我们也在筹办一个文化基金会，在此过程中，刘京同样给了我很多的建议。

从小我们就知道：做一点好事不难，难的是做一辈子好事，也可以说人做一点善事容易，难的是一辈子都去做善事，行善举，所以我们一直在坚持。最初，加入高尔夫俱乐部的时候，我们有这样一个不成文的约定——每次能打出好成绩的会员要对公益慈善予以一定的捐赠，这些款项会支持定向的公益项目。这些极具意义的善举也渐渐影响了我身边的很多朋友，他们经常说：“虽然我们不是企业公民俱乐部的会员，但也希望能通过这个俱乐部参与到公益事业中去。”

感谢刘京主席，你让我和我身边的朋友们感受到了公益的力量，还有作为一个企业家真正的价值和意义所在。

杜淼
软通动力信息技术（集团）有限公司执行副总裁
企业公民（东升汇）俱乐部秘书长

财聚人散，人聚财散

初识他，并没有留下太深的印象，如果不是我们都有一个共同的爱好，也许就错过了这位在未来生活中对我产生重要影响的良师益友。

刘京小名“主席”，“60”不加后，整整大我十岁，不承想我们成了朋友，居然还是那种几日不见就会相互思念的好“基友”。

1995 年，我正式创业。

十年后，公司引入战略投资人，我准备只做股东进入“退休”模式。主席对我说，挣钱和行善应该兼备，公益就是大的善财。公益并非很高大，人人皆可公益，早晨出门碰到陌生人给他一个微笑，让这一天都有好心情你就做了公益。做公益，不是去改变别人而是去改变自己。

主席对我说，企业的核心价值观就是责任。

公益带给我什么？从年少轻狂到温文尔雅，从企业发展到承担社会责任。现在我的企业员工已达 6 万余人，年创收超百亿元，我觉得主席给了我很大的帮助。

主席有一句金句“财聚人散，人聚财散”。

2009 年 8 月 6 日，在刘京主席的倡议下，一群具有社会责任心又热爱高尔夫运动的朋友聚集在一起成立了企业公民高尔夫俱乐部［后改为企业公民（东升汇）高尔夫俱乐部］，俱乐部秉承“莫逆于心，遂相与友”的企业公民理念，为优秀企业家和热心公益的政界精英、社会名流、媒体领袖们搭建起高端交流平台，使大家能够一起分享快乐、交流经验、探讨得失，在切磋互勉中关心彼此、温暖自己。

回望过去，俱乐部的成立不在于当初有多大的理想，更多的是有着后续的执着和坚持，每位会员的学习、理解和个体发展，达成的共识理念都对俱乐部贡献了巨大的力量。

企业公民（东升汇）高尔夫俱乐部从成立伊始就把公益作为机构的核心价值观，非常重视文化和氛围建设，会员们均以球会友、相互尊重、人人平等。俱乐部内部不做企业规模、财富的攀比，大多以朋友、兄弟相称，很是轻松愉悦。

大家能集中在一起的最重要的纽带就是高尔夫运动。

因为有着共同爱好，所以能够汇集于此。相互间能够找到共同的话题，而运动又给大家带来了非常好的凝聚力。在此基础上，大家热衷于公益和企业公民理念，这让大家对社会有了新的认知，从而找到了更多的共同语言。好的文化、好的氛围，这使得所有人在一起沟通交流有了幸福

刘京和杜淼在一年一度的东升汇慈善拍卖晚宴现场

感。平台能够继续存在下去，大家都很珍惜，谁也不愿意失去这个组织，组织也越来越有凝聚力和吸引力。

当前，中国公益事业的边界不断拓展，从帮助、救助到提升、发展，从单一的医疗、教育向文化、生态等多元领域扩展，从传统的资助向参与社区治理迈进。俱乐部十几年如一日支持公益事业，如今，公益已成为这里每一个人的信仰。

从 2016 年起，每年的 5 月 18 日被定为企业公民（东升汇）高尔夫俱乐部的慈善日。

2016 年，俱乐部打造的首个公益品牌——“为了妈妈”项目诞生，每年为上万名农村妇女提供免费的乳腺筛查。2017 年，针对长征沿线及其他贫困地区学员推出教育扶贫项目“播种计划”；2018 年，“江西公益行”对江西省遂川县进行定点帮扶；2019 年，“八石里洲上生态修复”项目帮助江西省莲花县进行生态修复；2020 年，推出“心社联动安心小屋”抗疫项目，为疫情影响人群进行心理帮助。

公益项目的相继推出，慈善版图的不断延伸，大家的社会责任持续拓展。

主席曾表示，“一个组织最核心的地方是利他，利他才能长久。俱乐部的成立就是要让更多的企业家联系在一块，通过高尔夫平台更好地推广企业社会责任，推行‘企业公民’的理念。”

2020 年是俱乐部成立的第 11 个年头，会员们因高尔夫运动相识，但又并非仅仅以打球相聚。这些年，会员质量不断提高，公益之心却从未改变，我们一直在奋进，去努力发现更好的未来。

目前，俱乐部会员的平均年龄已经 55 岁，未来我们将逐步退出历史舞台，希望我们的孩子们或下一代能够把“企业公民理念”传承下去，祝愿我们这帮“老家伙”们快乐健康，永葆一颗公益之心。

（本篇撰稿：张明敏，《公益时报》记者）

王拴红
格林集团董事长

当之无愧的公益先锋

一提起刘京，我脑子里马上就会冒出的一个词就是“大哥”，因为他在我的心里就是一个大哥，大哥的特点就是包容、理解，还有无私的扶持。这么多年了，每次看到年轻人遇到难处，他总是能帮就帮。假如说你有事求他，他绝对不会说“NO”，总说“好，我看怎么办”。

说到公益这个领域，刘京大哥就是当之无愧的领军人物。2001 年，他参与创办了《公益时报》，此后的中国慈善榜、中国公益年会等这些有影响力的社会活动，都是他发起号召并落地的。从他参与创办《公益时报》开始，“公益”这个概念一点一滴地在中国社会和大众心中慢慢启蒙。从某种意义上说，如果没有他的努力，中国公益事业的传播和品牌形象可能不会取得今天的成就，也没有这么大的发展。

印象最深刻的就是每年他都会举办几次大型公益活动。刚开始，我们参加就是开眼界——“哦，是这样的”，那么多的大人物、企业家、慈善家、影视明星都来参加，社会方方面面也都关注支持，这个过程中我们也开始参与捐款，也做一些慈善拍卖，逐渐从旁观者成为参与者和实践者。实际上在这个过程当中，更能体会到公益和慈善的力量，这种力量强大到足以凝聚人心，推动社会进步。我觉得，人的财富积累到一定程度以后，还是应该向善、从善，为社会的美好去付出。全世界 70 多亿人口，贫富差距、地域差距、文化差距、价值观差异都是很大的。作为企业家，除了把你的企业带好、做好本职工作以外，还应该带头去帮助弱小的群体，帮助更多人就业，为社会做公益的事。

与刘京大哥多年的相处中，我们不仅欣赏他敬佩他，更愿意追随他。以前我们对公益的理解还是很表面化的，认识他以后就觉得公益是一件可以一生持续的事业，是一个长远的目标，是一种温暖美好的理想和情怀。认识刘京大哥这些年，我几乎没有看到过他颓废消沉或者不积极向上的时候，他一直都是那么阳光灿烂，他就是一团火，照亮了周边的人，照亮了我们的公益之路。

王立飞
日照钢铁控股集团有限公司副总裁

处变不惊方为英雄本色
心存大爱才能无畏前行

与刘京相识多年，和他有关的故事其实很多，给我印象最深的要数那次机场航班安排出现纰漏的时候，刘京处理问题的态度和表现。

那次是我们一帮朋友从外地集体返回北京，本来机票都已经提前订好，可由于航空公司的失误，刘京预订的航班竟然被莫名其妙取消了。当时我们大队人马都已经到达了机场，突然得知刘京的航班被取消，其他人正常飞。可以想象，这个场面多么让人尴尬和不爽！没想到，刘京一点也不着急不生气，他平静又坦然地面对着眼前发生的一切：“没关系！那你们就重新安排吧！”从始至终，他都非常配合机场工作人员，没有一句责骂和怨怼……就这样，我们和刘京临时在机场分开了，最后他自己坐着另一班飞机回到北京。这就是刘京，他的包容大度让人折服。试想一下，换作是你，能做到吗?

刘京是个热心肠，典型的助人为乐。和朋友们一起相处的时候，无论各种节日还是婚丧嫁娶，他都特别热心地张罗。虽然他外表看上去很高大，具有西北男人的粗犷特点，其实他是个非常细腻的人。大事小事他都爱操心，用爱心真心和用心对待他的每一位朋友，跟他相处总是觉得十分亲切愉快。

刘京从小到大的磕磕绊绊非常多，但我们这些年相处中，他始终积极乐观地面对生活和工作，不管遇到多大的困难，他从不抱怨，从不诉苦，也从未沮丧。我觉得，造就他这些优秀品质背后的因素有很多，比如他的家庭出身，他从小的成长经历，他工作以后的历练，等等，都是十分难得的人生体验。加上他身边总有高人和前辈予以指点，他自己又肯吃苦肯学习，经过多年的锤炼，这就形成了这样一种不向命运低头、不向挫折妥协的顽强精神和坚韧斗志。

刘京是个名副其实的公益人，多年来他引领的《公益时报》一直致力于中国公益慈善事业的启蒙和传播，推出的一些固定社会活动，如慈善榜、公益年会，包括企业公民俱乐部“5·18”公益活动，都是缘于他的倡导和推动。他很有前瞻性，同时又充满睿智，把公益推广和社会活动结合得非常巧妙自然，不生硬不做作。有时候，企业家对是否参与慈善捐赠有些举棋不定，刘京一句话就能化解他心中的疑惑和犹豫，促使其马上行动。

我们日照钢铁建厂多年来，始终坚持关注支持公益事业，无论汶川地震、玉树地震，或者遇到一些大的灾情、疫情，都积极参与，捐款捐物。

刘京（左二）和王拴红（左一）、张晓峰（左四）、王立飞（右一）等一起出席公益活动

这次新冠肺炎疫情暴发后，日照钢铁捐款4000多万元用来建设传染病医院，购买抗疫物资，真诚践行企业社会责任，为抗疫贡献绵薄之力。关于如何参与抗疫期间的公益慈善活动，具体怎么操作才能更到位更有效，包括我在内的许多企业家朋友都不同程度受到了刘京的指点和启发。

做企业有兴有衰，有起有落。但是凝聚在刘京身边的这些企业家伙伴们，做公益从来不曾懈怠过，因为刘京就是企业公民俱乐部这个大家庭里"定盘的星"。他像一个公益布道者，坚持向身边的人传递公益思想和公益创新，帮助大家建立公益资源供需的对接和盘活，真正实现了轻松公益、快乐公益。

刘京与我相交多年，每周大家都要见几次面，一起聚会、打球、喝酒，每次见面都是欢声笑语，不亦乐乎，有时候我跟他相处的时间要比和自己家人在一起的时间还多。遇到组织惯常的社会公益活动，我们都会一起商量，一起运作，且合作默契，彼此认可。我们之间的那种亲近和信任，已经远远超越了很多世俗意义上的东西。今年刘京迈入了花甲之年，但我不觉得"老"这个字跟他有关系，因为像他这样一个人，内心会永远火热，永远年轻。

张晓峰
北京桓裕投资集团有限公司董事长

名副其实的公益领路人

刘京主席不仅非常有亲和力，还具有很强的领导力。比如说，我们企业公民工作委员会俱乐部里有很多企业家，每个人都有自己的性格特点，也有着自己的一摊子事业，要把这么一群“厉害角色”聚拢到一块儿，不是件容易的事。但是在刘京主席的带领下，大家团结得非常好，而且每到关键时刻，都能将这个集体的凝聚力表现得极为充分和出色。这些年来，从未见过刘京主席和谁急赤白脸，他和每个人都很融洽，他的能力和品行让大家信服，一个细节就足以说明这一点——每次聚会吃饭，他都是坐主位的。

刘京主席为人宽厚睿智，不拘小节，个人感染力很强。比如说，我们俱乐部成员经常聚在一起打高尔夫，每个人打球的习惯和特点都大相径庭，但高尔夫比赛有个基本规则叫“NO TOUCH”，就是“不可触碰”。可总有人经常会那么动一下，这么挪一下，这就难免让大家有意见、有看法了。这时候刘京主席就会出来调剂说和一下——“兄弟们，友谊第一，比赛第二！就算知道他是故意的，咱能不能别那么计较，就当让他一个球，行不？”他这么一说，本来还在生气的人觉得他说得有道理，也就笑一笑，挥挥手，算了。而那个搞了小动作的人自己也觉得很不好意思，慢慢也就不会出现这种情况了。

过去我们俱乐部的成员爱好各异，有的喜欢打牌，有的喜欢飙歌，最近几年都陆续加入高尔夫队伍中，开始喜欢上了打球。高尔夫运动不仅可以锻炼身体，也是一种健康潇洒的现代生活。不信你去看看，我们的俱乐部成员没有那种肥头大耳型的，都很有朝气和活力，这是中国现代企业家应该具有的一种美好的时代精神风貌。

刘京主席有非常丰富的朋友资源。无论我们这个圈里的朋友遇到什么需要协调处理的问题，只要是有利于大家事业发展、生活幸福的事，他都会不遗余力地提供支持，非常乐意帮助大家把事情做好。他总能够以身作则，在人与人相处的诸多细节中体现出这种互相关心、互相支持的人文特质，也有效地带动了俱乐部企业家之间的彼此扶持，使得我们这个集体不断净化和提升，健康成长，日趋壮大。

众所周知，中国改革开放四十余年推动了市场经济的发展，中国企业家群体的首要任务是力保企业的生存，而后才能奢谈其他，所以对企业家来说，公益的认知其实是一个漫长的过程。很多时候，大家的公益思想起点都是很朴素的。以我个人为例，在多年的成长过程当中，我最朴素的想法就是谁对我好，我就会报答回馈谁，这就是古语所说的“滴水之恩，涌泉相报”吧。所以我在曾经就读的中学和大学每年都有固定的公益捐赠，这些钱对于学校的发展可能起不到关键作用，但我做了，心里就会舒服和踏实，其实更多的是满足了自己内心的某种情感需求，是做给自己的。这可能也是早期企业家们较为普遍的基本认知吧。

早些年中国企业家对教育领域的捐赠还是少数，但近几年来，越来越多的企业家将公益捐赠投向了教育，一些大额捐赠不断涌向大学校园。这充分说明，社会发展进步了，企业家拥有财富的同时，感恩之心也越发地强烈，他们愿意把自己辛苦奋斗的财富拿出来分享给社会，馈赠给那些最需要的人。

刘京主席是《公益时报》社社长，作为一个多年的公益人，他对公益的深刻认知和深厚感情对我们耳濡目染，影响很深。《公益时报》每年搞的中国慈善榜、企业社会责任卓越奖、中国公益年会等活动都非常有影响力，也具有高度的社会引领性。我们企业公民（东升汇）俱乐部“5·18”慈善晚宴从2015年开始，至今历时5年，每年都会推出一个慈善项目，当晚慈善拍卖所得全部用于公益慈善事业。这个爱心人士的队伍在逐年壮大，老朋友在坚守的同时，新朋友又在不断地加入，这是一个特别好的趋势。而所有这些，都是基于刘京主席的倡导和带领，他是我们眼中名副其实的公益领路人。我坚信，大家会和刘京主席携手并肩，在这条公益的大道上勇往直前，多作贡献！

李大彦

大爱城投资控股有限公司总裁

刘京做公益有三个特点

刘京做公益有三个特点，第一是身体力行做公益，第二是带领兄弟们做公益，第三是鼓励支持和引领社会精英做公益。他参与创立的《公益时报》在多年的公益传播和公众启蒙方面，成绩斐然，令人感佩。祝福刘京和他所钟爱的公益事业拥有更加美好的未来！

企业公民高尔夫俱乐部会员合影

杨飞桥
北京韵腾科技有限公司董事

无心插柳柳成荫

对于你熟悉的人——动嘴聊聊和动笔写写，完全是两码事。

如果你确实有心认真一写，我的经验是——至少你要掂量掂量，是否有两点把握？否则，不如不写。

把握之一：你真觉得这个人确有独到之处，而且你还能将其亮点写出来。把握之二：这个人的亮点确实值得大家学习，却又仿佛只能看到皮毛，抓不住精髓，总有些“事了拂衣去，深藏功与名”的神秘低调——根本没法学。于是，除了敬佩的眼光和赞扬的掌声，别的你就甭想。

可是，说到刘京，我掂量再三，不写不快。

刘京和杨飞桥合影

刘京和我本是同学，毕业前一个偶然的机会，我们发现彼此人生的过往经历中有个遥远的交会点，这个交会点便是“文化大革命”期间，我们曾同在江西鄱阳湖畔的干校生活过（中办干校更像是个小小“中南海”）。干校里大家同吃同住，叔叔阿姨大多都是各单位、部门、学科或者各自领域里身怀绝技的“牛鬼蛇神”，他们来自五湖四海，操着南腔北调，与父母的关系或是领导，或是部下。

这些被称为“牛鬼蛇神”的叔叔阿姨们生活很规律：每周一三五去水田或者大坝劳动，二四六来教我们算术语文写毛笔字。你想家了，他们给你讲笑话；你衣服破了，他们会帮你缝补；无聊烦闷之时，他们会偷偷带你去看江西老表斗（水）牛。

投桃报李——你会帮助他们打病号饭；你会跑去厨房偷葱偷辣椒偷黄酱“讨好”他们。他们既是威严的长辈，又像谦和的朋友。他们待你平易近人，你对他们“没大没小”，相互之间有信任、默契，还有友谊。干校生活的浓重记忆中，必有一笔是来自他们的这种大爱，且越是成长、阅历越深之后，就越能领会他们大爱的磁力：德之大，谦之深。

正是这个奇特的交会点让我平添了许多对刘京的了解，也因为这个交会点，刘京对我这个平常不善凑热闹的人多了些额外的关照。比如，他经常会拉着我参加企业公民高尔夫俱乐部的活动，或者和同班一些大腕儿们的聚会。

刘京的独到之处很有意思。他像是个奇幻的化学家，愣是把身边的长辈、晚辈、领导、部下、教授、老师、同学、同事或者合作伙伴等，甚至朋友的朋友，都“收”进了他的朋友圈，成为公益之路上共同的朋友。我们都是这神奇化学反应的见证者。我自己和不少同学都不知不觉就变成了他的朋友，就连我的发小也变成了他的朋友。这些有趣又“魔幻”的故事，如果不是你亲历目睹，肯定难以相信。

每个人在与刘京的交往过程中，总能或清晰或朦胧地感受到他身上的某种磁力——“谦”的磁力。这个“谦”不是说话客气、行事恭让的谦，更似是有容乃大之容的谦，同甘共苦之共的谦，上善若水之善的谦，是为“大谦”。即便你与他素昧平生，初次相识你便能感受到他的这种大谦，他是个总可以将一碗水端平的人。

我和他曾聊起一位彼此都认识的领导，言语之间他很自然地流露出对那段时光里大爱的感恩，我想，或许正是那段苦难干校生活的点点滴滴随时间推移积淀，成就了他这大谦的性格和品德。

其实，世俗凡人，做到大谦真的不易，我以为这便是刘京的独到之处和亮点。我们努力学，但我们学不来，于是我们有赞扬、有敬佩，还继续以“瓜”相称。

相识多年，刘京一直在公益的道路上默默努力着，并不时将关爱的目光投向并肩于他身边的许多朋友。

每每想起刘京和他的人生，总会再自然不过地想起这么个画面：无心插柳柳成荫。

温增卫
企业家

竖起一面旗帜的逆行者

“逆行者”在当下已成了一个带有明显褒奖意义的词汇，它特指那些迎难而上的英雄。而如果这场艰苦的逆行始于一个人最好的青春年华，始于大把的机会诱惑摆在面前，始于精致的利己主义喧嚣日盛的时代，恰恰有那么一个人，在号召大伙跟他一起挣钱都尚且困难的时候，却让大家跟着他去花钱做公益，而这一切始于 20 年前，如今他，执着如常。帮我们赚到钱的都未必能成为朋友，而这个让你花钱的人日后却成了大家的自豪和骄傲。无论是平常百姓还是大家巨贾，都在这面旗帜下越围越紧。

光环之下远观一个扛旗者或许会有些偏颇，而身边人近距离的长期相处才是最为客观的。多年以前我只是尽自己本分为别人做了举手之劳的小事，他却常常提及。而对于他给别人的帮助，大家每每提起，他总是轻描淡写的一句：“都不容易，能帮到人就一定尽力。或许这就是他认定的——公益不仅仅是帮助别人，更重要的是帮助我们自己，被社会需要才是我们最大的快乐。”

和这样的人在一起会不会有压力？一次参加活动需要等一位迟到的人，他居然到一旁打开手机开始听哲学课程——形而上学！显然，他的压力是促你向上的。生活中，他是个金句不断、轻松诙谐的人。有一次，我称赞他有一句话讲得特别好，他回一句：“复星那个总裁和你这

刘京和温增卫（左一）等合影

瓜想的一样”，这句充满善意的称许让你瞬间有种找到了“同道”的开怀。

一路前行，这个和儿童节同一天生日的人带给我们一路的快乐。万水千山走遍，这个“归来少年”的梦想仍然是公益让世界更美好。

谢谢这个带领我们找到快乐不老之源的逆行者——刘京！

胡吉利

陕西省泾阳县退休干部

刘京少年时的同学和朋友

少年壮志不言愁，“京”生无悔情永忆

我叫胡吉利，陕西省泾阳县人。刘京是我中学同学，我们初中在一个学校，高中在一个班，他长我一岁，今年他 60 整了，我 59 岁。

1978 年高中毕业参加高考，我和刘京都没考上，就决定到补习班复读，来年再考，这个机缘让我们两人有了更深的交往和了解。在补习班的时候，刘京很用功。他这个人反应很快，对知识的敏感度很高，我很佩服他。我那个时候正好物理比较差，我就经常和他探讨，向他求教。

1979 年冬天的一天，刘京突然对我说：“吉利，我可能要走，我要去北京。”我当时很吃惊，我说：“马上高考了，咱们还要一块参加高考呢。”他说他父亲复职了，要带他们全家人回北京了。

我知道，他的离开已成不可更改的事实。当时我另一位要好的同学送他去西安，从西安再坐火车到北京。我记得，我们三个人要从县城东关村老汽车站坐公交到西安火车站。那时候是冬天，天气特别冷。我们一大早就搭车往西安去，每个人都裹着一件旧军大衣，等车的时候又搓手又跺脚的，冻得够呛。就那也充满快乐和满足，你一言我一语地聊着，笑着，和刘京一起憧憬着未来的若干种可能。虽然那天刘京没有表现出太多的情绪，但我感觉得到他内心的那份不舍和眷恋，毕竟，我们曾经朝夕相处过多年，彼此间的了解和感情已经不是语言可以形容的了。

因为当天赶公交车去得有点早，离火车发车时间尚早，我们决定抓紧时间去西安市里转一转。过去这些年我们和刘京都很少去省城西安，也确实没那个条件。印象最深的就是我们在大雁塔转悠了半天，还站在塔底下合影留念。可是后来我怎么也找不到那张照片了，大概是搬了几次家，过去的一些老物件包括书信照片什么的都遗失了，但那张照片所记录的时光和瞬间已经深深铭刻在我的心底，一生不忘。

其实关于刘京的故事，我都是断断续续听他讲给我听的。刘京母亲去世得比较早，大概在他 10 岁左右的时候就得病去世了。当时他和妹妹都小，靠他外祖母抚养长大。在那个缺吃少穿的艰难岁月里，刘京吃了太多苦，遭受了太多坎坷。刘京是个要强的人，虽然有些苦他从不曾跟我说出口，但我知道他的不容易。尽管时隔 40 多年了，现在每次提到他的这段往事，我都会忍不住伤心感触。

经常有人问我："你和刘京，一个在大北京，一个在小县城，两个人完全在截然不同的世界，怎么感情还能保持这么长时间？"没别的，就因为当年相识时，我们都是单纯青涩的少年，友谊很纯粹干净。一般人可能不理解他，但我们可以经常在一起学习生活、谈天说地、互相串门，从早到晚总有说不完的话。现在回头再看，当年他父亲不在身边，母亲早早去世，家族人对他的关爱也有限，可能不足以抚慰一个少年内心对亲情和温暖的渴望，我们的友谊可能是他缺失情感的一种填补，也确实是一种难得的缘分吧，所以刘京才会把我们之间的这种情谊看得很重。因为那时留下的人生烙印太深刻太美好太难忘，所以才能历久弥新，常相忆，不相忘。

刘京很善良，这么多年了，他从未忘记他曾经生活过的小县城泾阳。但凡有机会，他就会积极地给家乡做些事情。

我印象中大概是在 1999 年左右吧，刘京给自己曾经上过的那个家乡小学搞了二三十台电脑。当时电脑在农村地区还没有普及，农村孩子还没有机会接触到这些全新的事物，刘京敏锐地看到了这一点，就做了这件事。

在2014年左右，刘京结合国家扶贫政策，主动对接了北京大学的一个扶贫项目，把泾阳的贫困生组织了一个班，到北大参观学习20余天。在这段时间，孩子们不仅可以开眼界长知识，还有幸可以听到一些知名北大教授和科学家的授课，汲取文化知识精华。一般来说，清华、北大这样的知名学府，农村孩子想都不敢想，更不敢奢望还有机会听到那里的教授亲自授课。但刘京的前瞻和大爱促使他出资50万元组织了50个学生娃娃搞起了这个纯公益的项目，孩子们自己一分钱都没有掏。这个项目连续做了三年，对于农村的孩子们来说，在人生成长的关键阶段能有这样一种经历真是太珍贵太难得了，刘京成就了他们的梦想。

后来，刘京还曾助力他过去所在的泾干中学的校长去上海参加全国名校校长的一个培训班，也是个公益项目。说起来，刘京曾经为家乡泾阳做过的好事、善事真的是太多了，他这个人就是把情看得太重，从来没有“忘本”，始终记得自己的根在何处。

陕西泾阳是个人杰地灵的地方，近代陆续出过于右任、吴宓、雷抒雁等知名人士，现在又出了个刘京。今天刘京能取得这么好的成绩，作为

刘京少年时期的朋友来京参加“刘京·公益私享会”

和他有缘一起走过一段路的同学，我感到特别骄傲！他一生经受的坎坷不少，但他始终对这个世界、对周边的人充满善意和关爱，特别是这 20 年的公益慈善之路，更让他的人生谱写出了非凡感人又壮丽的篇章。祝愿他未来的公益人生更美好更精彩！

第三篇

演讲 · 致辞集萃

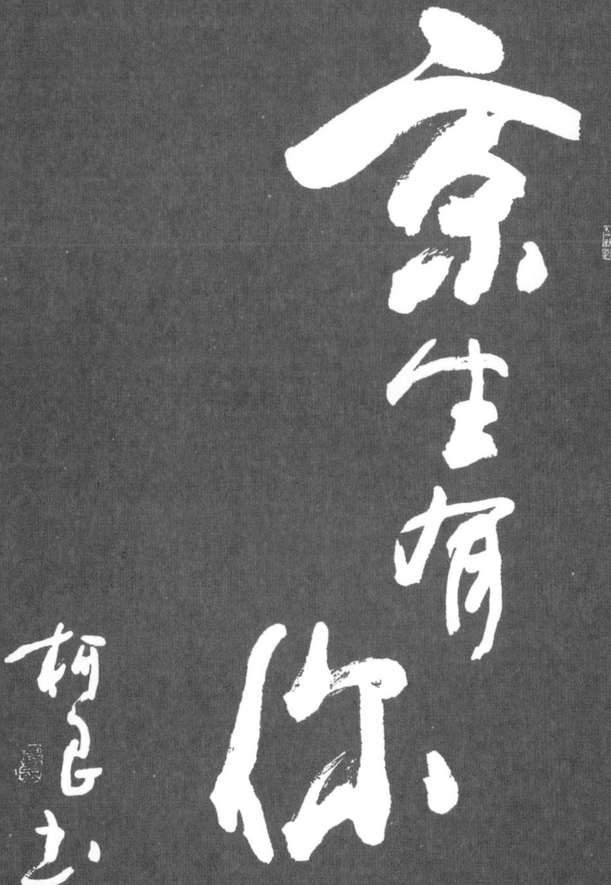

2004

公益是和谐社会的新动力

——在第二届中国公益论坛上的讲话

我演讲的题目是“公益是和谐社会的新动力”。大家知道，我不是专家，应该讲我是一个公益的实践者。三年以前，我们创办了《公益时报》，在座的有很多负责人，也有做企业的，任何一个单位的创立，实际上第一是寻求一种为社会服务的手段。我们在做《公益时报》的时候，当时我在想一个问题，“公益”对我们当今社会意味着什么？有什么样的作用？我们寻求一种为社会服务的手段，你在从事的事业你都不知道它的意义是什么，我想是很难满足社会的一种需求，也就是说你提供的服务很难让社会承认。所以，当时我们在《公益时报》创刊的时候，也做了“公益论坛”。我当时坐在最后排，虚心地听很多专家在谈论“公益”，听完了以后，我觉得我受到了很大的启发，但是没有回答公益对社会的发展到底能解决什么样的

2004 年，刘京在第二届中国公益论坛上讲话

问题，我更是一头雾水。今天提出这样一个题目，应该基于我三年多的实践，当然最主要有这么几件事情来作出这个题目。

第一，我看到资先生写的《散财之道》，她这本书提了一个观点，因为基于对美国形形色色的基金会的总结，她提出一点，说公益是社会进步的三大动力之一，这一点在美国社会里面，大家是公认的，这对我是一个很大的启发。

第二，我们在上一次举办跨国公司公益论坛活动的时候，认识了朱传一先生的哥哥朱传榘，他是著名的社会活动家，也是实践家，我们一见如故，我们在很短时间交流了很多，他有一次打电话告诉我，他说刘京你是不是共产党员，他讲公益可以让共产党员万岁。最近他到北京来，我们进行了很长时间的交流，当时他问我一个观点，也可能大家能回答上来，他说你知道美国这么强大是为什么？按照常人的想法，美国的强大可能是三权分立、资本主义等很多原因，我们想的一些答案不是他所说的，他告诉我美国的强大是基于形形色色的 NGO 组织，这么一只看不见的手。我觉得朱先生的观点非常让人深思。

第三，我们现在提出来“和谐社会”，基于这么一个情况，和我们做《公益时报》三年多的实践，我们提出来“公益是和谐社会的新动力”，在《公益时报》创刊三周年的时候，我们的一个社论就是这么一个题目，所以今天拿这个题目来跟大家一起分享。我一共讲三点。

一、公益是一面新的旗帜

我们知道，每次人类文明的巨大进步，都需要有一个新的强大的推动力，在一定的动力作用下，社会的每个成员或群体才能不断发挥主观能动性，积极创造日益增多的物质财富和精神财富，整个社会才能充满活力，并不断发展进步。20 世纪中叶，我们找到了政治上的利剑，就是民主革命的大旗，斩断了身上的枷锁，实现了民族的解放。这是中国人的第一次解放。

20 世纪 80 年代开始，我们寻到了经济的法宝——市场经济的旗帜。20 年的改革开放，实现了国家的繁荣，这是中国人的第二次解放。21 世纪，我们要建设社会主义全面小康与社会主义和谐社会，实现中国人的第三次解放，这就必须高举公益大旗。

最近，党的十六届四中全会明确提出，“要坚持最广泛最充分地调动一切积极因素，不断提高构建社会主义和谐社会的能力，不断增强全社会的创造活力，妥善协调各方面的利益关系，推进社会管理体制创新，加强和改进新形势下的群众工作，维护社会稳定”。这是我们党的文件中，第一次把和谐社会建设放到同经济建设、政治建设、文化建设并列的突出位置。

“和谐社会”包括社会系统中的各个部分、各种要素，它们之间处于一种相互协调的状态。社会主义和谐社会，应当是全体人民各尽其能、充满创造活力的社会，应当是全体人民各得其所和利益关系得到有效协调的社会，应当是社会管理体制和社会服务网络不断健全的社会，应当是稳定有序、安定团结、各种矛盾得到妥善处理的社会，应该是一个有社会公正、鱼水交融的社会组织环境和充满信任、热情、正义、道德、勇气、负责的社会。建设全面小康和和谐社会的战略目标，为中国现代企业的发展指明了方向。

二、公益是和谐社会成功的密码

今天，中国进入了一个快速发展与社会矛盾加剧的社会转型期。社会转型期既是经济增长的黄金时期，也是社会矛盾的高发期，有可能出现两种结果：一种是做得好，经济社会持续向前发展，顺利实现工业化、现代化；另一种是搞得不好，往往出现经济社会发展的脱节，导致经济社会发展长期停滞不前，甚至出现社会动荡和倒退。

关于这一点，朱先生跟我讲，他这一辈子该有的都有了，只是希望我们的祖国更加伟大强盛，他担心我们在转型时期可能会因为不协调，而出现我讲的这么一点。

转型时期的社会问题能不能解决，或者说社会是否和谐，关系到改革开放能否最后成功，关系到市场经济的前途和中国的命运。

世界各国特别是发达国家的经验证明，这种深层次的危机单靠以利益为基础的市场经济手段和以强制为特点的政府行政手段，都不能解决。只有通过体制创新，建立一套现代公益制度，才能从宏观入手，从根本上解决这些市场和政府不能解决的问题。

首先，公益制度是保护困难群体，缩小贫富差距，维护社会公平，实现社会和谐，推动市场经济建设保障体系。

谁最需要公益？穷人需要公益，困难群体最需要公益。农民、城市下岗职工、城市贫困人口、老年人、残疾人、孤儿、外地人、女性、艾滋病病毒感染者等困难群体、社会边缘部落最需要公益。

现代公益事业，就是通过社会财富的第三次分配，来促进基本社会服务的改善，以满足贫困人口和社会困难群体的迫切需要，进而缩小社会矛盾，实现全面小康的。

其次，公益是降低社会发展成本，提高政府效益的最有效的途径。因为大量的政府事务通过 NGO 组织去做，评价 NGO 组织很重要的标准就是它运作效率的高低。

最后，公益是解决社会问题的一个新的思路，也是社会稳定发展的内在需要。公益的问题，实质上就是富裕阶层、强势阶层怎么对待贫困者、困难群体的问题。一个公益制度缺失的社会不可想象。各国历史上出现的社会动荡和倒退的根本原因是什么？归结到一点，是没有了公益，没有了平等，没有了公平，没有了公正、正义。没有公益的历史，没有公益制度的历史只能有两种，一种是和平时期富人侵犯穷人，还有一种是革命时期穷人侵犯富人。我们今天可谓正处在一个公益饥渴的时代。建立公益制度还是让基尼系数继续高涨？这是我们必须面对的选择。

在这方面，美国是我们的榜样。世界上第一台计算机发明人之一、著名华侨朱传榘先生讲过一句话，美国为什么能一直保持稳定快速的发展？就是因为美国有公益事业——成千上万个公益性民间组织这只“看不见的手”在推动。

刚才我讲了很多这方面的问题，虽然他不是搞公益方面研究的，但他是通过大量的社会实践来和中国对比得出来的结论，目前，我在很多著作中还没有看到这么一种说法。

三、最后一点，公益给民族精神注入新的动力

恩格斯讲，社会的需要比十所大学更能推动社会的进步。现在中国最需要公益精神。我们报纸要做的就是传播公益价值理念，唤醒整个社会的公益精神。

我印象深的还有一件事，就是我们报纸前一段举办一个论坛，一位作家讲了一个故事。说他到美国去看那里的富人区，他问带他去的这个朋友，你看到富人嫉妒不嫉妒，这个朋友说我有机会要超过他们，要向他们学习。到了日本之后也是问同样的问题，回答也是今后我要赶超他。后来他带着同样的问题到了中国的南方，看到富人区有很高的院墙，还有狼狗，当时回答这个问题的那个人，他说恨不得一把火把它烧了。这个故事反映了当前中国的仇富心态，刚才艾先生已经解答得很好了。社会责任感的普遍下降，爱心和公益责任的严重缺失，是当今中国社会的严重危机和不争的事实。

如何弘扬优秀的传统文化价值，如何建立中国的公民价值体系？在一个现代文明事业里，传统的道德说教已经显得过时，而来自西方宗教的感恩观念，显然也不适合中国的国情。

现代公益事业不同于传统的慈善事业，第一，公益不只是一时的救济救贫，而是从制度出发，考虑从根本消除社会贫困；第二，它不只是一种道德上的施予与恩赐，而是追求社会公平与公正，使穷人或不成功者在重新进入经济竞争领域时，有更好的条件和更平等的机会，以便让每个人的权利都能够得到有力的保障，每个人可以通过各种途径，接受教育、获取各种信息、过上体面的生活。

在这里，“帮助”不是以个人“恩赐”的方式直接地给予他人，而是通过一定的社会公益机制间接地到达他人手上，是作为普通个人“应得”权利的方式实现。

在这里，没有人身依附，没有私人恩怨，所产生的是对社会共同体的凝聚与认同。

因此，这样的公益制度会产生两个最积极的结果：一是可以培育独立

的人格，激励每个人的奋斗精神；二是在个人心中树立对社会共同体的忠诚，从而使得我们这个社会更加稳定和富有生机。

因此，现代公益精神不是建立在传统社会道德教育基础上，也不是建立在个人之间“感恩”的基础上，而是建立在日益完善的社会公益制度的基础上。

美国的布什总统在清华大学演讲时曾经说，美国最美好的事，就是至少有一半美国成年人，每半个月至少去做一次公益活动。美国的公益之父卡耐基说，在巨富中死去是一种耻辱。穷人和富人，要兄弟般地团结在一起，要建立起和谐关系。另一位大企业家洛克菲勒曾经富可敌国，他捐赠建立的芝加哥大学为他的国家持续不断地生产光荣和梦想，他的财富也因此获得了永生。诺贝尔留下的财富成为全球科学家、文学家“致命的诱惑”，成为新宗教和现代文明的一极，是全人类光荣与真理的代表。卡耐基、洛克菲勒和诺贝尔的财富，代表了财富的信心和理想，代表了财富的品格，代表了财富的生命，也代表了他们民族与国家的命运。

随着市场经济时代的到来，商人、企业家们正在成为当今中国社会的主要支柱、主流阶层。中国企业家阶层崛起之后，也非常需要并正在寻找一种新的价值观念和精神构建。而现代公益观念和社会责任，无疑是当代中国企业家阶层最紧迫的需求。企业家的公益，核心就是社会责任、人文关怀和新财富精神，除了对外热心参加社会捐赠、公益活动、服务社会，还包括对内的员工关怀和鼓励企业员工参加各类志愿、社工等公益活动。

公益是一种充满责任感的生活方式。自然经济条件下，事不关己高高挂起的生产关系是一种低生产力水平的产物。随着中国市场经济的发展，人和人的关系，人和社会的关系发生了深刻的革命。中国将从一个熟人社会向一个现代文明社会转变。现代文明社会通过公益制度培养每个人对社会共同体的忠诚和主人翁精神——“这个社会是我的，我有责任把它变得更好。”

公益是一种普遍的互助的价值观念。主动性是人性当中最有革命性的要素，公益凸显了人性最革命的力量，不靠神仙皇帝，一切要靠我们自己。在公益组织里，每个人参与公益活动，不再需要光环，也没有压力，只要愿意奉献，都可以自由自在地去做事。中国自古以来的尊老爱幼、扶贫济困、帮老助残的传统美德，将通过制度化、专业化的公益服务体系得以传承光大。

中华文明的伟大复兴就来源于现代公益制度的创建。

有人说，21 世纪是中国的世纪。我们认为，21 世纪是不是中国的世纪，除了经济上的强大外，还要看我们重不重视公益精神。如果没有公益精神，中国可能只能成为一个一般的国家，只有公益，才能使中国再次走向伟大。

（2004 年 12 月 21 日，在第二届中国公益论坛上的讲话）

2005

迎接中国企业公民时代

——在企业公民委员会第一次会员大会上的讲话

中国社会工作协会企业公民工作委员会（以下简称企业公民委员会）第一次会员大会，今天终于正式召开了。此时此刻，作为这个组织的策划者和发起者，我的心情可以说是百感交集。为了成立这个委员会，我们从思考、策划到筹备，再到今天这个会员大会的召开，用了将近3年时间。

今天在座的多是专家，我不愿意谈太多的理论，只想从策划企业公民委员会的经历中，谈一点具体感受和个人的认识。

一、个人的冲动与一个组织的诞生

——为何要成立企业公民委员会

老实说，我们一直在犹豫，中国是不是已到了必须有这么样一个民间组织的时候？

5年前，我们在圈内朋友一片惊呼声中，创办了中国第一张，而且也是迄今唯一的一张公益类新闻报纸——《公益时报》。当时就有业内人士预言说：这张报纸早产了5年。为什么这么说？中国人还在为生存而奋斗，中国的企业还在埋头做自己的原始积累，这时候谈公益谈企业社会责任为时过早！

2003年6月2日，当“企业公民”这个概念随着国门的不断开放，由跨国公司刚刚传入中国之时，我们就在《公益时报》上专门开辟了多达4个版的、中国最早的《企业公民专刊》。

14天后，福特中国发布了国内由企业界整理的第一本

2005 年 11 月 16 日，中国社会工作协会企业公民工作委员会第一次会员大会在北京人民大会堂召开，首届“最佳企业公民评选表彰活动”和“企业公民论坛”也同时举行

企业公民报告书。

不久，我们的举动得到其他媒体的响应。我记得那一年 8 月底，《21 世纪经济报道》在上海召开了国内第一次关于企业公民的研讨会，并专门作了一期特别报道，就叫《企业公民元年》。

但这个时候，我们真正地感觉到，企业公民、企业社会责任，对于中国社会来说，还真是奢侈品。因为当时绝大多数国内企业，连“企业公民”这个词都还没有听过，更何谈从现代公民的层面，来尽一个“法人公民”的社会责任？

这个时候，我们觉得仅仅靠媒体的超前倡导和个别跨国公司的“引进”，远远不够。必须有一个专门的组织，来致力于在中国发动一场“企业公民”运动，推动理念的普及。

想到就立即行动，这是我的行事风格。于是，在 2003 年 10 月，我们就正式在民政部注册成立了今天这个企业公民工作委员会。说实话，当时我真的有一种“天将降大任于斯人也”的感觉和“舍我其谁”的气概。

但是，注册的还只是一个空的机构架子，接下来，要筹组领导班子、组建团队、发展会员、召开会员大会。

在企业公民工作委员会筹备过程中，我们就开始参与举办相关的活动。2004 年 5 月和 2005 年 4 月，我们先后推出了第一届和第二届“中国大陆慈善家排行榜”，试图通过有形的榜样来推广“企业公民”这个概念。

这两次做慈善家排行榜的经历，更加坚定了我们推动企业公民运动的信心。

第一，没有想到，整个社会对慈善家排行榜的关注如此强烈，媒体反应这么热烈。这两次榜单出来之后，我们单位的电话都被打爆了。特别是今年，全国数百家媒体都在热“炒”这件事。中央电视台《经济半小时》《中国财经报道》《面对面》《新闻会客厅》等颇有影响的栏目都对这次活动作了长达半小时以上的专题报道。全社会都对慈善家的慷慨义举报以尊敬和赞赏。

第二，没有想到，人们会拿慈善家排行榜与财富排行榜进行对照，并发现财富榜上的富豪，只有极少数跻身“慈善榜”。许多媒体朋友纷纷向我们提出这样的疑问：为什么财富榜与慈善榜不对应？这是不是说明中国大多数企业家为富不仁？作为市场经济的主体，中国企业有没有尽到社会责任，当好一个现代社会中的好公民？

一场由慈善家排行榜引发的关于企业社会责任的大讨论，迅速在全国蔓延、展开。据不完全统计，2005 年全国各地仅关于企业公民、企业社会责任的各种研讨会、论坛，就达 10 次之多。

有媒体发布调查，全国仅有 1% 的企业有过捐赠行为，99% 的企业从来没有进行过捐赠。前不久，中华慈善总会公布的一份调查报告显示：54% 的企业听说过“企业公民”这一概念，其中外资企业、合资企业的认知度达到近七成，而本土企业认知比例不到一半；只有约 35% 的企业刚刚开始进行企业公民建设，而仅有 8% 左右的企业有每年的发展规划，7% 的企业有长期的发展规划。事实上，国内 99% 的企业还没有专门负责协调企业公民事务的部门。

这个时候，我们就在思考这样一些问题：一是如何让人们理解企业公民的现状？二是如何提高中国企业公民的水平？企业公民与社会捐赠是什么样的关系？我们认为，应该尽快召开会员大会，让企业家自己来发现问题、探讨问题，解释和回答问题。

二、一个群体的觉醒和一个国家的复兴

——企业家的觉醒与时代的呼唤

一个不容忽视的事实是，中国正在以加速度的方式进入市场时代或者说公司制时代；以企业家为主体的商人阶层，正在成为这个时代的中坚力量之一。

一个新崛起的阶层，需要自己的阶层形象和价值理念。中国新兴的企业精英阶层，急于抖落中国财富一代身上的泥土，擦掉身上的血和污垢，改造原有的“暴发户”形象，跻身全球化和现代商业文明，承担起社会中坚的重任。

他们开始思索、开始寻找、开始行动。

最初，他们尝试拿起慈善这个工具，开始出现在希望工程、抗洪救灾等各种捐赠活动上；而后，他们又从跨国公司那里寻找到由 20 世纪 50 年代美国智者彼得·德鲁克发明的理论——“企业公民”这一现代概念。从此，中国的精英们开始懂得，追求利润的最大化，只是企业的目标之一，而不是唯一目标；一个伟大的企业，应该是通过承担起社会责任，做一个受人尊敬的企业公民。

理念很快就转变为行动。

于是，我们看到了联想集团不但设立了自己的基金会，还设立了自己的公益活动日、成立了自己的企业公民部门。不久前，联想收购了 IBM 的 PC 业务，首席执行官史蒂夫·沃德上任伊始就向社会承诺：“联想将致力于成为一家企业公民。”

我们还发现，做房地产的万通集团将自己公司的生日定为公益活动节；同样是房地产的深圳万科集团，不但将“企业公民”定为公司的发展目标之一，而且出资向全社会征求中低收入群居住解决方案，努力要解决困难群体的安居问题。

还有一些大的企业和企业家个人，开始成立自己的基金会，进行现代公益事业的尝试。搜狐张朝阳、神州数码郭为、万通冯仑、TCL李东升的名字，悄然出现在华夏慈善基金会的发起人名单中。中国移动、宝钢集团、中国远洋、南方航空，也纷纷成立了各自规模庞大的现代基金会。

香江集团的翟美卿，出资5000万元，成立了一家在民政部注册编号为1001的香江社会救助基金会，成为中国非公募基金会第一人。据说，捐赠2.1亿元办学、连续两年夺得中国大陆慈善家排行榜冠军、累计捐赠达4.5亿的世纪金源集团主席黄如论先生，也正在考虑要成立一家非公募基金会。

而从2004年“开始”的“阿拉善SEE基金”和“阿拉善生态协会”，无疑是中国企业家群体觉醒的一个标杆事件。这个组织，就是由今天在座的首创总裁刘晓光先生首倡，由海峡两岸100多家企业自觉发起的一场长期的、可持续的环保行动。这个组织今年还颁发了中国第一个“民间环保奖”。业内普遍认同，“阿拉善”的意义，已经远远超出了内蒙古那个沙漠，远远超越了环保，已经从具体的公益行动，上升为整个中国商人阶层的群体精神洗礼。

中国企业家们在将他们的商业智慧转移到社会公益事业的同时，没有忘记与中国的学者阶层、政府官员、媒体精英、社区代表、民间组织、国外先行者进行交流、学习。正是这种需求，催生了今天中国各种各样的有关公益事业与企业社会责任的讨论、研讨会、优秀企业公民评选表彰等活动。

一时间，企业公民、企业社会责任，由几年前的陌生词汇，迅速转变成为当今中国的热门关键词。

一场由中国企业家自己发动、象征着中国商人阶层自我觉醒的企业公民运动，开始在我国蔚然兴起，成为2005年中国最亮丽的一道风景线。

一个阶层的价值，只有与这个时代的需要、与这个民族的历史发展逻辑需要相结合，才会成为一种主流的思想，成为时尚，成为这个民族现代文化的基调，并在时代的土壤中快速发展长大。

“企业公民”的蔚然成风，正是中国新兴商人阶层的内在需求，也是与21世纪迅速崛起的社会理性相结合的产物。

20 多年的改革开放，不但创造了中国经济超速发展的世纪奇迹，也催生了中国先富起来的一代，催生了庞大的企业家群体。但市场经济和公司制社会的发展，同时也带来了能源的巨大消耗、环保破坏、区域的不平衡和社会贫富差距的拉大，社会矛盾的加剧，我们赖以生存的社会体系面临着重重危机。我国去年的煤炭产量已经达到将近 20 亿吨，能源消耗已经占到全球的三分之一，但 GDP 却只占世界的 5% 左右；2004 年在中国死于工伤疾病的有 38.6 万人；由于空气污染，每年可能导致 50 万人口死亡；中国 87% 的河道被污染，25% 的水资源不适合饮用或被用作工业用水；我国绝对贫困人口还有 2600 多万，失业下岗人员逐年增加，富裕地区与贫困地区的差距已拉大到 10 年。中国的基尼系数更是在学者们的一片惊呼声中突破了 0.4 的国际警戒线，达到 0.46。

一些国内外专家因此发布警告，中国社会已进入人均 GDP 达到 1000 美元之后的社会矛盾凸显期或者说危险期。中国社会向何处去，开始考验着最高决策层的政治智慧。

正是在这种背景下，最高决策层将中国这艘巨轮的方向，进行了及时的调整："以人为本、科学发展"成为新的指南，"和谐社会与全面小康"成为新的航向。当然，在这次调整方向的时候，我们不能忽视中央政府的两个重要的举措：将"尊重人权"和"保护私有财产"写入宪法。这就为一个现代文明社会事业奠定了两个基石。

构建和谐社会的发展战略，需要中国新兴的企业家阶层作出自己的努力——一方面为社会创造更多的财富，另一方面为社会的文明与进步承担起更多的责任。我们的名誉会长蒋正华委员长不久前在南昌举办的一个有关企业社会责任论坛上讲道："我们正在全面建设小康社会，构建社会主义和谐社会。每一位公民、每一个企业都是小康社会、和谐社会的成员。作为社会最基本的团体成员——企业，也必须承担应尽的社会责任，包括对国家、对社会、对职工应尽的责任。"

因此，我个人认为，企业公民运动，是企业家群体崛起的自身诉求，更是中国社会发展的时代呼唤，是一个群体与一个国家的和谐共鸣与合拍共舞。

因此，中国企业公民建设要不要推动，已不是一个需要讨论的问题。我们今天开这样一个会、做这样一个论坛，就是要集大家的智慧，来讨论如何推动企业公民运动，让企业如何更好地承担起社会的责任，如何实现企业、企业家、普通民众、国家、民族、整个社会的和谐与共荣。

今天我们只是开了一个头。我这里要告诉大家一个好消息，企业公民委员会将联合《公益时报》、“乐施会”、清华大学，以后每两个月举办一次关于企业公民与企业社会责任的论坛，将企业公民论坛，办成一个业界朋友可以长期交流的常设性论坛。我们既热忱欢迎志同道合者共襄盛举，也热烈欢迎各位朋友参加论坛！

为了配合论坛，《公益时报》还将继续出版《企业公民周刊》，将论坛内容进行媒体报道，并通过《公益时报》的网络与媒体合作伙伴进行广泛的传播，为企业界同人提供一个共同交流的媒体阵地。此外，论坛还将组织出版《中国企业公民年度报告》蓝皮书。

最后，我要说明一点，就是关于跨国公司的企业公民理念以及在中国企业公民运动中的影响，由于时间的关系，我只能留到下次论坛时再作专题的演讲。

（2005 年 11 月 26 日，在企业公民委员会第一次会员大会上的讲话）

2006

历辛五载终不悔

——在《公益时报》创刊五周年庆典上的讲话

五年，不算长，也不算短。站在今天——2006年6月1日，回首五年前的6月1日，两道目光相撞，是稚嫩与成熟的交错。

五年前的6月1日，人民大会堂，宾朋满座。一个些许陌生的字眼——公益，成了一张报纸的名字。像所有来宾一样，怀着一份新奇，怀着一份创新的意气风发，《公益时报》踏上征程。冷水却当头泼来，一个朋友在隆重的创刊仪式上凝重地对我说：你们的报纸早办了五年！

我们的选择难道错了？

我们曾经是一股清澈的水

全国唯一一份综合性公益类大报，这一独特的出生啼声，意味着我们走上了一条前人从来没有走过的路，前面也许是层峦叠嶂，也许是风雨交加，也许是波涛汹涌……面对这样一种挑战，我们却是一股清澈的水流。我国还没有一套公益的理论体系，也没有系统的实践总结，面对公益，我们像所有的人一样，是一张白纸。我们是一股清澈的水流，也是澎湃的水流，我们穿山越岭，左冲右突，探索着我们自己的路。

“公益就是公众利益或大众福利。”这个词典上的解释是如此空泛，让我们的市场定位无所适从。

“公益就是好人好事”，我们曾经狂热地追寻过那些做好事的人们。可是，故事讲多了就难免成了一遍一遍重复的“祥林嫂”。

“公益就是民政事业”，我们曾经提出“立足民政，面向公益”的办报思路。结果是立了足，却无法真正地面向。

“公益新闻就是社会新闻”，我们曾经狂想过办一份综合性的社会新闻大报。但资金、人才、信息渠道、发行等基础建设的薄弱，让我们明白这是一个既不可望亦不可即的目标。

一条条艰辛的道路我们走过，一次次经验教训我们记着。我们的探索和时代的发展告诉我们：公益，是中国社会发展的新动力。我们的选择没有错！

我们曾经是一团熊熊的火

曲折的探索之路我们义无反顾地走过，因为我们胸膛里是创业的熊熊之火。我们的探索给了我们很多很多，不管是成功还是失败，都是走向成功的经验整合。

“充分发挥政府主管、社团主办、市场运作的独有优势，立足重点公益领域打基础，面向整体公益事业求发展，创办中国最权威的公益类新闻媒体。”我们在探索中形成了基本的发展战略。

政治家办报与市场化运作并不矛盾，正确的市场运作能达到更好的政治宣传目标。我们的探索形成了我们对新世纪媒体的基本认识。

细分市场、优化选择、步步为营、稳定推进，绝不急躁冒进。我们的探索形成了我们运营报纸的基本原则。

市场化运作、企业化管理、现代化手段、学习化思维。我们的探索让我们明白，现代企业理念才是我们的活力之源。

整合资源优势、运用差异优势、实现综合效益。我们的探索告诉我们，差异化竞争同样是办报的制胜法宝。

那团熊熊的创业之火，炼就了我们一以贯之的发展策略。

我们发现了一片肥沃的土

五年辛苦，几多汗水，几多酸甜，我们知道，我们发现了一片肥沃的土。

从狭义的救灾救济、扶贫助弱等公益事业，到广义的教育、科学、文化、卫生、教育、环保、公共设施建设等公益领域，公益是如此的海阔天空。

以公益新闻、公益事件、公益组织、公益活动、公益文化、公益生活……公益的报道是如此的五彩缤纷。

关心公益事业的国家企事业部门及注意塑造公益形象的企业家群体，积极参与公益事业的民间组织及民办机构，公益事业的管理部门和管理者群体，关心公益、崇尚公益消费的广大市民……我们的读者是如此的林林总总。

公益类广告、全国性品牌广告和全国性产品销售广告……我们可以攻取的经济堡垒是如此的诱惑。

公益类媒体是一片肥沃的土，我们正在开拓。

我们有了一把开拓的剑

也许，我们经历的风雨不算什么。但五年的磨砺，我们已有了一把开拓的剑。

我们的报纸已不再是一周一期，已由一岁时的一周一刊发展到五岁时的一周五刊。

我们的报纸也不再是单纯的新闻周刊，已成为由新闻周刊、中华彩票专刊、中华殡葬专刊、企业公民专刊组成的“媒体群”。

发行量万余份的历史已一去不复返，订阅量超过 15 万份的报纸已覆盖到全国所有的主要城市。

我们不再在邮发还是自办发行之间徘徊，全国 17 个分印点让我们的报纸出版当天就能与读者见面。

我们的广告从无到有，从软广告到硬广告，已开始集腋成裘。

我们已不再只是埋头办报，我们已建立高品质的公益活动策划中心，推进企业、政府、民间组织运用报纸平台进行公益事业的运作和宣传，以报纸为依托的公益活动开展得如火如荼。举办了三届的中国慈善家排行榜已成为影响深远而广泛的品牌，企业公民评选已成为国内第一个系统的评级标准，企业社会责任论坛已成为一个常设性的论坛，公益示范工程评选已成为推动民间公益活动开展的助推器。

我们的队伍已不再是十几个人、七八台电脑，六十余人人手一台电脑，已成为一支朝气蓬勃、富有开拓创新精神的团队。

当初那股年轻而清澈的水流已成为浑厚的江河，那团熊熊而年轻的火已淬就了一把发展的利剑。一片彩虹已在我们眼前初现。

我们会成为一棵参天的树

五年前，“公益”这两个字并不被多少人理解，朋友那句“报纸早办了五年”的说法并非没有道理。然而，如果没有这五年的探索、积累、准备，我们拿什么来迎接中国公益时代的到来？

构建社会主义和谐社会已成为时代的最强音，发展社会公益事业已在两年前开始写入一年一度的政府工作报告。五年前的昨天，我们的国家一直在为解决人民的温饱问题而努力。五年后的今天，当中国人民已基本实现小康之际，提高生活质量已成为人们发展的目标。生活质量不仅在于物质生活的质量，还在于精神生活的质量。公益，不仅是提高生活质量的重要方面，也是新世纪人们精神生活不可或缺的。人与自然的和谐，人与社会的和谐，人与人的和谐，公益已开始渗透到每一个人的生活里。一个公益昌盛的时代已经到来。

当公益的繁荣与《公益时报》的成熟相逢时，我们知道，五年的艰辛努力，过去、现在、将来，我们都不会后悔。

我们的报纸已树立了公益领域的权威媒体地位，我们的报纸已实现了专刊集群化的目标，我们的主打公益新闻、主攻深度报道已产生了良好的社会效果，我们的《中华彩票》《中华殡葬》《企业公民》专刊已成为行业主流媒体，我们将向读者关注的其他社会热点和全国性的消费信息拓展，加强对公众意识的影响力和政策的建设性以及对读者的服务性等方面的提升。

我们的 17 个分印点只是完成了自主发行网络建设的一半，分印的范围正在扩张，以分印点为依托的驻地记者队伍建设正在进行，发行网络与信息渠道等基础建设的加强，将成为我们发展的雄厚基础。

我们将适应新的产业环境，在媒体运营的内部管理结构中，将宣传功能与经营功能分离，引入资本以推进报纸的全面快速发展。融资、上市都将可能成为我们的选择。

创刊两周年的时候，我曾写下这样的诗句："夏雨新荷活水催，长风万里壮思飞。"我们已经走过，我们已经起飞，我们已经飞得像鸟一样好看，我们奉献给读者的会是更高品质的内容，更具亲和力的形式，更增值的公益新闻消费！

我们相信，我们会成为中国媒体森林里一棵参天的树！

（2006 年 6 月 1 日，在《公益时报》创刊五周年庆典上的讲话）

2009

在首届中国公益新闻年会上的致辞

作为中国公益新闻年会的发起人之一，我首先要感谢本次活动的主办方——“榜样公益”系列活动组委会的18家组成单位，感谢联合主办方腾讯公益慈善基金会，以及很多支持我们的中国公益领域和传媒领域的朋友们！

大家知道，推动社会发展和进化的有三种力量：一是政府的自主改良，二是公众批判如舆论监督，三是社会组织或者叫基金会的力量，也就是公益事业。

回首刚刚过去的2008年，这三种力量在今日的中国发挥得是如此的淋漓尽致，无论是雪灾、地震，还是奥运会、金融危机，我们总能看到，政府的急速反应和英明决断，传媒的广泛传播和舆论监督，民间组织和社会捐赠的空前热潮。其中，最为重要的是，我们看到，在这一年中负责任的中国媒体积极地在公益事业中发挥了如此巨大的社会影响力，这不单要求媒体有一份社会责任的意识，还要有创业者的胆识和魄力，有用创新的精神来推动公益事业良性发展的态度和能力。

当然，我们不能否认，今天的中国，正处在各种大转变的历史阶段，价值多元、观念纷繁，尤其对刚刚起步的公益事业来说，如何引导公众加深认识，媒体正在面临着更多的挑战、使命与责任。一旦媒体的理解出现偏差，将严重挫伤公益事业的积极性。

有这么两个案例。一个是早在2004年12月，一位公益领域的高管做客媒体时，曾现场说出“中华慈善总会所获捐赠的70%都是来自国外和中国港台地区，国内富豪的捐赠仅占15%还不到”的话。随即该媒体以“我国慈善事业10年——仅有15%的捐赠来自大陆富豪”为题发表了新闻会客记录。之后，各大媒体、网站悉数转载，对国内慈善事业的质疑声音从四面八方飞来。此外，同样是一家中央级媒体，曾经援引一位基金会负责人的话，宣称在过去10年，中国人均捐赠不足1.7元，该信息在网络上面广为传播。时至今日，“慈善捐赠大都来自海外、中国人均捐赠不足两元”的观点还在不停传播。

正是这样的案例，在时刻提醒着我们，媒体作为社会公器，在社会各个领域有着很强的传播力，如果媒体这股强大的力量能以更加专业化的形式加入中国公益事业中，那将是公益领域以及媒体界的一件盛事。但是，一旦出现稍微偏差，对于凤凰涅槃的中国公益事业来说，无异于一场暴风骤雨。

正是在这样一个前提下，我们决定策划并实施今天的活动——中国公益新闻年会。

新春佳节即将到来之际，我们在表彰一批优秀媒体公民的同时，发起了中国传媒推动公益事业发展联盟，即将成立中国公益记者俱乐部。在我看来，这意味着媒体间可以更加紧密地互相配合，不局限于公益事件的区域，都有义务对其他媒体的公益事件链接报道，使公益事业可以在最广泛的范围内得到关注；意味着全国公益信息可以实现共享，媒体可以用共同的力量促成受助者和施助者沟通渠道的无限顺畅。由此，媒体必将成为推动我国公益事业发展的中坚力量。

今天到场的各位，很多人都是对社会有着巨大贡献的企业家和媒体管理层，都怀着强烈的使命和责任投身到公益慈善领域，同时也秉持着美好的愿望，奉献着自己的爱心善心，亲力亲为，使这个社会变得更加和谐。希望我们能够更好地在公益事业发展与传媒推动的道路上，携手公益、共创和谐！

最后，祝各位不虚此行，但愿今天召开的中国公益新闻年会是一个好的开始，并将对各位参与和推动公益事业发展有所启发与协助。我们的团队将随时恭候，您有任何的要求与建议，也请随时与我们沟通。

（2009年1月14日，在首届中国公益新闻年会上的致辞）

2011

在《公益时报》创刊十周年晚宴上的致辞

为什么美国是世界上最强大、科学最发达的国家之一？

我的忘年之交、《公益时报》的知音——著名科学家朱传榘先生在数年之前造访报社时，给出了一份标准答案：有人将美国的发达和强大归功于美国式的自由、民主、军事，这只是一个方面，其实并没有看到根本层面，美国的强大应该归功于它所存在的形形色色的公益组织。

林语堂先生在76年前讲过一段话，中国人的传统是修身、齐家、治国、平天下，所谓从“家”到“国”的跨越，中间没有了“社会”。

以公益组织形成的社会，在很多国家都有，并不稀奇，但要论资产之雄厚、工作之活跃、影响之广泛，美国当为最。20世纪70年代末国门打开之后，“基金会”已是中国人司空见惯的事物，但国内似乎很少有人想到去深究一番。

改革开放后作为中美关系史和美国学在中国的开创者之一，中国社会科学院的资中筠教授最初是从研究美国对中国现代化的影响的角度，开始注意到了除教会、庚子赔款办学之外，还有洛克菲勒基金会的作用。她惊奇地发现，该基金会对中国相当多的学科的开创作用都大大出乎自己的意料。“这一切究竟是为了什么？是出于一种什么理念？”从这个念头开始，资中筠教授利用各种机会留意收集有关美国基金会方面的资料，除书籍文献外，还利用短期访美的机会先后采访了20家以上的基金会、有关公益事业的研究中心及其负责人和专家。

民政部原部长崔乃夫（中）及夫人（左一）出席《公益时报》创刊十周年社庆活动

从卡耐基到洛克菲勒，从福特到凯洛格，从索罗斯到盖茨，商业精英在积累大量财富之后，几乎都通过基金会的影响进入了每一个美国人的生活当中。基金会在社区服务、教育、社会福利、科学研究、医药卫生以及可持续性发展等领域，不但对美国社会有深刻影响，还影响着全世界。

在一个现代化社会，财富的集中不可避免，关键是集中之后如何回馈社会。这就需要有一个渠道，一方面要把财富集中起来做大事，一方面集中了的财富又有健康自然的渠道回流到社会，这样社会才有了良性循环。

资中筠教授将美国基金会的功能概括为“散财之道”。

作为一家以“公益”为使命的媒体，我们过去十年持续面临的课题是，为什么中国最近几十年能成为世界上发展速度最快的国家？怎样才能使中国跻身于21世纪最发达、最强大的国家之列？

中国为什么成为世界上发展速度最快的国家？一是政府把企业解放出来了，把原来政府做的事情让给了非政府的企业去做。政府集中精力做自己最擅长的事，经济交给了企业去做；二是国际社会给了中国机遇。

怎样才能使中国跻身于21世纪最发达、最强大的国家之列？

——建立中国庞大的公益组织和强大的公益人才队伍，形成中国的社会组织机构和公益体系。

《公益时报》是由民政部主管、中国社会工作协会主办的第一份全国性、综合性公益类报纸。自2001年创办以来，始终以传播公益理念、弘扬公益精神为己任，倾力打造公益领域的信息交流与合作平台，为推动中国公益事业发展与社会主义精神文明建设作出了一定的努力。

作为公益新闻宣传的主阵地、慈善舆论引导的主力军，十年以来，我们一直坚持正确的舆论导向，不断提高舆论引导能力，努力践行媒体责任，弘扬社会主义荣辱观。

我们制定了“传道最先进的公益思想、传播最智慧的散财之道、传达最大多数人的呼声、传承最荣耀的公益精神”的办报宗旨，明确了“服务社会、推动进步”的核心价值理念，逐步形成了“以高素质的采编队伍，生产高层次的文化产品，满足高品位读者精神需求”的运作模式。

目前，《公益时报》在全国一半以上省市同步印刷，期均发行量达到30余万份。发行网络覆盖全国民政系统、国务院及中直机关、知名企业、社会组织及公益机构、科研院所及大专院校、全国彩票发行管理机构及投注站、全国殡葬管理机构及殡仪服务机构和企业。旗下的《公益时报》《公益时报·中华彩票》专刊、《公益时报·中国殡葬》周刊，已经成为行业主流媒体。

十年以来，《公益时报》致力于布局多元化传播系统，经过多年的发展与沉淀，基本形成了以报纸为依托，以专业门户网站、全网号手机报、社区电子屏等新媒体为延展平台的立体传播体系。

《公益时报》充分发挥了政府主管、社会组织主办、企业参与经营，实行企业管理和完全市场化运作的特点，在发展过程中不断进步，创造了一系列公益领域的热点事件。

为了寻找中国的卡耐基，《公益时报》创办了中国慈善排行榜，每年度以榜单的形式向社会宣告中国的慈善成绩。

为了更好地传播社工理念，《公益时报》承办了中国社工年会，每年度以年会的形式向公众讲述中国社工的年度记忆。

为了推动媒体参与公益事业，《公益时报》发起了中国公益新闻年会，每年度以论坛的形式在媒体中间交流着公益新闻报道的感悟。

为了推进企业公民理念的社会建设，《公益时报》成立企业公民委员会，以优秀企业公民年会的形式，在中国的企业家群体中交流践行社会责任的经验。

为了公益项目的全国交流，《公益时报》发起了社会公益示范工程，以典范项目的交流，推动中国社会组织之间项目运作的经验分享。

为了能够更好地参与公益事业，《公益时报》还联合伙伴单位，发起了“太阳雨公益慈善基金”“共铸中国心公益基金”，在公益实践中实现着自身的社会价值。

朱传桀先生这样评价《公益时报》：“我看到了一张最好的报纸，看到了最好的文章，看到了一支值得尊重的‘公益救国军’。你们是第一个把公益与国家民族联系起来的人，是国家的功臣……你们做的是民族大义、千秋大业、万代基石。”他还坚定地说：“中国是共产党国家，信仰的是马克思主义。公益与马克思主义是一致的，当年马克思的目标，就是要实现公益社会，共产主义就是公益社会。所以，我们做公益事业不是给人一口饭吃，也不是救一时之急，而是要强国富民，促成中华民族的伟大复兴。”

十年一剑，《公益时报》面对传媒业和公益事业发展的新机遇、新挑战，面对报刊业改革和社会改革的新形势、新任务，将以创刊10周年为新的起点，从战略和全局的高度，增强责任感、使命感、紧迫感，继续坚持正确的舆论导向，在民政部和中国社工协会的正确领导下，在社会各界的支持下，不断改善和优化媒体的运营模式、管理模式，进一步提高新闻生产力、扩大影响力、释放新活力、开发潜能力、激发创造力，把握准确的社会定位，保持较高的内容品位，在新的历史起点上再谱新篇章、再创新辉煌！

在《公益时报》创刊十周年，也是中国公益事业突飞猛进发展的十周年之际，我们将公益事业发展过程中的100位公益人物整理出来，希望通过他们的榜样和身影，让我们更加清晰地定位公益事业发展的下一个十年战略。

中国公益的发展形势提供的机会吸引着我们，中国社会改革对新闻传播和理论创新的需求也激励着我们。目前，我国公益事业发展势头迅猛，参与公益活动的主体不断增多，全社会公益意识不断增强，公益资源的开发不断拓展，公益捐助免税通道日益畅通，税收激励效应显著攀升。我国公益事业总体发展水平还较低，单一的公益筹款或项目执行的模式，越来越会受到局限和挑战，创新、透明和公信力是当前公益事业发展必须面对的问题。

就中国的历史长河而言，十年只是一瞬；就中国的公益事业发展而言，《公益时报》社这十年来的工作也只是沧海之一粟。关于“中国散财之道”的讨论我们会一直延续下去，秉持十年前成立的初衷，和海内外朋友携手一齐为中国公益事业的新闻传播、理论研究、机构建设的发展而努力！

中央在年初召开了省部级主要领导干部社会管理及创新专题研讨班。“两会”期间，温家宝总理在《政府工作报告》中再次明确地提出了大力发展慈善事业的目标。

最新消息，5 月 30 日，中共中央总书记胡锦涛主持会议，中共中央政治局召开会议研究加强和创新社会管理。

看到中央政府对于社会发展的声音和举措，对于我们的工作是一种强有力的推动。

最后，衷心感谢民政部等各级领导多年来给予《公益时报》的关爱、指导和支持；感谢社会各界朋友们对报纸的理解、帮助和关怀；谢谢大家的关注。希望我们能够在发展的未来之路上，携手公益、共创和谐！相信在我们共同的努力下，一定会迎来中国跻身于 21 世纪最发达、最强大的国家之列时代的到来！

（2011 年 6 月 1 日，在《公益时报》创刊十周年晚宴上的致辞）

2016

融合多元教育形式　创新行业人才培养

——在中美社会工作教育研讨会上的讲话

在清华大学社会科学学院与美国哥伦比亚大学社会工作学院共同举办的“中美社会工作教育研讨会”的今天，我首先代表中国社会工作联合会宫蒲光会长及联合会预祝大会圆满成功。

此次会议是在促进国内外社会工作专业教育交流与合作、提升国际化社会工作专业能力水平的时代背景下召开的，是社会工作专业发展的一件盛事，是中美两国在社会工作教育与研究方面的一次很好的互动和对话，一定会有益于彼此的相互了解，共同推动社会工作行业的持续交流与合作。

社会工作的发展是由工业化和城镇化进程中产生的各种社会问题引发的，在服务变化中不断完善专业化的进程，无论在美国还是中国，社会工作已经成为国家社会保障和社会福利的服务、执行和传送的重要组成部分。

中国社会工作人才培养注重理念与实践的结合，但是也存在诸多问题。在社会认可度低、薪酬待遇低的双重影响下，使专业与从业严重脱钩，专业人员预期的理想职业并不是社工，而从业人员的核心能力又明显不足，容易被替代。同时，从行业整体来看，政府重视但依然不能阻止人才流失率的走高。以广州为例，2014 年底政府购买服务金额是 3.37 亿元，社工流失率达到 24%。

在教育形式日益多元化的今天，社会工作教育也应该适应经济发展新常态，不断解决社会发展过程中产生的新问题，完善专业方向的体系设计和实践教学，以保证培养质量，实现融合与创新。

一、以多元教育促进人才培养

中国社会工作联合会建立健全以培养、评价、激励为主要内容的制度措施，以“学分银行”试点项目将学历教育与非学历教育相结合，以“线上教育＋线下学习”的模式推进职业规范和从业标准，加强专业培训，提高社会工作人员的实务能力、专业水平和综合职业素质。

（一）学历教育方面

在教学形式上利用远程教育的技术手段作为依托，在教学手段上实现点播、直播和实践教学的相互补充，在教学保障上采用考试、答辩、实践相结合，以此打造新型的社会工作领域的优质网络课程，尝试创建社会工作领域的终身教育培养体系。结合行业机构实际工作需求和行业从业人员在服务过程中形成的职业能力情况，进行系统分析，并完成“社会工作领域职业资历架构”，将从业需求与学历教育进行学习成果认证匹配。

（二）实务能力提升方面

尝试专业方向社会工作实务能力提升训练，拓展社会工作人才服务社会的深度和广度，探索建立职业人才提升实务能力的纵深学习机制。以社会工作具体领域的发展趋势、行业特点、服务方法为中心，既保持社会工作基本内容结构的系统性，又保持具体内容的相对开放性，吸纳最新科研成果和现实情况，达到课程内容整合、体系优化的目标，形成知识、能力、素质并重的培训体系，加强社会工作领域专业人才队伍建设。

二、完善行业环境推动行业发展

行业要发展就要自律，统一的行业标准有利于社会工作者更好地开展专业服务。中国社会工作联合会与国家开放大学社会工作学院协同社会工作专家学者、行业机构资深工作者对国内外社会工作领域的服务标准进行系统调研，推出了针对机构、督导和老年社工的三项标准体系：

《社会工作服务机构评估标准体系》是以专业价值为基础，以综合服务水平为核心，以机构能力建设为重点，为机构建设提供了参考，促进了社会工作服务机构的规范治理和可持续发展，并以优秀社会工作服务机构的示范作用推动了行业的整体发展。

《注册社会工作督导职业能力标准体系》以政策倡导为依托，以督导人才培养的现实问题为基础，以满足专业人员对能力提升的需求为根本，以国际国内社会工作督导的经验为借鉴，探索建立标准化督导人才培养的机制，壮大督导人才队伍，提升一线社工的服务质量，以专业督导带动专业社工，推动服务质量标准化、依据化。

《注册老年社会工作师职业能力标准体系》注重系统性、实践性与操作性的结合，从理论和应用的角度对老年社会工作师的实务能力进行全面系统的分析，使培养的人才能够比较全面系统地掌握老年社会工作的基本理论和方法技巧，具备扎实的专业基础、较强的职业能力和较高的综合素质。

通过系列的标准体系建设，逐渐规范社工的专业服务，使社会工作人才队伍与多元化的岗位、日益增长的社会需求相适应，使更多的人认可社工，推动行业可持续发展。

三、社会工作行业创新融合

行业的发展不能自我循环，要融合创新，将其他行业的优势对接融入，创新原有模式。将企业引入到社会工作行业中，打造社区版的新服务体系，行业组织顶层设计、企业投入建设社区智慧小屋，形成以社工人才为支撑、以机构组织为依托、以社区服务为载体的联动模式，尝试进行社会工作行业的创新发展。

今天，在清华大学与各位领导、各位专家学者交流中美社会工作教育的发展，能够对中国的社会工作理论、实践、研究等不同层面的发展有所探讨，使社会工作教育更具科学性和前瞻性，使社会工作国际交流更加频繁，使社会工作职业发展更具强力支撑，使社会工作行业在国际社会发展大局中发挥更重要的作用。

（2016年1月4日，在中美社会工作教育研讨会上的讲话）

2016

在第七届中国社工年会上的讲话

2016年3月5日，在第十二届全国人民代表大会第四次会议上，国务院总理李克强作的政府工作报告中再次强调“支持专业社会工作，志愿服务和慈善事业发展”，充分肯定了社会工作的价值和作用，社会工作迎来了新的发展时期。

宫蒲光会长指出，2015年协会经过十多年的发展历程，进入了联合会的新纪元，是具有里程碑意义的一年。这一年，在宫蒲光会长的带领下，加强自身建设，拓展工作思路，创新发展模式，参与国际事务，不断深化社工跨领域的交流合作，积极推动社会工作行业的标准化建设，全面提升专业发展水平，大力加强舆论宣传引导，重点突出，颇有成效，向“专业化、职业化、行业化、规范化、联合化”的发展道路上迈出了坚实的一步，实现了行业的蓬勃发展，为社会治理创新作出了贡献。

一、多元创新，持续推进行业发展

（一）树立标杆和榜样，双十双百推荐活动促进社工专业人才队伍建设

“十大社工人物”将多年来对行业发展推动的业内人士、对行业发展有借鉴、贡献的业外人士进行提名宣传，肯定他们对行业的贡献。

“十大社工事件”梳理一年来社会工作行业具有重大意义的事件，从宏观层面推动行业发展前行。

“寻找最美社工——百名社工人物”活动，寻找在行业岗位孜孜不倦的社会工作者，寻找为这个行业健康发展

作出贡献的人士，用他们的事件、他们的精神感动我们，让更多的人专注这个领域。

“百强社会工作服务机构”为社工机构的发展树立典范，找寻机构存在的问题，找寻机构健康发展的模式，找寻机构服务的特色领域，对于推动社工机构的组织建设、制度建设和能力建设、增强社工机构服务社会的功能影响深远。

通过“双十双百”推荐活动促进社会工作专业人才队伍建设、社会工作服务机构可持续发展，树立行业标杆和榜样。

（二）使用新兴媒体，双微评选扩大行业影响力

联合会举办了“首届全国社会工作微电影大赛”“首届全国社会工作微课大赛”，利用新媒体平台进行宣传和展播，不仅收获了大批优秀的作品，展现了专业社工的风采，展示了本土社会工作中优秀鲜活的实务案例，传递了我国社会工作者的正能量，进一步扩大社会工作行业影响力，提升了社会工作者的社会地位，加大了社工事业的宣传推广力度，促进了社会工作行业健康持续发展，为我国社会工作服务事业争取了更加广泛的支持和帮助。

一年来，联合会继续加强与主流媒体的合作，拓宽宣传思路，丰富宣传形式，努力营造适宜社会工作行业健康发展的社会氛围。积极支持与新华网合作“新华社工”频道上线，使社会公众更加了解社工，熟悉社工。开展“第二届全国社工知识网络竞赛”，组织“第五届社工行业组织大会”，联系媒体对其进行报道，吸引了政府主管部门各领导，国家、省市各级社工行业组织负责人、社工机构代表、专家学者以及支持社工事业的企业家等众多参会者，增强了社工在公众视野的影响力。

（三）创新实务模式，探索多样化协同机制

这一年，联合会协同多方资源在社区中建立“智能化社工服务站”，开展社工服务、公益服务、便民服务，探索可持续化的社区社会工作机制，有力地促进了当地社会工作的发展，为解决社会问题、促进行业发展注入了活力和动力。

联合会防治乳腺癌基金将围绕国家精准扶贫攻坚计划，承办“为了妈

妈”贫困地区乳腺癌防治援助项目，开展全国范围贫困地区贫困乳腺癌患者救助活动，通过融合社工机构推进相关人员的身体、心理、社会关系全面发展，最终在全国形成一个乳腺癌防治网络，提高乳腺癌早诊率，降低死亡率。

这些开展的项目是对当前社会事业项目化运作的体现，又反映了我国社会工作发展的新形势。

（四）参与国际事务，社会工作领域交流不断深入

这一年，联合会围绕社工服务与社工人才培养等内容，积极与我国香港、澳门、台湾地区以及美国、英国、日本、韩国等国（境）外机构开展交流活动。派成员赴泰国参加2015年亚太地区社会工作联合大会，并成功获得2017年亚太地区社会工作区域联合会议举办权。这是国际社会工作领域的区域会议第一次在中国主办召开。此次主办权的成功申请，是国际社会工作组织对我国社会工作发展的高度认可，也是中国社会工作走向专业化、职业化、国际化道路的必由途径，让更多国家的专家学者、行业协会共同交流，加强合作，为中国的社会工作行业发展提供一个更大的舞台。

二、和衷共济，推动我国社会工作事业新跨越

新一年，联合会需要全体会员、全体专家和同事们和衷共济，更需要社会各界大力支持。

重点强调五个方面：

（一）完善党建，以党的引导加强行业协会政治素养

联合会加强党的政策、方针等决定的学习，深化内涵转化行动，坚信只有深化学习党中央的各项方针政策才能更好地引导行业发展。

联合会发挥党员的模范作用，加强党员的发展培养，将党的理念融入工作中，保证较高的政治素养才能更好地推动行业健康发展，才能更好为政府、为群众、为行业发挥桥梁纽带的作用。成立行业组织党委，倡议全国行业组织发挥党委作用，提倡围绕行业组织内部建设的党员活动，树立典型社会组织党建成果，将行业组织党建服务行业、服务社区、服务机构

的新模式推广到全国。

（二）加强内部建设、推进联合会专业发展

联合会认真深入贯彻党的十八届四中、五中全会和习近平总书记系列重要讲话精神，紧紧围绕适应社会治理新常态的主线，进一步明确了社会工作事业推进思路与任务。

通过加强信息沟通渠道，促进了联合会领导班子科学决策，增加了各部门之间的沟通与交流。

通过加强对专业委员会、专项基金等分支机构的管理，推动了联合会相关业务领域协调发展。将《公益时报》社在媒体领域、公益领域的发展模式转化为联合会内部发展模式，发挥“认证中心”“社工学院”的专业作用，让更多的专家、实务机构、专业委员会参与到行业标准制定中来，将行业标准转化为技能模块，将技能模块转化为岗位需求，将岗位需求转化为服务产品。让社会工作者能在更多的领域发挥作用，让社会工作服务机构能有可持续的发展模式，让社会工作能有更大的价值体现。

通过加强人力资源管理、财务管理、日常办公管理等相关制度建设，保证联合会工作的有序开展。

（三）开拓思路，以开放的态度加强行业交流

新的一年里，要总结经验、突出特色、勇于创新，使交流活动内容更加丰富、形式更加多样。

深化“双十双百双微”活动品牌，让指标体系更加完善，让活动更具代表性，让活动更具宣传推广价值，让活动更具标杆引领作用。

推广《公益时报》社与北京社工委“寻找最美社工”活动，联合各地行业组织将活动推广到各省市，辐射全国，形成各省市行业组织多方联动，共建共享品牌活动。

通过“2017年亚太地区社会工作区域联合会议”的筹备工作，开展与国内外高校、社会组织、行业机构、公益组织及企业的交流合作。总结中国社会工作的特色模式、总结适合中国发展的本土模式，在保证专业性的同时要形成中国社会工作行业自身的特点，进行专业和实务的融合，专业和行业的融合、专业和公益的融合，让中国的社会工作实务形成服务产品

走出去，取得更大的发展。

（四）以企业参与做实社区服务新模式

新的一年里，联合会要坚持公益性，保证社会效益，创建服务型、文化型、信息型、安全型社区，开展“便民、利民、为民”的社区基础工程，积极搭建社区服务信息化平台，方便快捷地满足居民生活的各类需求。

要充分发挥专业社工和专家团队的作用，加强对地方行业服务行为的规范和指导，使社会工作服务走上专业化、规范化、标准化发展道路。

要充分利用现代科技成果，开展社会工作服务“大数据”“互联网 +”等技术融合模式，提升社会工作服务的科技含量，实现服务能力现代化。

让企业参与创新社区治理的整个过程，将企业社会责任转化为社工服务站，将社工服务站植入社区由社会工作服务机构承担服务设计，由社会工作者提供专业服务。将“三社联动”落实在服务过程中，让社区更加融合，让社会组织发挥作用，实现创新社区治理新模式。

创新社区治理通过“公益服务、便民服务、专业社工服务”相结合的方式将专业服务化，将专业可视化，让创新社区治理融入社区居民的生活中，融入社区居民的需求中，探索可持续化的社区社会工作机制，探索行业发展新模式。

（五）公益和社工机构深度融合，实现精准扶贫

持续打好扶贫攻坚战，深入推进集中连片特困地区扶贫开发，实施精准扶贫、精准脱贫。

开展公益与社会工作的结合融入，将“社会问题”“精准扶贫”用公益项目的方式拓展筹资来源保证服务持续开展，用专业社工的介入完善服务质量，让社会工作走出去，在更多的行业领域发挥作用，让更多的行业走进来，肯定社会工作支持社会工作。发挥社会工作在精准扶贫领域的作用，让社会工作发挥专业情怀的理念，帮助需要帮助的人，解决社会需要解决的问题。

结合更多的公益项目，改变原有的公益服务模式，社会工作服务机构参与公益项目，直接对贫困群体提供专业服务，让扶贫工作更加精准务实。

2016年，不仅是“十三五”的开端，也是我国实现第一个百年目标决战阶段的起点，更会是我国社会工作事业创造繁荣发展新局面的起点。社会工作事业的发展，离不开各社会工作行业协会、社会工作服务机构和社工各界同人的共同努力与支持。为此，我们要以高度的责任感和使命感，同心协力、开拓进取、不辱使命，为增进人民利益福祉、推动社会工作事业高速发展作出重要贡献！

（2016年3月14日，在第七届中国社工年会上的讲话）

2016

中国社会工作行业发展现状及未来模式探讨

——在中国社会工作行业发展高峰论坛上的讲话

大家上午好！首先感谢大家参加本次论坛，共同探讨社会工作行业组织在推动专业发展中的使命与策略。

目前，我国社会工作行业正面临前所未有的发展机遇，但同时也面临诸多问题和挑战。接下来，我想就行业的现状和未来发展模式谈一下我的一些思考。

一、价值与使命

首先，我们要谈价值与使命。这是我们做事的初衷，也是我们的目标和动力。

社会工作是一项崇高的事业。在个体层面，我们要扶危济困、激发潜能、促进发展；在社会层面，我们要解决社会问题、促进社会公正；在文化层面，我们要弘扬人道主义、促进社会团结、增进人类福祉。

将这些崇高的价值和使命内化到我们的工作中，我想，我们应该致力于两点：一是强大自己，二是推动行业发展。

2014 年 7 月 6 日，“2014 国际社工联会员大会”在墨尔本召开，会议重新定义了社会工作的概念。即社会工作是以实践为基础的职业，是促进社会改变和发展、提高社会凝聚力、赋权并解放人类的一门学科。社会工作的核心准则是追求社会正义、人权、集体责任和尊重多样性。基于社会工作、社会学、人类学和本土化知识的理论基础，社会工作使人们致力于解决生活的挑战，提升生活的幸福感。

二、背景与现状

坚守使命和职业价值之下，要想抓住关键点推动行业发展，我们必须首先了解我们行业所处的背景与现状。我想谈两点：

（一）社会工作正面临前所未有的发展机遇

1. 社会治理创新，政府职能转移

从“单位”到“社区”，我们的社会正在发生深刻的转型和变革。社会问题多样化、利益诉求多元化，多元主体共同参与社会治理、政府职能转移成为必然的选择。

(1) 党的十八届三中全会明确提出“激发社会组织活力。正确处理政府和社会关系，加快实施政社分开，推进社会组织明确权责、依法自治、发挥作用。适合由社会组织提供的公共服务和解决的事项，交由社会组织承担”。

(2) 李克强总理在2015年政府工作报告中指出：“加强和创新社会治理。”“支持群团组织依法参与社会治理，发展专业社会工作、志愿服务和慈善事业。”

2. 系列政策支持社会工作发展

(1)《社会工作专业人才队伍建设中长期规划》(2011—2020年)：到2020年，社会工作专业人才总量增加到145万人。

(2)《关于加强社会工作专业人才队伍建设的意见》：大力加强社会工作专业教育培训，大力发展社会工作专业教育，并在这两方面作出了具体指导。

3. 三社联动

民政部2015年10月在重庆召开全国社区社会工作暨“三社联动”推进会，会议明确要求各地加快推进社区、社会组织、专业社会工作“三社联动”，以深化社会组织管理制度改革、促进基层社会治理创新。

（二）区域差异明显，持续发展面临不同问题

1. 行业协会、社工机构数量大幅增长，形成不同发展模式

(1) 截至2015年底，全国共成立455家社会工作行业协会，比2014

年增长 57.4%，其中有 30 个省级行业协会、129 个地市级行业协会和 296 个县级行业协会，多个地区的协会还成立了不同领域的社会工作专业委员会。

（2）各地发展各具特色，形成了上海模式、广州模式、深圳模式、安徽模式、山东模式等社会工作新模式。

2. 服务领域广泛，但总体规模偏小

以百强社工机构数据为例，百强社工机构就在册人数共计 11207 人。在册人数大于等于 100 人的机构有 34 家，总人数达到 8892 人，其中人员规模最大的上海自强社会服务总社达到 750 人。在册人数小于等于 50 人的机构有 48 家。

3. 区域发展不平衡

截至 2015 年底，我国民办社会工作服务机构有 4686 家，比 2014 年增长 33%。其中北京、内蒙古、上海、江苏、福建、山东、湖南、重庆、云南、陕西等地民办社会工作服务机构数量突破 100 家，广东民办社会工作服务机构数量突破 1000 家，浙江、四川民办社会工作服务机构数量突破 500 家。以上 13 个省（直辖市）的社工机构总量达到 3000 余家，占总量的近 70%。

三、问题与需求

在此背景和现状下，我们会看到，社会工作行业存在着众多问题和需求：

（一）在社会需求层面：经济与社会转型期，众多社会问题亟待解决

以社工服务的主战场——社区来说，众多服务对象需要社工等社会组织提供服务。老年人、残疾人、优抚对象、青少年、贫困者和外来务工人员等，众多服务内容亟须提供：社区就业、社区治安、人民调解、社区卫生、社区教育……

这些服务可以简要地划分为“公共服务、公益服务和便民服务”。目前来看，三类服务中，社工机构目前主要停留在承接政府购买服务，即公共服务和小部分公益服务层面。公益服务和立足社区的便民服务这个巨大的需求市场尚待挖掘。

（二）在政府层面：社会治理创新，政府职能转移，需要更多的社会组织提供更优质的服务

1. 政府购买服务——需要更多、更优质的社会组织提供社会服务。

2011—2015 年，全国社会工作资金投入累计突破 80 亿元，其中 2014 年和 2015 年每年投入超过 20 亿元。而目前，还有大量省份尚未或很少开展政府购买社会工作服务，这部分也是巨大的需求。

2. 发展专业社会工作——至 2020 年，培养了 145 万社工人才（现有约 50 万）。这中间有巨大的人才缺口。

3. 培育社会组织。

仅以社区社会组织培育来说，“三社联动”的任务目标是，力争到 2020 年，全国绝大部分城市社区和多数农村社区都能形成及时回应居民需求的社区服务体系，每个城市社区至少有 10 个以上、农村社区至少有 5 个以上社区社会组织，有专兼职专业社工或接纳民办社工机构从事社会服务活动，达到社区社会组织更加活跃、专业社工作用更加明显、城市社区更加富有活力。

（三）在社工协会层面：缺乏明确的定位和发展策略

1. 定位不明确：行业组织与管理部门之间关系不明职责不清，社工行业组织没有融入整体行业组织的发展全局。

2. 自身实力弱：行业组织结构部件全，过于依赖政府部门，自我管理、自我发展和自我生存能力较弱。

3. 缺乏有效的发展策略：行业组织发展不平衡，情况各异。有的起步早，发展好，有的起步慢，发展慢，有的还没起步。

4. 作用不明显：行业组织的建立没有引起普遍重视，相比较慈善总会等社会公益组织，社工行业组织数量和规模远不适应我国社工事业发展需要。

（四）在社工机构层面：自我造血能力不强、资金来源单一、生存困难

以 2015 年度百强社工机构为例，政府购买服务是百强社工机构的主

要收入来源，占总收入的比例为92.13%。百强社工机构捐赠收入占总收入的平均比例为3.82%，市场化项目的平均比例为4.25%，只有63家机构开展市场化项目。

（五）在社工从业人员方面：收入低、流失率高、缺乏晋升空间

社工人员的职业天花板如何打破，待遇如何提升，如何留住社工人才，已成为全行业的难题。

四、思路与模式

针对问题与需求，我们需要调整思路，创新模式。

（一）思路

1. 联合：整合资源、学习借鉴先进经验，合作共赢。

目前各地社工行业发展差异明显，部分省市的政府购买社会工作服务制度尚未完善，有的社工协会才刚刚成立，有的社工机构数量很少。对于这些处于发展初期的省市，我们完全可以学习、借鉴北上广深等先进地区的发展经验，通过资源整合实现合作共赢。

2. 增能：提升社工机构等社会组织获得公益捐赠、市场化经营收益的能力，资金来源多元化。

对于北上广深等社工发展走在前列的地区来说，行业发展同样存在众多问题：如资金来源的单一，造血能力的薄弱，人才流失过大。

针对这些社工机构的生存现状和业务现状，坚守使命和价值的基础上，我们要通过增能，提升既有能力、培养新的能力，获得造血能力，“多元化”用心经营我们的社工和公益事业。

3. 创新：引入新的生产要素，如其他的资金来源、跨界人才、“互联网+”信息技术应用等。

督导：从机构组织来看，是一个专业职务，享有一定的权利和职责；从人力资源管理的角度来看，督导除了需要促进被督导者的成长外，还要对其工作进行监督和评估；从行政体制来看，督导与被督导者是一种上下级关系。

社会工作督导：是专业训练的一种方法，是由督导者给被督导者以帮

助和指导，以保证社会工作机构服务质量的重要行政过程。

社会工作督导的功能：

1. 行政功能——招募、工作安排、培训、工作监督、绩效评估、工作授权与协调等方面担负指导责任。

2. 教育功能——给予被督导者完成任务时所需知识和技能的指导，协助被督导者在专业上得到成长。

3. 支持功能——提供被督导者心理和情感上的支持，促使其提高自我认同，轻松面对工作。

4. 打造新生态——抓住“三社联动”创新社区社会治理的重大机遇，依托社区平台，发挥社工的核心职能，三社联动，打造新的社会服务生态链。

社工机构在“三社联动”中应发挥重要核心作用：扶持培育社区社会组织、链接多方资源，通过社区营造推进社区发展。

（二）发展模式：如图

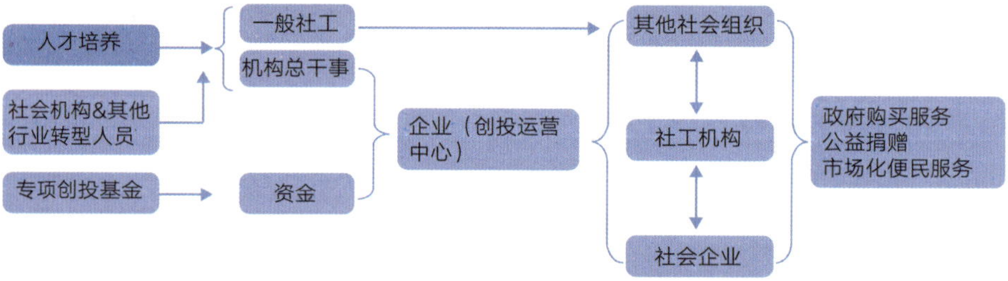

五、愿景与生态

我们要整合资源、缩小区域差异，同时创新思路和模式，力图实现社工事业新的发展，构建更丰富的社工生态圈。

（一）愿景

1. 通过增能创新获得多元资金来源，增强自我造血功能，实现社工机构健康持续发展。

（1）政府购买服务收入；

（2）社会捐赠收入；

（3）社会企业运作，获得持续市场经营收益。

2. 推动大量就业。

按照国际平均水平，社会组织提供的就业岗位数量约占整个经济活动人口的 4.4%，目前我国这一比重还不到 1%，如果国内社会组织发展达到国际平均水平，则至少可以增加 3000 万个就业岗位。

3. 创造新的产业价值。

目前美国第三部门创造的 GDP 占比是 12%，就业率的占比是 10%，它已经是美国的第三大盈利部门，它的就业人口和它的 GDP 是对应的，志愿服务也可以提供大量的社会服务，这是一个非常大的产业。公益慈善本身是创造 GDP 的。

而在国内，民政部发布的《2015 年社会服务发展统计公报》显示，截至 2014 年底，全国共有社会组织 60.6 万个，吸纳社会各类人员就业 682.3 万人，形成固定资产 1560.6 亿元，社会组织增加值为 638.6 亿元，占第三产业增加值比重为 0.21%，慈善部门创造的 GDP 仅占 0.2%。

我们还有巨大的发展空间。

4. 解决社会问题："三社联动"，社会创新推动下，众多社会问题有望找到新的解决模式。

（1）解决就业问题：2016 年高校毕业生 765 万，转型企业大量下岗再就业压力等。

（2）解决家政服务难题：3000 万缺口，普遍、长期存在的难题。

（3）解决养老服务护理难题：1000 万以上的护理人员缺口。

（4）其他众多细分社会服务领域……

（二）生态

在新的模式下，我们有望建立社工行业的新生态。

1. 资金的来源：不仅有政府购买服务，还有公益基金捐赠和大量社会捐赠（包括众多爱心企业）。

2. 服务的主体：不仅有社工机构，更有大量其他社会服务机构、社会团体等社会组织；不仅有社工，更有大量的志愿者；不仅有社会服务机构，更有大量社区企业；不仅有之前社工机构的服务人员，更有大量其他行业转型加入的优秀人才（如经营管理人才等）。

3. 服务的对象：在服务困难群体的基础上，将服务对象扩大为社区一般居民。

4. 服务的内容：不仅承接公共服务，更有大量的公益服务和便民服务。

5. 服务的提升：在现有专业服务能力的基础上，借鉴学习其他行业的优秀经验，提升管理运营能力；同时，国际范围内的众多一流专家学者也将加入生态圈，为社工行业注入新的发展动力。

6. 服务的影响：因为社会多元主体的参与和受益，社工服务将形成持续的良性影响，进而吸引更多社会资源加入。

“路漫漫其修远兮”“不忘初心，方得始终”。社工行业的发展还需要大家的共同参与和努力，共同打造我国社工行业的新生态。为扶危济困、为公平正义、为社会福祉贡献我们的一分力量。

（2016 年 6 月 16 日，在中国社会工作行业发展高峰论坛上的讲话）

2016

发展医务社会工作，助力健康中国建设

——在2017医务社会工作与医疗救助实践论坛上的致辞

今天，我们相聚美丽的“北国春城”长春，共同探讨医务社会工作与医疗救助实践这个大仁大爱的议题。首先，我代表中国社会工作联合会、代表宫蒲光会长对各位的到来表示诚挚的感谢和热烈的欢迎！

在中国社会工作协会更名为联合会之前，2011年，成立了医务社会工作联盟，并举办3次医务社会工作论坛，凝聚了一批致力于医务社会工作发展的有识之士，共同推动医务社会工作的发展。今天，也有很多老朋友在我们的论坛现场。

本届论坛是中国社会工作联合会更名以来举办的首届医务社会工作论坛，也是规模最大、内容最丰富的论坛。中国社会工作协会更名为中国社会工作联合会以后，根据行业发展的需要，在各界的支持下，于2016年底在医务社工联盟的基础上成立了医务社会工作专业委员会。委员会成立以后，积极推动、探索医务社会工作的发展，并积极筹备组织了本次论坛。本次论坛的内容非常丰富，请到的发言嘉宾也是行业和专业内具备影响力的专家学者，相信这次论坛会让我们收获满满，不虚此行。

下面，我就按照会议议程的安排，作一个简短的致辞，更多的时间留给各位专家学者。

社会工作是赋权增能助人自助的行业，医务社会工作是社会工作行业更具仁心、匠心，更具爱心的社会工作专业。医务社会工作是指综合运用医务社会工作专业知识和方法，为有需要的个人、家庭、机构和社区提供专业医务社会服务，帮助其舒缓、解决和预防医疗求助过程中产

生的社会问题，恢复和发展社会功能的职业活动。医务社会工作改变了传统医疗中单纯救助“身体疾病”的模式，让患者在治病中得到身心各方面的照顾。刘继同教授说医务社会工作者是“医师的助手、护士的伙伴、患者与家属的朋友、家庭的保护人、社区的组织者、其他专业技术人员的合作者”。

纵观社会工作在国内外的发展经验，医务社会工作是社会工作专业发展和专业能力建设的先行者。由于医务社会工作与科学严谨性强的医疗密切相关，因此，医务社会工作在我国也是发展较快、专业化较高的领域之一。在座各位都了解，中国医务社会工作最早发展是 1921 年协和医院社会服务部的成立，大家也一定很熟悉吴桢先生对于医务社会工作的评价，“任何一个医院如果只是设备精良、管理先进、医疗水平高，而没有社会服务部的设置，就不能称为第一流医院”。医务社会工作在 20 世纪二三十年代的发展，就是秉承这个理念并赢得了良好的社会声誉。虽然由于历史的原因，中国医务社会工作的发展一度中断，但先行者的经验积累对今天医务社会工作的发展仍然具有重要性。自 20 世纪 80 年代以来，我国的医务社会工作也再次发展并取得了良好的成果。

在各地政府的推动下，逐步形成了各具特色的本土医务社会工作模式。上海是国内引入职业医务社工的先行者，2012 年 2 月，上海市卫生局、民政局、教育局、人保局率全国之先，联合发布《关于推进医务社会工作人才队伍建设的实施意见》的通知，明确规定所有医疗机构应该设立社工岗位。这一里程碑式的文件大大推进了上海医务社工队伍的发展。目前上海所有二级、三级公立医院均已设有医务社工，这项理念先进的工作已辐射到社区卫生服务中心。北京市自 1989 年安定医院率先引进社会工作专业毕业生以来，特别是在医疗卫生体制改革以及基层社会治理创新的推动下，形成了政府行政力量、专业力量和社会力量有机结合、医院社会工作者、机构社会工作者和志愿者等协作联动和服务模式，将医务社会工作理念、方法、技巧融入医疗服务中，服务领域覆盖医院社会工作、公共卫生社会工作和精神健康社会工作。广东省以购买服务的实施方基本以民政部门为主要推动者，卫生行政部门、医疗机构作为参与者及购买者。经过近

7年的发展，在广州、深圳、佛山、中山等地的医疗服务领域进行了有益的探索，并取得了多方面的有效经验。当然，其他各地在医务社会工作领域的探索也很有成效，都是中国医务社会工作本土化经验的有益积累。

当前，中国医务社会工作的发展面临难得的发展机遇。一是推进医疗体制改革需要发展医务社会工作。发展医务社会工作是医疗卫生体制改革的重要部分，也是全民共享社会发展成果、渐进医疗服务共享的重要措施。时下我国处于医疗卫生体制改革的攻坚阶段，医疗服务领域出现的看病贵、看病难、因病致贫、医疗纠纷等问题，面临医疗医生资源城乡和地域配置不均的挑战，医疗服务还存在可及性与可得性不均衡，形成潜在的社会不稳定因素，不利和谐社会的构建。2009年《中共中央、国务院关于深化医药卫生体制改革的意见》提出“开展医务社会工作，完善医疗纠纷处理机制，增进医患沟通”，为医务社会工作的发展提出了明确的政策支持。二是推进社会治理创新需要发展医务社会工作。我们都知道，社会工作是社会治理创新的重要组成部分。自2012年党和国家提出社会治理创新以来，各有关部门已经出台了130多个政策文件支持社会工作的发展。医务社会工作是社会公共服务领域中人与社会关系的，目标是人人享有公平优质的医疗服务，是医疗服务领域社会治理的重要手段和方法，是以服务实现治理、推进国家治理体系和治理能力现代化的重要举措。三是医务社会工作是建设健康中国的需要。2016年，习近平总书记在全国卫生与健康大会上提出“全民健康”“健康中国”的要求，要加快推进健康中国建设，努力全方位、全周期保障人民健康，为实现“两个一百年”奋斗目标、实现中华民族伟大复兴的中国梦打下坚实健康基础。2017年年初，国家卫生计生委等22个部门联合出台《关于加强心理健康服务的指导意见》，要求各级各类医疗机构要重视心理健康专业人才培养，鼓励医疗机构引进临床与咨询心理、社会工作专业的人才，加强精神医师、护士、心理治疗师、心理咨询师、康复师、医务社会工作者等综合服务团队建设。在全民健康的背景下，发展医务社会工作具有重要意义，是优化健康服务、开展健康理念教育，营造和谐医疗环境的重要环节。

但是，医务社会工作作为社会工作行业的专业领域，也存在发展中的各种问题，特别是人才培养、专业发展的问题，这是在座的各位都熟悉的。下面我就联合会针对医务社会工作人才培训和专业发展的计划作点说明。

首先是人才培养。医务社会工作的发展离不开一支规模化、专业化、职业化的医务社会工作人才队伍作为支撑。医务社会工作人才队伍培养出现了两难。来自各类院校的社会工作专业毕业生和来自医护人员转岗的医务社会工作者在实践中面临不同的短板和需求。科班的社会工作专业毕业生，接受过专业的社会工作训练，但对医学知识、医疗机构的了解欠缺；转岗的医务社会工作者，实务经验丰富，对医疗机构的行政和业务运作体系熟悉，但未接受过社会工作教育和专业训练。因此，对于医务社会工作专业人才的培训需要针对性、精确性，也需要系统的横向合作。联合会下设的社会工作学院，依托国家开放大学，拥有最开放、广泛的网上教育系统，具有专业的专家和课程开发团队，在专业、行业培训方面具有独特的优势和资源，我们希望能够与卫生委有关部门合作，就医务社会工作专业人才的培训进行课程开发与设计。

其次，是资源对接。社会工作联合会是社会工作的行业组织，也是支持社会工作发展的资源链接平台，联合会搭建“互联网 +”社会工作发展平台，致力于推动社会工作行业、专业发展，倡导社会工作的跨界合作，吸收更多的社会资源关注支持社会工作发展，并设立了针对不同社会工作领域的十几只专项基金。针对因病致贫、返贫的问题，2011 年以来，我们有与神华公益基金合作的爱心行动项目，已经救助 24756 名两病儿童（白血病、先天性心脏病）；2015 年成立了乳腺癌防治救助基金支持贫困地区妇女的乳腺癌防治并取得了良好社会效果。目前，为响应刚刚出台的由民政部、财政部、国务院扶贫办《关于支持社会工作专业力量参与脱贫攻坚的指导意见》的精神，我们联合中国华侨公益基金会、轻松筹发起了“帮你筹”公益项目，希望促进重大疾病防治网络建设，提高贫困患儿及时接受治疗的机遇，缓解家庭困境。这个项目的主要资助对象为贫困家庭病患，今后这个项目将拓展到其他公益领域，打造“互联网 + 社会救助”的公共服务平台。

正如社会工作的发展需要社会各界的共同努力，医务社会工作的发展也需要各界的努力和支持，需要在座各位的坚守和探索。联合会也将为医务社会工作的发展提供更大的资源和专业发展平台，希望我们一起努力，共同推进医务社会工作的发展。

（2016年11月19日，在2017医务社会工作与
医疗救助实践论坛上的致辞）

2016

迎接中国公益新时代的到来

——在《公益时报》创刊15周年暨首届中国公益年会上的讲话

大家下午好！首先，我谨代表《公益时报》社欢迎各位来到“2016中国公益年会”的现场！特别感谢各位嘉宾接下来的分享，同时也感谢我们的联合主办方——中国扶贫基金会、中国儿童少年基金会、中华社会救助基金会、中华少年儿童慈善救助基金会、中国华侨公益基金会、中国妇女发展基金会、腾讯公益慈善基金会、河仁慈善基金会、中社社会工作发展基金会的合作与支持！

虽然此前就已预见到此次千人大会的场景，但今天在现场见到各位同人，心情还是非常激动！

回想15年前，《公益时报》创立之初，民政部很多老同事都不理解，甚至开玩笑说，这是在做一件打水漂的事情。以今天的视角回看世纪之交，那是一段对于中国公益有着特殊意义的时期。如果说20世纪八九十年代是“资本觉醒”的时代，改革开放点燃了中国人发家致富、积累财富的梦想，那么2000年前后则可以被称为“公益觉醒”的时代，尽管这种觉醒还非常朦胧，只在少数的精英阶层中蔓延，但却对后来的公益潮流产生了深刻影响。

在这15年里，我们观察、记录和分享了中国公益的发展历程，也担当起行业媒体的社会责任：调研数据发布中国慈善榜、联手腾讯举办中国公益新闻年会、推动行业策划中国社工年会、整合资源落实中国企业社会责任优秀案例寻找项目……《公益时报》旗帜鲜明地扬善，践行着我们的创刊使命——守望公众利益。

在这15年里，我们见证了中国企业家向慈善家的转型、见证了中国公益组织的壮大、见证了中国学界对于公

2016 中国公益年会现场

益现状的批评和指导、见证了中国政府为发展公益事业出台的各种新政、见证了中国媒体公益报道水平的不断提高，也见证了中国困难群体的生活因为公益力量而得到改善！

今天的年会，对于我们来说，有着特殊的意义。我们的联合主办方是传媒、扶贫、妇女、儿童、社会救助、互联网、社会工作等领域的卓越代表；分享嘉宾来自北京大学国家发展研究院、长江商学院、北京师范大学中国公益研究院、深圳国际公益慈善学院等高端智库；我们联手打造具有影响力、公信力和前瞻性的对话平台，一同倡导中国公益界共创、共享、共精彩！

回首过去的 2016 年，如果我们承认“允许民营企业大力发展”是中国历史上为企业发展提供的一次制度性安排，那么《中华人民共和国慈善法》的出台就是为中国社会力量的发展提供了制度性保障——“慈善组织”成为在法律主体上对专项社会组织作出的历史性认定。

这一里程碑事件的背后是中国公益力量的迅速壮大：公益组织从过去的 100 多家，发展到今天仅基金会就超过 5000 家；大额捐赠从过去的几万、几十万，发展到今天单笔捐赠几亿、几十亿甚至上百亿；捐赠方式从单一的现金捐赠，发展到今天股票捐赠、股权捐赠、产权捐赠等一系列多元行为……公益已经深入人心，并正在逐渐成为一种生活方式。

过去这一年，我们看到，中国慈善家群体正在形成

2016 年，中国的经济形势虽然不容乐观，但公益捐赠却得到了有目共睹的发展：4 月，马化腾宣布将捐出 1 亿股腾讯股票注入正在筹建的公益基金；9 月，熊新翔捐资 10.3 亿元设立“博恩教育发展基金”；10 月，传化集团股东捐出总价值 30 亿的现金和有价证券，注入筹建中的传化公益基金会；12 月，陈天桥夫妇宣布捐赠 1.15 亿美元，用于脑科学研究……

大额捐赠的持续涌现，彰显了中国企业家的时代特征：以牛根生、曹德旺、许荣茂、黄如论、陈一丹等为代表的企业家越发意识到价值观和使命感的重要性，他们不满足于单纯的资金捐赠，还积极参与社会事务；他们既是在商业领域纵横驰骋的精英，也是在公益领域不断发力的英雄；他们完成了从企业家到慈善家身份的转变，在提高社会效率上发挥的作用愈加凸显。

过去这一年，我们看到，互联网继续改变中国公益生态

互联网打破了传统壁垒，为社会各界参与公益创新提供了新的通道和新的思路：阿里巴巴举办首届全球 XIN 公益大会，鼓励草根公益组织，支持全球环保行动，关心全国 4000 余万乡村儿童和乡村教师；新浪微公益借助微博之力，不仅为求助者提供平台，还向公众传递公益理念；腾讯再次发起“99 公益日”活动，仅三天就有 3643 个公益项目上线，共筹集资金 6.05 亿元，吸引了 677 万人次捐赠，网友捐赠善款达 3.05 亿元；基于社交的全民众筹平台轻松筹仅在上半年就发起个人救助项目 4.5 万余个，筹集资金总额超过 4.5 亿元……“互联网 + 公益”迸发出的惊人能量让我们深刻认识到，公众不乏爱心，我们需要做的是打通善路。

过去这一年，我们看到，公益制度安排迈上了新台阶

2016 年，《中华人民共和国慈善法》正式实施，一系列配套的政策法规也相继出台：中共中央办公厅、国务院办公厅印发了《关于改革社会组织管理制度促进社会组织健康有序发展的意见》；社会组织三大条例相继修订并向社会征求意见；民政部制定了《慈善组织认定办法》《慈善组织公开募捐管理办法》《关于慈善组织开展慈善活动年度支出和管理费用的规定》《公开募捐平台服务管理办法》等具体实施细则……

它们塑造了慈善领域的基本运行规则，对于推进中国慈善事业的规范化发展具有里程碑意义。

过去这一年，我们看到，社会组织力量迎来新的发展

民办非企业单位时代终结，社会服务机构时代到来。截至 2016 年的第三季度末，全国登记的社会组织已达 67.5 万个，其中，社会团体 32.8 万个，社会服务机构 34.2 万个，基金会 5204 个。

我们的公益组织有效回应了社会诉求，规范捐赠款物的使用，健全组织机构的治理，强化信息公开，增强服务意识，获得了捐赠人的信任。据不完全统计：2016 年，中国妇女发展基金会捐赠收入突破 6 亿元；中国儿童少年基金会共筹集资金 4 亿元；中国扶贫基金会接受捐赠 3.95 亿元；中华少年儿童慈善救助基金会捐赠收入超过 3.12 亿元；中国华侨基金会捐赠收入达 1.7 亿元；中华社会救助基金会筹集资金 1.35 亿元……这些善款在扶贫、医疗、教育、儿童、社会救助等多个领域发挥了积极作用。

同时，传统的基金会也转变了以服务捐赠人为主导的理念，开始设计新的公益项目，以提升对困境群体的服务水平来吸引捐赠人的持续参与。而老牛基金会、腾讯公益慈善基金会、河仁慈善基金会等由个人或者企业设立的基金会，不仅捐赠支出额巨大，还积极探索专业化、现代化的资助模式，用更有效的方式推动社会进步。

2016 年中国公益年会大合影

过去这一年，我们看到，社会服务机构发展迎来新机遇

中国社会工作在快速发展十年后，迎来新的发展机遇。民政部联合中央 12 部门出台《关于加强社会工作专业岗位开发与人才激励保障的意见》，明确了社工的职责，尤其与其他职业、与志愿者进行了区分；更多机构的岗位将向社工敞开，包括体制内和体制外；社工的薪酬调整、社会保险、公积金、户籍、保障房等都有了清晰的说法，收费服务得到了正名……

我国初步建成了综合政策引领、专项政策配套、地方政策支撑的社会工作制度框架；社会工作专业人才队伍迅速壮大，规模总量已达到 76 万人，其中持证社工近 30 万人；相关事业单位、群团组织、社区和社会组织社会工作专业岗位超过 20 万个，社会工作服务机构达到 6600 余家。

社会创新的核心在社区，社区创新的核心在组织，社工机构具有扎根于社区的特性与对接公益服务的黏性，势必会为公益界的长远发展提供系统性支撑。

过去这一年，我们看到，公益领域多元化发展行业格局逐步形成

政府持续“简政放权”，为企业和社会组织腾挪了更多参与社会治理的空间：年初，《关于公益性捐赠税前扣除资格确认审批有关调整事项的通知》发布，社会组织的公益性捐赠税前扣除资格不再需要申请，大大降

低了公益组织的行政负担；国务院发布《关于加强农村留守儿童关爱保护工作的意见》，鼓励社会力量积极参与农村留守儿童的保护工作；之前提到配合《中华人民共和国慈善法》出台的系列政策法规，更是为社会组织摆脱了体制掣肘。

政府部门在进一步明晰职责的同时，加强管理、驱逐劣币：民政部对社会组织实行“宽进严管”，公布了多批“离岸社团”“山寨社团”，总数超过 400 个；随着行业环境的净化和政策的加强，民政部通报了多家年度检查不合格的基金会。

王振耀、王名、康晓光、师曾志、金锦萍、邓国胜等一批学者用学术研究、实践咨询、决策参与等方式，积极推动《中华人民共和国慈善法》的落地，加速公益进程。更多高校成立了相关智库，继清华大学公益慈善研究院、北京师范大学中国公益研究院、中山大学中国公益慈善研究院、国家开放大学社会工作学院后，中国人民大学于 2016 年 7 月成立了中国公益创新研究院，当然，还有马蔚华先生担任董事会主席的深圳国际公益慈善学院。这些学院通过学科建设和人才培养，将公益慈善与国家治理相结合；通过对政策制定的建议和倡导，推动整个社会的发展与转型。

包括我们今天到场分享的北京大学国家发展研究院 BiMBA 商学院联席院长杨壮教授、长江商学院副院长朱睿教授等，也都为中国公益的发展提供了有价值的思想。

我们的媒体继续营造公益氛围、发掘公益典范、弘扬公益精神，客观地记录每一个创新案例、谨慎地收集每一个捐赠数据、虔诚地传播每一个爱心人物。

在中国，一个涵盖了政府、捐赠人、社会组织、传播者、研究者、困难群体等多种元素的公益生态正在形成。

过去这一年，我们看到，公益力量继续推动企业社会责任的建设。

对于企业而言，随着企业社会责任理念的逐渐普及以及企业履行社会责任成为具体现实，公益事业——已经被纳入企业社会责任体系的核心框架。“使命驱动”的企业，一定以他人利益为先，这也是伟大的企业之所以伟大的最重要一点。

几天前，《公益时报》刚刚举办了第六届中国企业社会责任卓越奖，发布了《2016中国企业公益项目研究报告》，报告中收集的花旗银行（中国）有限公司的“普惠金融创新”项目、阿里巴巴的“天天正能量”项目、博世中国的“新疆阿勒泰地区山村幼儿园拓展及教师培训”项目、现代汽车的“内蒙古治沙”项目等，都充分体现了企业用商业手段解决社会问题的时代责任与非常表现。

今天，我们联合中国公益界的领军机构，召开“2016中国公益年会”，将回顾与前瞻相结合，致力于加速实现多方的有效联动，寻求行业发展平台的建设之道，为参与、关心和支持公益界发展的各位来宾提供一个开放、包容的思想市场和交流平台！年会展示那些有影响力、有使命感、努力推动公益事业进程的人；表彰那些有担当、有责任、助力公益的企业；凸显那些持续为公益呼吁，并身体力行参与公益的每一份力量。

新的力量在生长，新的意识在萌芽，新的价值在形成。感谢所有联合主办方、感谢到场嘉宾，是你们的关注、支持和付出，才让今天这次大会的盛况得以呈现！祝贺所有获得荣誉的个人、企业，你们的力量，是我们坚守使命、继续前行的原动力！

（2016年12月27日，在《公益时报》创刊15周年暨首届中国公益年会上的讲话）

2017

汇聚合力 一路向前

——在第二届中国公益年会上的讲话

各位下午好！欢迎来到“2017中国公益年会”的现场。我谨代表《公益时报》社，感谢联合主办方的信任，也感谢所有人的支持！

即将过去的2017年，是具有特殊意义的一年，公益变革的图景渐次展开，行业在发展中不断前行，路径越发清晰。

行业发展的三个趋势

公益正在从小众走向大众。此前，受经济条件的限制和社会风气的影响，我们的公益只有少数人参与：善路不通，普通人没有经济能力也没有渠道参与；先富起来的一部分人忙着“消费”而不是回馈社会。而就现在的经济水平和社会氛围来看，国家富强人民富裕，善路打通了，民间瞬间释放出巨大的善意；企业家和精英人士也都意识到应该承担社会责任，做公益成为越来越多人的共识。

公益正从单一走向多元。数千年来，我们的慈善文化主要是救助，但现在第三部门配合政府职能转变，满足人民服务需求，承载的社会功能越来越多。尤其是城市化进程中所产生的环境保护、留守儿童、人口老龄化等问题，都需要公益力量参与解决。一些个人发起的公益机构关注的社会问题更加聚焦、小众，甚至只和个人志趣相关，比如支持电影拍摄、口述历史、关注性少数群体等。

公益正从线下走到线上。“互联网+”给中国带来巨大改变，目前全世界前20位的互联网企业，有7家来自中国。互联网对于公益的影响不仅限于筹款手段，还有信

2017 年中国公益年会活动现场

息传播、理念倡导。项目设计也更人性化，在今年 8 月刷屏的“一元购画”项目真正突破了行业圈层。我们公益领域的老朋友，腾讯主要创始人陈一丹先生判断：中国公益行业已经探索出一条属于自己的道路——就是互联网公益，且在全球范围内做得最好，它符合我国国情和社会需求，是任何一个国家都无法复制的。

顶层设计也需顺势而为

中国公益的发展，趋势不可逆转，如何顺势而为，不仅是从业者，也是顶层设计需要思考的问题。

不同于西方国家，中国的体制优势是现代公益事业得以快速发展的重要推手。我国现代公益事业的起步是以政府主导的公益组织为主发展起来的：它们凭借其链接的体制资源和平台，以社会化手段，解决社会问题，诞生了“希望工程”等经典项目。

过去一年，许多行业大事的发生都伴随着政府改革的步伐：《中华人民共和国企业所得税法》的修订、《中华人民共和国境外非政府组织境内活动管理法》的实施、《慈善信托管理办法》的公布、《慈善组织互联网公

2017 中国公益年会主办方合影

开募捐信息平台基本管理规范》的公布等，无一不是在鼓励行业向更大众、更多元、更规范的方向发展。

公益的本质是影响全社会，核心是社会组织的发展，目前我国依法登记的社会组织已超 76 万个，数量如此庞大的社会组织如何管理，驱逐劣币的同时如何达到扶持和监管的平衡，考验着政府的能力。同时，如何利用体制优势，更高效地找到和解决社会痛点，也考验着领军社会组织的智慧。

创新带来机会，动员驱动发展

互联网公益的杠杆效应不断被激活，不断超越着传统公益模式。新理念、新技术、新社群关系不断涌现，创新者正在改变行业、改变社会。

社会企业、影响力投资、公益金融、慈善信托、创新型社会服务等概念被提出并付诸实施。不断交互之中，公益的范围早已拓宽，公益与市场、公益与商业的互动为行业带来更多机会。

党的十九大报告多处涉及社会组织、慈善事业、志愿服务等内容，在协商民主、社区治理、环境治理、基层党建等方面将“社会组织”纳入其中，为公益事业发展指明了新的工作方向。

我们的从业者必须不断保持开放的心态，不断关注人才、技术、业态的变化，不断寻找解决社会问题的驱动因素。

我们的机构必须打破路径依赖，突破传统，探索更有效、更创新、更具竞争力的服务模式，建立公众能够深度参与的社会动员体系。

我们的专家、媒体必须为社会不断提出新的公益文化，人人可接纳，人人可传播，人人可公益。

2018 年正向我们走来。岁末的节点，我们继续联合中国公益界的领军机构，召开“2017 中国公益年会”，继续推出“影响中国公益百人、百企”等活动，这既是回顾过去，也是拥抱未来！

让我们继续汇聚合力、一路向前！谢谢各位！

（2017 年 12 月 13 日，在第二届中国公益年会上的讲话）

2018

在第十五届中国慈善榜发布典礼上的致辞

又是一年4月，很高兴和大家相聚在春风杨柳的北京、相聚在水立方、相聚在中国慈善榜的颁奖典礼现场！首先，我谨代表主办方《公益时报》社向各位的到来表示热烈的欢迎！向将要获得荣誉称号的个人、企业以及机构表示衷心的祝贺！

2018年，中国迎来改革开放40周年。40年来，中国经济的高速增长成为世界经济增长的奇迹，中国人均GDP从1978年的155美元到今天已超过8000美元，中国成为世界第二大经济体。改革开放的发展不仅让中国人民受益，近年来中国更以对世界经济增长超过30%的贡献率成为世界经济的“稳定器”。

我们看到中国今天所有拥有的资源和面临的全球生态与人民需求，与40年前已大不相同。放眼世界：国际政治局面显示出极度不确定性，恐怖主义猖獗，特朗普的上台对中美关系提出了挑战，近期的中美贸易战备受关注。对内，中国经济已由高速增长阶段转向高质量发展阶段，今后几年的宏观经济、社会政策都将围绕这一总要求展开。党的十九大之后，中国政府持续推进国家战略：供给侧改革、产业结构调整、精准扶贫、“一带一路”建设、雄安新区建设……

面对如此具有挑战的形势，中国需要稳定发展，给世界带来榜样作用，也需要承担大国责任，为世界贡献中国智慧和中国力量。

中国经济的发展有目共睹，但中国软实力的排名却并不靠前。在英国著名杂志《经济学人》的世界软实力排名

2018 第十五届中国慈善榜现场

中，中国排在第 30 位，前三名分别为英国、德国、美国。如果说硬实力是国家崛起的基础和必要条件，软实力则应是保障国家持续发展的支配和充分条件。公益事业的发展，无疑是提升国家软实力的重要维度。

以改革开放 40 周年为契机，回看中国公益事业和中国慈善捐赠的发展历程，别具意义。2004 年，《基金会管理条例》正式颁布实施，鼓励非公募基金会发展，加之 2003 年"非典"过后民众捐赠热情的持续，为个人和企业投身公益慈善事业提供了政策和意识两方面准备。顺势而为，《公益时报》社推出了中国第一张慈善家排行榜——"2004 中国大陆慈善家排行榜"。

15 年来，中国慈善榜上的捐赠额不断攀升：2004 年，上榜的 50 位慈善家合计捐赠款物 10.29 亿元，2017 年，中国慈善榜上榜企业家前 50 名合计捐赠款物近 90 亿元；2004 年慈善榜上捐赠过千万的企业家不足 10 位，而到了 2017 年，捐赠过千万的企业家数量近 70 位，其中捐赠过亿的企业家就有 25 位。

这印证了中国慈善的发展速度：2004 年，香江社会救助基金会成立，

2018 第十五届中国慈善榜现场

是中国第一家全国性非公募基金会，2006 年底全国基金会数量为 1144 个，目前我国基金会已经超过 6000 个，社会组织超过 72 万家。据民政部数据，2006 年全国共募集善款约 100 亿元，其中通过政府渠道募集的为 35 亿元，而到了 2016 年，中国社会捐赠总额已达 1392.94 亿元。

从中国慈善榜 15 年排名前 30 的企业和企业家数据分析，我国慈善捐赠主要来源于企业，其中一半以上是民营企业，国有企业占比为 30%。2005 年我国企业捐赠与个人捐赠的比率在 3∶1 左右，美国为 1∶15，2016 年我国年度个人捐赠占比自 2012 年后首次回升至 20% 以上，慈善捐赠还需要向普通公众普及。捐赠方向上看，社会组织是社会捐赠的主要接收方，捐赠流向集中在扶贫、教育、医疗几大领域，扶贫攻坚战的打响，让流向扶贫领域的善款逐年攀升；从捐赠地域来看，北京和东部沿海省份参与捐赠的企业和人数最多，在 2005—2016 年慈善榜的前 30 个企业中，近 80% 的企业来自包括北上广在内的 8 个省市地区。

探索数据背后中国公益的发展逻辑，我们发现中国社会稳定需要缩小社会上的经济分化，缓解草根和精英之间的矛盾，中国企业家参与社会事务和承担社会责任的愿望，在经济快速发展后得到释放；社会治理面临越来越多的挑战，政府急需改善社会环境，利用民间资源共同应对危机，社会组织的成长必须伴随着对社会诉求的有效回应；复杂的社会环境形成了多元化的公益格局，无论精英人士、普通公众，还是学者、传播机构，都在以自己擅长的方式参与其中。

2016 年《中华人民共和国慈善法》颁布和实施，中国慈善事业走入法制化轨道。政策固有的时滞性没有让红利马上释放，未来值得期待。相信在不久的将来，我们会通过慈善事业的发展向世界传递和证明中国的软实力！如习近平总书记在党的十九大报告中所言，今天，我们比历史上任何时期都更接近、更有信心和能力实现中华民族伟大复兴的目标。

让世界更美好、让人民更幸福，让国家和企业在国际上获得尊重，是中国企业家所肩负的时代责任。中国慈善榜十五年旗帜鲜明地扬善，弘扬榜样的力量，发掘中国慈善捐赠的文化内涵，为中国慈善榜样造势！

最后，让我们共担时代责任，共为慈善榜样喝彩！

（2018 年 4 月 28 日，在第十五届中国慈善榜发布典礼上的致辞）

2018

致敬企业家精神　重塑公益价值观

——在2018中国公益年会上的讲话

各位上午好，欢迎并感谢各位在寒冬的早晨来到“2018中国公益年会”的现场！

中国公益年会至今已顺利举办两届，我谨代表《公益时报》社向两年来为年会平台的建设，付出辛勤劳动的各位同人表示感谢！

基于过去两年内多方围绕中国公益年会平台的携手打造，我们达成了清晰的共识——公益行业的发展有赖于多

2018中国公益年会海报

方的有效联动。而这样一个年会平台，从行业及社会问题出发，以探寻行业发展之道为己任，将回顾与前瞻相结合，正在为越来越多参与、支持与关心公益行业发展的来宾，提供一处开放、包容的交流与合作市场。

同时，跨行业的参与理念，更让中国公益年会平台逐步得到更广泛的认可，也让公益得以跳出原有的天地，尝试吸纳更为有效的运作模式，撬动更可持续的公众资源，造福更加广阔的困难群体。

今天，陆续为我们奉上精彩主旨演讲的嘉宾，大多数为享誉盛名的企业家及商学院教授，他们将为我们生动地诠释何为“时代洪流中的企业家精神”。

“时代洪流中的企业家精神”，一场公益界的年会为何设下这样的主题？理由有二：我们希望从企业家精神的时代变迁和商业创新典范中得到启示和借鉴，摸索出时下驱动社会创新所需的精神特质；我们更希望企业家群体，将企业家精神发扬至社会治理领域，像解决商业问题一样，与公益机构携手解决我们共同关注的社会问题。

40 年前，中国第一次将一部分经济上的事情交给企业去做、交给民间去做，由此书写了改革开放的宏伟篇章。今天，我们的 GDP 由 1978 年的 3679 亿元增长至 82.71 万亿元，跃居世界第二大经济体，并日益成为世界经济增长的动力之源。数字的背后则承载了几代企业家开拓进取、持续创新、勇于变革、敢于担当的时代精神。

也几乎是 40 年前，中国还第一次将一部分社会上的问题交给社会组织去解决、交给民间去解决，由此拉开了社会治理转型的序幕。今天，我们的基金会由 1981 年的 1 家增长至 6322 家，社会组织总数量突破 80 万个，社会捐赠热情逐年高涨，并日益成为政府公共事业的强有力补充。成绩的背后也凝聚了无数公益人坚守使命、砥砺奋进、无私奉献、孜孜以求的岁月付出。

此时此刻，我们把再多的溢美之词献给参与改革开放光辉历程的企业家和公益人，在我看来都不为过。但今天，在改革开放 40 周年的历史节点，我们汇聚市场和非营利部门精英共处一堂，其意义更在于为中国下一个 40 年的起碇开拔献计献策。

2018 中国公益年会现场

就在今年，国际贸易关系发生的变化，以及中国企业向世界企业蜕变过程中遭遇的坎坷，已经让我们深刻意识到，虽然中国改革开放 40 年来取得的经济成就有目共睹，但中国经济和企业发展模式走向世界仍步履维艰。

在发达国家，以科技创造经济增长点已是长久以来的主流市场模式，而我们仍然有待摆脱以房地产业等传统行业带动经济发展的模式掣肘。

因此，提高企业家嗅探市场的灵敏度，关注基础科学、基础教育，培养和维系自主创新型人才，已经成为中国企业向世界企业迈进中的关键。

同样，在公益行业，虽然以“互联网 +”为代表的公益创新模式驱动国人的捐赠热情与日俱增，但中国社会治理的全部门参与和“人人公益”的图景勾勒仍有待时日。

在公益体系成熟的国家，提供社区基础服务、营造社区治理机制的社区基金会已成为稳定社会、调节矛盾的基石，而我们的公益行业则仍然由政府主导的全国性基金会发挥主要作用，社区内成员的相互联系日渐疏远。

因此，提高解决社会问题的创新能力，关注社区、打造社区公益组织，发起和支持缓解社会当务之急的公益项目，已经成为中国公益界更好地参与社会治理、填补政府公共事业缺失的具体方向。

综上所述，基础教育、基础科学、基础社区服务等基础领域的夯实程度，将决定中国在下一个 40 年中以何种姿态向世界展现。

今天，我们召开的“2018 中国公益年会”也格外关注基础领域的落实与推动——我们发布“公益领域年度十大关注”，其中将重点体现社会社区发展领域的政府推动和最新成果；我们举办闭门会议，将重点围绕基础教育、基础科学发布联合倡议。

在此，我也呼吁在场的企业家群体和公益从业者能联起手来，群策群力，发挥各自领域的特长，让商业回归基础、让公益回归社区，让商业与公益携手，以企业家精神为楷模，寻求和落实构建社区机制、解决社会问题的最佳方案。

最后，祝各位企业家事业腾飞，祝各位公益人使命必达，预祝各位到场嘉宾新年快乐、身体健康、工作顺利！

（2018 年 12 月 21 日，在 2018 中国公益年会上的讲话）

2019

理性、系统、科学 榜样力量引领中国公益走向成熟

——在第十六届中国慈善榜盛典上的致辞

大家下午好！非常感谢各位前来共同见证第16届中国慈善榜的揭晓时刻。

今年，我们迎来中华人民共和国70周年华诞。中国当代公益的开端，要从20世纪70年代末开始，从改革开放后、1981年我国第一家基金会的成立说起；大额捐赠，则是在2004年《基金会管理条例》颁布，特别是2008年汶川地震后才逐步常态化，到今天不过11年的时间。

《公益时报》社已经连续发布了15届中国慈善榜，我们坚持完整记录下了这15年以来大额捐赠的详尽数据和发展趋势。它不仅是我国第一张记录大额慈善捐赠的榜单，也是迄今为止唯一一张“以记录年度实际到账金额为准绳”的慈善榜单。我们不满足于“旗帜鲜明地扬善”，更力求以客观严谨的态度反映大额捐赠领域的真实面貌。

15年以来，我们共记录了2571位慈善家、6479家慈善企业的大额捐赠，收录总金额超1800亿元人民币。

今天发布的这张榜单，我们再次收录了274位慈善家和744家慈善企业，数据与往届峰值持平；收录的善款总额超过276亿元，为历年金额最高，较去年涨幅近50%。

从榜单来看，2018年，年度过亿的捐赠者继续大规模涌现，捐赠总额占所有大额捐赠的六成以上，主要流向为扶贫和高等教育领域；房地产行业贡献的捐赠额仍占主导地位，而以投资为代表的商务服务业也迅速崛起，已占据企业榜数量首位；以北京、深圳、香港为主要活动领域的民营企业捐赠动力十足，捐赠额占榜单近八成。

同时，回顾2008年以来前50名的大额捐赠记录，有

2018 中国慈善捐赠发展蓝皮书

这样一些现象令人鼓舞。

大额捐赠随财富同步增长，前 50 名的入榜门槛由 3600 万元跃升至 1 亿元；民营企业是大额捐赠的重要来源，11 年来，民营企业上榜数量是国有企业的 4.5 倍，捐赠总额是国有企业的 6.5 倍；大额捐赠推动社会变革，捐赠者越来越注重资金所产生的社会价值。

分析这些现象，我们发现：

我国大额捐赠由情感走向理性主导。今天，慈善家和慈善企业不再仅仅于灾难发生后施以巨资，也不只对扶贫、教育等热门领域产生兴趣，而是更多地将自身特点与社会问题相结合，关注的领域非常广泛。

我国大额捐赠由松散走向系统常态。今天，数量庞大的个人和企业将公益慈善纳入自身战略的一部分，以基金会等形式为主要载体，有系统、有阶段性地推进公益计划，注重捐赠对社会产生的实际影响，而非仅在意捐赠的轰动性，一捐了之，不问结果。

我国大额捐赠由简单走向科学持续。今天，慈善家已不满足停留于现金和物资的捐赠初级阶段，股权捐赠、慈善信托等有效保证慈善资金持续性的手段已蔚然成风，各种创新慈善手段也被财富家族视为实现理财和财

第十六届（2019）中国慈善榜发布盛典活动现场

富代际传承的有效途径。

更值得说明的是，选取慈善家榜单前50名，与美国《慈善纪事报》发布的美国年度50大慈善家进行对比，我们欣喜地发现，我国慈善家年度捐赠占社会捐赠总额的比重，已超过西方国家，特别是美国；我国慈善家捐赠方向多元、捐赠手段创新，与美国企业家的慈善捐赠不相上下。

纵观全球，慈善家、慈善企业、明星名人等，向来对社会氛围和公益行业的发展有巨大的引领作用。

而眼下，我国社会组织总数超82万家；全社会捐赠总量保持在1500亿元左右，社会组织接受捐赠总额754.2亿元，其中网络募捐参与达到84.6亿人次；实名登记志愿者突破1亿人；社会工作专业人才124万人……我们相信，榜样力量将引领中国公益走进更为成熟的阶段。

今天我们齐聚一堂，发布慈善榜单，表彰过去一年对公益慈善领域作出突出贡献的慈善家、慈善企业、基金会、慈善项目和慈善明星，正是为了让慈善界的榜样能够引发更大的共鸣，推动全社会关心慈善事业的可持续发展，关注社会问题的有效解决。

70年前，中国大地百废待兴，全体中华儿女为经济建设和国家振兴毕生奋斗；70 年后，中国社会亟待转型，各路有识之士为社会治理和民族复兴慷慨解囊。

在此，我谨代表《公益时报》社，祝贺今天每位获奖者，并向榜单上每一位慈善家、每一家慈善企业和每一位慈善明星，致以由衷的敬意!

（2019 年 4 月 29 日，在第十六届中国慈善榜盛典上的致辞）

2019

在中国社会工作联合会禁毒社会工作专业委员会成立大会上的致辞

经过一年多的前期筹备，中国社会工作联合会禁毒社会工作专业委员会今天正式举办成立大会。首先，我谨代表中国社会工作联合会对到场的各位嘉宾、对委员会筹备过程中给予指导、帮助和支持的领导、专家和朋友们表示衷心的感谢。

中国社会工作联合会成立于 1991 年，是民政部直属主管的全国性、枢纽型专业社会团体，是中国代表从事社会工作的单位和社会工作专业人员的权威组织。目前下设 17 个专业委员会，为推动社会工作在老年、医务、心理健康等各领域的实务开展发挥重要作用。

值此我国毒品问题治理攻坚阶段，在禁毒戒毒领域，社会工作作为一支新生的专业力量，有着广阔的作用空间，正在发挥越来越重要的作用。2017 年，国家禁毒办颁发《关于加强禁毒社会工作者队伍建设的意见》，指出禁毒社会工作是禁毒工作的重要组成部分，提出了禁毒社会工作者队伍建设的总体规划，明确了禁毒社会工作者的职责任务及禁毒社会工作者队伍建设的任务目标。2018 年“6 · 26”国际禁毒日期间，习近平总书记指出，要走中国特色的毒品问题治理之路，更为明确了毒品问题是社会综合问题，需要创新社会治理方法，特别是在预防教育、戒毒康复回归社会和减少毒品社会危害方面，需要社会组织和社会专业力量的广泛参与。国家禁毒办实施《全国青少年毒品预防教育规划（2016—2018）》（“6 · 27”工程）和《全国社区戒毒社区康复工作规划（2016—2020）》（“8 · 31”工程），也明确了社会工作参与禁毒预防教育和戒毒康复的重要任务。

在此背景下，禁毒社会工作专业委员会的成立恰逢其时。近十多年来，社会工作者积极参与到全国各地的禁毒工作中，取得了一定成效，成立了一批禁毒社会工作服务机构，初步形成了有效的禁毒社会工作模式，切实解决了众多服务对象的实际问题。但也存在人才缺口大、区域不平衡、专业性和规范化不够等问题。为此，新成立的禁毒社会工作专业委员会，应注重以下几个方面的工作：

第一，凝聚更多优秀力量，搭建权威行业平台。初创的禁毒社会工作专业委员会已经开了一个好头，来自东中西部的众多高校专家、社工机构、医疗机构、康复机构、戒毒所等的精英力量已经加入委员会，但作为全国性、枢纽型的行业组织，我们还要进一步扩大宣传，号召、动员更多的顶尖力量加入我们的队伍，真正打造全国性的权威行业平台，服务禁毒戒毒事业。

第二，发挥社工专业作用，推动行业规范发展。禁毒戒毒工作是一项科学而复杂的系统工程，社会工作作为一门专业、一个职业和一门学科，也有系列的价值伦理、专业规范、服务方法和技术体系。在专业作用发挥上，禁毒委员会要做好四个方面的工作：一是创新禁毒宣传教育方式，向广大群众特别是青少年进行有效禁毒宣传，引导广大人民群众客观认识毒品危害，为毒品传播设置有效防线；二是进行禁毒社会工作机构孵化和人才培训赋能，面向从业人员进行禁毒社会工作专业知识、方法、技能培训，推进专业发展并建立禁毒社会工作专业人才库；三是建立全国禁毒社会工作协同平台，针对禁毒社会工作机构和人才分布不平衡问题，搭建协同平台，促进禁毒社会工作平衡发展；四是建立禁毒社会工作服务相关标准体系，促进行业规范发展。

第三，立足遍布城乡的社会工作服务网络，推动禁毒社会化。当前，我国社会工作专业人才队伍规模已达到 120 余万人，在城乡社区、事业单位、群团组织和社会组织开发了 38.3 万个社会工作岗位，设置了 5.1 万个社会工作服务站（室），在民政部门登记成立了 9700 多家社会工作服务机构，广布城乡的社会工作服务网络已初步形成。发挥专业社工作用，立足城乡社区平台，“三社联动”整合多方资源，共同推动社区戒毒社区康复等工作的系统开展，应该是禁毒工作社会化的重要策略，也应该是委员会重点推动的工作方向。

作为最新成立的二级委员会，禁毒社会工作专委会也代表着中国社会工作联合会下一步的工作方向。一方面，我们将循着社会工作的专业内涵，加强内部治理，进一步细化各个专门领域的社会工作服务，如司法、青少年、老年服务等；另一方面，引领行业积极服务于社会治理创新、民生保障、精准扶贫、社会心理服务体系建设等大的国家战略。2017年，中国社会工作联合会发起“美好社区计划”，就是要践行社工使命、扎根城乡社区、创新“三社联动”，整合多方资源，立足城乡社区平台为各类人群提供专业社工服务，助力社区治理和社区服务创新。

尊敬的各位领导、各位同人！恰逢其时，任重道远。积极承担行业使命，新成立的禁毒社会工作专业委员会将与国家禁毒办、民政部等业务部门紧密配合，做好参谋助手，紧跟政策和时代要求，做好专业顶层设计，凝聚行业力量，以专业社会工作助力禁毒事业发展，共同推进新时代禁毒工作的开展。

（2019年10月19日，在中国社会工作联合会禁毒社会工作专业委员会成立大会上的致辞）

2019

从企业公民到股东利益多元的责任构筑

——在第九届中国企业社会责任高峰论坛上的讲话

下午好！我代表《公益时报》欢迎大家来到2019中国企业社会责任高峰论坛的现场，向各位长期以来的支持表示衷心感谢！

刚刚闭幕的党的十九届四中全会，通过了《中共中央关于坚持和完善中国特色社会主义制度、推进国家治理体系和治理能力现代化若干重大问题的决定》，提出了"重视发挥第三次分配作用，发展慈善等社会公益事业"的定位。

不断变化的市场环境和需求以及多重利益相关方的诉求，正驱使企业抛弃以往单纯追求创造最大经济效益及为股东带来最大利益的经营模式，进而向可持续和负责任的发展路径转变，以责任重新定义企业的时代已经到来。

多元股东利益构筑美好世界

早在2004年，我们提出企业公民的理念，发起成立企业公民工作委员会，推动企业承担社会责任，担当优秀企业公民。如今，财务不再作为股东利益的唯一目标，企业社会责任被赋予了新的定义。

2008年，上海证券交易所对上市公司披露企业社会责任信息制定了一系列规则，让上市公司履行企业社会责任有了标准和监管。如今，企业社会责任披露已经成为企业自身运营过程中一种常态。

今年8月19日，美国商业组织"商业圆桌会议"181家美国顶级公司首席执行官在华盛顿联合签署《公司宗旨宣言书》，重新定义公司运营宗旨，股东利益不再是一个

2019 中国企业社会责任高峰论坛暨第九届中国企业社会责任卓越奖颁奖典礼活动现场

公司最重要的目标。

如今，股东利益已呈现多元状态，法律责任、合规经营、劳工政策、经济增长、环保发展等都成为股东利益的有效组成部分，而将利润作为股东利益唯一目标的传统理念已经或正在逐渐成为过去。

企业正在改变股东利益以单纯追求财务利润的经营思维模式转而关注包括社会伦理、商务道德、自然环境、社会友好的多元利益模型重新定义股东利益。企业考量多方诉求，积极纳入利益相关方，通过企业战略决策、日常运营等手段，将经济、社会、环境进行叠加，共同构建美好社会。

新的责任生态正在形成

一种全新的企业社会责任生态正在形成，新的生态中企业与社会互相依存，社会与企业协同发展。向客户传递企业价值；通过雇用不同群体并提供公平的待遇来投资员工；与供应商交易时遵守商业道德；积极投身社会事业；注重可持续发展，为股东创造长期价值。

作为社会结构中的两大系统，企业与社会组织的发展已经出现积极的转变信号。

企业发展逐渐出现了公益基因，带着公益因子以良性运作机制和好的商业模式向着社会企业的形态迈进。社会组织逐渐运用着商业逻辑的加持，汇聚出社会价值与市场价值，向着可持续发展的路径阔步向前。

责任案例汇聚企业共生

从 2011 年到 2018 年，由《公益时报》社发起的中国企业社会责任卓越奖评选活动已经成功举办八届，累计征集案例 1307 个，涵盖了互联网、科技、金融、能源、日化、医疗、教育、汽车、旅游、娱乐、服务、房地产等多个行业。

2019 卓越奖共征集 110 个项目 91 家企业，我们通过收集、评审、甄选等发现企业在履行社会责任的一些特点和趋势。

企业积极投入减贫事业；着力促进公众福祉；迅速响应救灾需求；尽力提供公平优质教育；推动环境可持续发展；实施创新公益项目；越来越多的企业开始搭建平台关注公益事业的发展，为公益行业汇聚资源、构建生态。

今天的现场，有来自腾讯集团、IBM 集团、中国建设银行、碧桂园集团、中青旅等企业代表与来自典范企业、行业协会、高校院所、知名媒体等机构的重量级嘉宾将齐聚现场，共同探讨企业社会责任实践的新范式，分析企业在社会进步中所扮演的角色，探索企业如何在复杂的利益取舍间创造商业价值。

各位，路虽远，行则将至。

当前，企业社会责任已经形成了一种潮流，与公益事业的发展相辅相成。今天，获奖企业已经成为一面旗帜，积极承担表率作用，榜样的力量带动更多企业践行社会责任。

作为公益行业媒体，我们力图用平台的力量让更多有担当、有责任、有贡献的企业来进行交流，积极分享社会责任案例、让企业生态更加良性，这也是《公益时报》的社会责任。

共生已经成为这个时代的主题。无论是企业，还是个人，都不可能独善其身，世间万物互联，承担更多的社会责任，让我们共同建设一个美好的社会。

（2019 年 11 月 22 日，在第九届中国企业社会责任高峰论坛上的讲话）

2019

财富精神之光在今日中国绽放

——在2019（第四届）中国公益年会上的讲话

2019年对于国人来讲，是一个非凡的年份。

今年，新中国喜迎70华诞。眼下，中国百业俱兴、政通人和、生机盎然，中华民族以令人惊叹的姿态屹立在世界东方。最具代表意义的是，夯实的经济增长让国人生活水平不断提高，一部分创业者更率先实现财富积累。

前不久闭幕的党的十九届四中全会审议通过的重要决定，更开天辟地地明确要求“重视发挥第三次分配作用”，这无疑成为对我们公益慈善事业发展的巨大推动力。

谈到“财富的第三次分配”这一话题，实际上，《公益时报》自2004年推出我国第一张慈善榜单之日起，就强调“从财富上长出精神”的重要性。我们秉承这一理念，多年来搭建跨行业平台，推动以企业和企业家为主体的大额捐赠，并一直观察和探讨国人财富观价值的演变。

2004年至今，中国慈善榜共记录和分析了2845位企业家和7223家企业的大额捐赠。我们感受到，16年来，我国大额捐赠随财富同步增长，并始终推动着社会治理的步伐，捐赠者也越来越重视财富所产生的社会价值。

今天的年会，我们再次回归“从财富上长出精神”这一主题。

那么，财富由何而来，财富的流向遵循什么样的规律？据瑞信研究院今年发布的《全球财富报告》显示，全球83.7%的财富聚集在不到11%的成功人士手中。他们收获巨大财富，是因为他们提供的产品或服务满足了社会的需求。在这个意义上，财富是商业设计、物理技术、社

2019 中国公益年会现场

会技术三种力量共同进化的结果。在这个进化中，财富不断地完成集中—分散—再集中的过程。

在传统意义上，集中来的财富是用于再投资的。

据招商银行发布的《2019 中国私人财富报告》显示，到今年底，中国个人可投资资产总规模将首次突破 200 万亿人民币大关，可投资资产在 1000 万元人民币以上的高净值人群数量将达到约 220 万人。这些数字让我们稳居可投资资产规模的世界第二，仅次于美国。

而在再投资以外，公益事业成为财富流向的新去处。

1895 年，瑞典化学家诺贝尔写下遗嘱并创办诺贝尔基金会，激励科学家进行发明创造，今天诺贝尔奖是全球科技领域最高的荣誉奖项，长期推动和影响着人类科学的发展。

1913 年，美国企业家约翰·洛克菲勒作出决定，不惜成本在当时的北平筹建一所最好的医学院和附属医院，今天，这家机构仍然是中国最好的医学院。

百年后，中国也有一批人正在路上，分享着成功与财富的意义：

2019（第四届）中国公益年会活动现场

2005 年，牛根生宣布，通过股权和信托方式将拥有蒙牛集团资产捐赠给老牛基金会，基金会控制、管理和受益资产超过 45 亿元；

2011 年，曹德旺宣布，向河仁慈善基金会捐赠所持有的福耀玻璃股份有限公司 3 亿股股票，中国股权第一捐达成，河仁基金会持有股权市值超过 80 亿元；

2017 年，何享健公布 60 亿元慈善捐赠计划，包含美的集团股权捐赠和现金捐赠；

2019 年，党彦宝带领的宝丰能源上市，累计捐赠超过 16.53 亿元，其个人更投资 100 亿元用公益理念打造医养教融合产业模式；

2019 年，鲁伟鼎宣布，将万向集团截至 2018 年度审计报告的资产，全部捐赠设立鲁冠球万向事业基金，市值超过 49.6 亿元；全部收益将用于研发技术、人才教育、理工类应用型科研机构……

无论是百年前的西方，还是今日之中国，这些先行者都已成为财富上长出精神的最佳印证。

而在眼下中国，财富精神又有了不同以往的新特征：

第一，受宏观政策引领明显，大批企业和企业家积极响应国家号召，投身精准扶贫。

第二，企业家开始关注基础科学、基础教育。去年底，华为在央视1套投放3分钟的公益广告片，聚焦基础研究与基础教育；今年，马云从阿里巴巴退休后，将重心转移到对乡村基础教育的关注上来；今年11月，腾讯首届“科学探索奖”重奖9大领域的50名科学家，这是腾讯基金会投资10亿启动的奖项，针对基础科学和前沿核心技术。

第三，群体行为突出。通过社会集资创办的西湖大学成立一年有余，已有超万人为该大学筹集款项，其中有43名创始捐赠人以及众多的企业家群体，在没有组织的前提下，向一个社会议题进行大规模大额捐赠，这在中国还是首次。

以上特征表明，无论在金额、方式和具体用途上，财富的流转都在时下中国公益慈善领域得到了最好的体现。

眼下，党的十九届四中全会对公益事业提出了最新的指示，为财富第三次分配的具体方式、社会治理的具体手法都提出了新的要求。因此，今天2019中国公益年会，在总结70年来公益成果、为先行者鼓掌的同时，更应集中地探讨财富未来的流转路径，展望公益的未来图景。

我们寄希望中国的财富拥有者能够发挥更大的社会价值，愿财富精神之光在今日中国绽放！

（2019年12月5日，在第四届2019中国公益年会上的讲话）

2020

凝聚行业力量，共营美好生活

——在第十届（2020）中国社工年会上的讲话

因为疫情影响，今年的社工年会最终决定以线上的方式开启，病毒无情，社工有爱，很高兴与大家在云端相聚，共商新时期社会工作行业发展大计。首先，我谨代表中国社会工作联合会、《公益时报》社，向各位社工界的同人，支持中国社会工作发展的各位领导、专家，以及企业界、公益界的朋友们，表示衷心的感谢。

今天我们举行的是中国社工年会，社工是全社会的社工，并不仅是社工行业的社工，所以我会尽力用通俗的语言，让所有参会的线上线下的嘉宾，都能听懂社工是什么，社工行业有哪些资源和优势。

我今天讲话的对标人是现场在座的轻松集团的董事长杨胤、首席战略官王政等社工行业之外的人。如果你们能听懂了，那证明我的讲话还可以，如果只是社工界的同人听懂了，我觉得好像还有点距离。我要说的是，轻松集团支持我们的会议非常有眼光，看到了中国社工行业蕴藏着巨大的宝藏。下面我从六个方面来讲：

第一，社会工作以解决社会问题、增进人类福祉为使命，是国际公认的崇高职业。

很多人对社工并不了解，什么是社工呢？

首先，社工是一种职业，专门帮助人的职业。

我在北大有一个特别好的校友，儿子在国外学习，他问他儿子在国外最高兴的事儿是什么，他儿子说是哪天出门帮到了一个人。帮到人他觉得非常有价值，所以跟他爸爸来分享。而社工正是把帮助人作为自己的职业，所以我觉得社工是道德高尚的人。

社工不仅有自己的伦理、价值观，还有自己的专业度。社工是又红又专，红就是愿意帮助人，有帮人的思想。专就是有专业度，如果没有专业度，那是干不好的。比如精准扶贫，你怎么去帮，喊口号不行，要提出精准的解决方案，才能帮助贫困人口脱贫。

社工是一个职业，这个职业的描述有很多种。比方说社会工作是协调关系、整合资源、发现和解决社会问题，这也是社工的定义。

社工是社会的医生，解决什么问题呢？第一个是治病，第二个是预防，第三个是什么呢，是发展。公益慈善也是帮助、预防和发展，但是跟社工是有区别的。区别是什么呢？公益是我自己愿意的，是无偿的；社工是一个职业，专门做这事的，所以我希望让全社会都理解我们，来帮助社工，毕竟社工不是富二代，都要生存，都要吃饭，都要发展。

社工还有一层定义，叫助人自助，可以理解为两点，第一就是你帮助别人，等于帮助自己；第二是你帮助别人，让别人能够自助，就是给我们帮助的对象去赋能。

我用这么多的语言来解释什么叫社工，是希望非社工行业的、听到我发言的所有的朋友知道什么叫社工。社工，不是志愿者，是一种职业。

其次，社工是一门学科，是一个专业。

社会工作在国外有 100 多年的历史，在很多大学，比如说纽约大学、哥伦比亚大学等，社工都是热门专业。

1956 年，社会工作者的国际组织“国际社会工作者联合会”成立。刚才国际社工联秘书长给我们发的贺信中提到最新的数据，全世界已经有 141 个国家加入了国际社会工作者联合会。中国社会工作联合会 1992 年加入国际社会工作者联盟，是中国在国际社工联的唯一代表。

联盟每两年会召开一次世界社工会议，各个洲每两年也会举行自己的区域会议。2017 年中国社工联合会有幸承办了亚太区域的会议，在深圳召开的，得到了国际国内的一致好评。

第二，国内的社会工作发展非常迅速，前景广阔。

在国内，社会工作近年来发展十分迅速。

十八大以来，以习总书记为核心的党中央高度重视社会工作，《关于加强和完善城乡社区治理的意见》《关于实施乡村振兴战略的意见》等150多项法规政策对发展社会工作、发挥社会工作作用提出了明确要求。

到去年年底，中国已经有140万的专业社工，到今年年底一定超过145万。

作为社会工作的行业组织，中国社会工作联合会过去是10多个带中国字头的协会整合到一块成立的，经过这么多年的发展，中国社会工作联合会已经在细分领域成立了社区、医务、心理健康、社会养老、婚姻家庭、禁毒、儿童救助、社会公益等17个专业委员会，以引导细分领域社会工作的发展，探索中国特色的社会工作发展之路。

因为社工已经细分到很多的领域，近几年，我们在讲社工时大家讲的是个案、小组等专业的术语。但这样是不行的，既然我们是社会的医生，就一定要告诉大家，我们能解决什么问题。我们要告诉全社会，要让杨总这样的企业家能听懂，社工到底能解决什么问题。

大家知道IBM是做咨询的，它为企业、国家、地区提供整体的解决方案。我在福耀玻璃当独董，福耀玻璃是做汽车玻璃的，但曹德旺主席就提出我不是卖汽车玻璃的，是给所有整车提供汽车玻璃的解决方案。

那么，怎么让大家知道中国社会工作联合会是做什么的？我们解决各种各样的社会问题，要建设美好社区。所以，中社联提出美好社区计划，从四个维度来解决社区里面各种各样的问题：社区治理、社区营造、社区服务，还有社区公益。

中国社会工作联合会是为美好社区提供整体解决方案的。社工是协调关系、整合资源、寻找和解决问题的，我们将协调我们所有的关系，整合资源，来实施美好社区计划。

目前我们做的是示范和榜样。美好社区专家委员会的委员是跨界的，除了社工以外，因为涉及社区治理，所以方方面面的国家的顶级专家我们的专业委员会都有，我们的副会长王国英，原来是民政部社区司的司长，是我们美好社区专家委员会的主任。我们是整合了所有的力量，因为我们是一个行业协会，并不是说所有的事情都是社工联来做。

美好社区计划中社联所有的专业委员会都可以参与，最核心的是我们引领了行业的发展。所有的地方要做好社区，我们有 140 万的专业社工，有 1 万多家社工机构，基本上覆盖了所有的社区，只要有这样的事情，中社联可以给你制订一揽子的整体解决方案，然后由社工机构组织社工整合资源去实施，中社联组织专家督导评估，最后确认社区是美好社区。

我再举一个小例子，比方说，社区营造跟地产商跟企业有什么关系？大家知道很多人在做房地产，我建议在拿地以前就做规划，按照美好社区去建设。过去大家做什么？做的是房地产，美好社区建设做完了以后，我们卖的就不是房子，卖的是最好的生活方式。所以我想这中间潜力是巨大的。

第三，社会工作在疫情防控中发挥了重要作用，中社联积极发挥行业引领作用。

大家知道，从来没有一件事情像此次疫情这样引起全世界的这种关注，疫情对我们生活方式的改变，是一种检验。在这个过程中，公益组织表现得非常好，但是也有人在说公益组织除了捐款捐物以外，还能做点什么？其实我们知道公益组织，包括社工更高一个层面做的是什么呢？社会治理。在防疫的过程中，我们在社会治理方面暴露出了各种各样的问题，当然问题的出现并解决，也有利于社会进步。

中国社会工作联合会在这方面做了大量的工作，我这边举例讲两点。

第一个我讲三社联动。三社就是社区、社会组织和社工。中国社会工作联合会做了一个什么事？根据武汉一线抗疫经验编写了《社区“三社联动”线上抗疫模式工作导引（第一版）》。

非常高兴的是这个导引受到了民政部相关司局的肯定。民政部基层政权建设和社区治理司、慈善事业促进和社会工作司、社会组织管理局三个司局对导引的编写、发布进行了指导，导引被转发到全国各地，各省民政厅、社工协会，都大量转发。

社工是职业，还是学科，有它自身的专业度，所以我们做这样一个东西是行家在做，是中国社工联合会出手在做的。

第一版做完了以后，非常受大家欢迎，部里又提出来，你们可以升级做 2.0 版。我们经过反复论证修改升级到 2.0 版，从社区到家庭，出了抗疫模式的 2.0 版。

我想讲的是，中国社会工作联合会所做的工作不仅是在行业有影响，我们的主管单位民政部对我们做的事儿也高度地认可。

第二个，我们发起实施了“心社联动送安心公益行动”。

有了导引，怎么落地到社区更好地服务疫区的百姓？我们知道，疫情对我们的影响除了身体以外，心理上的影响是巨大的，心理服务的需求量是巨大的。由我们下属的社区工作委员会、心理健康工作委员会等联合推动，我们在百万社工和百万心理咨询师两个群体中发起号召，立足社区，通过“心理＋社工”的模式，聚焦受疫情影响的社区、家庭和一线医务工作者、社区工作者等重点群体，为他们做好心理援助和社会工作服务。

线上服务的同时，3 月 19 日，首批心社联动工作队赶赴武汉。4 月 20 日至 21 日，首批爱心援建的“安心小屋”落地武汉，立足社区，充分利用信息化手段，通过预警评估、AI 自助、危机干预等八大服务系统，提供一站式心理服务，也为全国社会心理服务提供示范引领。

现在在武汉社区去落地做事，很多机构根本落不了地。我们为什么能呢，因为我们是社工。国家信任我们，社会信任我们，所以到哪儿去，民政局、社区的领导全给开绿灯。

今后如果大家在社区里做事，可以跟中国社会工作联合会来合作，我们做这样的事是职业的，除了价值观以外，还有专业度，这是我们的优势所在。

第四，社会服务需求巨大，立足社区的“互联网＋社会服务”为社会工作提供新的广阔空间。

大家知道，服务业的发达程度，是社会进步与否的一个重要指标。2019 年，服务业占我国 GDP 的比例为 53.9%，相比发达国家仍有较大差距。我们是刚迈过了 50%，其实发达国家到 70%、80% 甚至更高。

2019 年 12 月，国家发改委、教育部、民政部、商务部等七部门联合印发了《关于促进“互联网＋社会服务”发展的意见》，从顶层设计层面明确发展目标、作出战略规划，助力“互联网＋社会服务”驶入发展快车道，为社会工作提供了新的广阔空间。

我看了这个文件以后非常激动，我觉得这个文件好像是专门为我们制定的，互联网加社会服务，从我们的角度应该怎么去参与，怎么来做？

从 2017 年开始，中国社会工作联合会就推出了美好社区计划，聚焦城乡的社区治理和社区服务创新，发挥社工专业优势。以社区、社会组织和社工“三社联动”为基础，整合全国社工力量和多方跨界资源，通过“社会治理－社区营造－社区服务－社区公益”四个维度，为美好社区建设提供定制化解决方案。

美好社区计划四个维度，第一社区治理，第二社区营造，第三个社区服务，第四个是社区公益。社区服务是什么？为社区居民提供方方面面的服务，医疗、居家养老、绿色食品，包括心理咨询等方方面面的服务，都落在社区。

社工的职业就是服务，而且有技能有情商，有价值观要求，所以社区服务最专业的人才就是社工。全国有 1 万多家社工机构，140 万的专业人才，都扎根在社区。

互联网＋社会服务怎么做？我们提出了一些设想，有一些我们在运作，有一些我们需要去整合。比如养老这一块，我们知道国外有时间银行，时间银行的本质是什么？就是把志愿者做的公益量化，更好地激励大家。

我经常听到很多人在讲，我做了很多的公益，我这个人就不需要张扬，不要让别人知道我做什么事了。《公益时报》每年做中国慈善榜，涌现出了首善、十大慈善家。我经常讲到一点，一个慈善家给社会捐多少钱毕竟是有限的，但是榜样的力量是无限的。把自己的财富拿出来捐给社会，你影响了很多的人，这是社会文明的风向标，是社会发展的榜样和示范，我们要向这样最可爱的、道德高尚的人去学习。做公益，除了慈善家以外，我们要提倡人人公益，让大家都来付出，都来做。

目前我们准备做一个公益的社会服务的合作社，第一是量化公益服务，第二我们知道还有很多的家庭有很多的需求。

比方说中国人有心理不健康的一些表现的时候，不是像西方一样通过心理咨询去解决的。我们在想，如果我们搭一个全国的平台，把我们优秀的心理社工按照等级去分，所有的人可以选择不同的服务。我觉得这也是缓解和解决社会矛盾非常重要的一个方面。

我们准备要做这么一个大的平台，谁需要什么样的社会服务，都可以通过我们的平台来做获得。

希望像杨总这样的企业家更多地来关注社区，关注社区的公益，所有的企业家、所有的基金会，只要对社区感兴趣，都可以来找中国社会工作联合会。我们可以给企业家、机构提供精准的实施方案和解决路径。我们最核心的是什么？我们有这样一个人群，我们有这样一个网络，我们有这样一种专业度。

社工行业是一个新兴的行业，我们的专业社工，大部分都是年轻人。我们的社工是斜杠青年，是跨界的，现在社工机构很多的总干事，学的并不见得是社工专业，但是他们懂得管理，懂得怎么去调配资源，怎么去整合资源，所以我觉得社工行业是一个蕴藏着巨大资源的行业，要看我们怎么去发掘。

目前，在社区、在社会服务领域，有没有一个巨大的集团？没有，为什么？还等待着有眼光的企业家投身这个行业，大家共同去完成。我们要做的机构，是社会方方面面都会认可的，在社区能受到人的敬仰，受到政府的支持。中国社工联合会可以帮助大家整合资源去做。

第五，以社会贡献为标尺，讲好社工故事，提高社工的认可度。

除了美好社区计划，中社联一直在推动的另外一件事情是“讲好社工故事”。

我们有 140 万的专业社工，但是在社会上社工的知名度依然很低。社工是高大上的职业，协调关系、整合资源、寻找和解决社会问题，是帮助人的职业，有价值观，是专业，还是学科。我觉得所有美好的词儿用在社工上都不为过。可惜，社会知道我们的人太少。

怎么办？我们全行业 140 万人，每一个人都要现身说法，影响你身边的人。社工行业的所有社工都要讲好社工故事，每一个人从自己的角度出发去讲。社工可以讲个案、讲小组，机构可以讲在一个社区里面，我们怎么去做事？

我是代表中国社会工作联合会，我今天也在现身说法，讲好我们中国社工联合会，讲好全行业的故事。我觉得现在有很多企业家，对我们的了解非常不够，我们要主动地像招商会一样，把我们最美好的东西献出来，让大家知道，社工是巨大的宝藏。因为我们真的是有非常好的资源，只是没有很好地开发。

如果说一个企业家、一个公民，第一他有愿意帮人的心，第二有愿意帮人的能力，也就是说，承认社工的价值观、有专业能力的人，都可以成为我们中国社工联合会的会员。我觉得中国社会工作联合会可以发展 1000 万会员，这将是一个巨大的宝藏。

但前提是我们要塑造一个社工的美好形象，我们想整合力量，为了社会更加美好，让更多愿意帮助人的人、有能力帮助人的人都贴上社工的标签。我们期待实现的这一天，这是非常美好的一个愿景。

第六，发布行业先进榜单，引领行业创新发展。

社工年会是一年一度的行业盛会，也是我们传播行业情怀，树立行业榜样，凝聚行业力量的年度庆典。今天《公益时报》会发布“2019 年度促进社会工作发展十件大事”“2019 年度中国百强社工机构”“讲好社工故事精选作品”“第四届全国微电影大赛”“2019 年度中国百名社工人物”“2019 年度中国十大社工人物”等奖项。

我们做这样一件事情，是社工都引以为豪的。因为受疫情的影响，今天受表彰的社工都没有来到现场，但是感恩高科技，我们还可通过线上来了解。希望更多的人来关注我们表彰的对象，他们是社工行业的排头兵和标兵。

我代表中国社工联合会、《公益时报》祝贺今天上榜的所有的机构和人物，希望你们在社工领域继续做好排头兵，创新发展，让我们这个行业更加红红火火。

最后感谢我们现场的朋友，现场的嘉宾，感谢我们线上线下所有的社工同人、所有的嘉宾，希望你们加入社工领域里面，为我们的美好社区，为我们社会更加美好共同努力，谢谢大家！

（2020 年 5 月 7 日，在第十届中国社工年会上的讲话。
以上内容根据现场讲话整理）

2020

新时代公益点亮强国新貌

——在第十七届中国慈善榜活动上的致辞

大家下午好！欢迎各位莅临和通过直播观看第十七届（2020）中国慈善榜发布典礼。

过去的十六年中，《公益时报》秉承“旗帜鲜明地扬善”这一初心，以编制中国慈善榜的形式，完整记录下了十六年来我国大额捐赠的详尽数据和发展趋势，2845位慈善家和7223家慈善企业都曾榜上有名，收录大额捐赠总金额超过2000亿元。

每年榜单揭晓前的这一刻，我都思绪万千：这一行行捐赠者和数字在多大程度上反映了我国公益慈善事业的面貌？历史将会如何给他们作出评价？

而今年则是最特殊的一年，不仅是我们今天相聚的方式特殊，更因为我们所有人都见证了一场举全国上下之力扭转罕见疫情的特殊战斗。

这场战“疫”所释放的爱心、奉献、凝聚、担当等种种公益精神，尤其令人动容。前有一线医务人员与病毒正面交锋，后有社工和志愿者在社区辛勤值守；上至责任企业慷慨解囊、为国纾难，下至爱心公众尽己之力、守望相助；先有海内外华人全球调配资源，全力支援武汉，后有中国善意向海外输出，维护人类命运共同体……

因此，今天在揭晓新一届中国慈善榜榜单之际，我们也同时公布“抗击新冠肺炎疫情捐赠榜单”。2020年虽未过半，但出现在这份抗疫捐赠榜上的2903家（位）企业、机构与个人，以及384.77亿元的捐赠总额，都已远远超出17年来任何一届中国慈善榜的数字。

2019年是中华人民共和国成立70周年的年份，中国

2020 第十七届中国慈善榜活动

刘京在 2020 第十七届中国慈善榜现场致辞

公益行业在这一年内见证了许多标志性的事件，它们与这场抗“疫”一道，向我们展示了我国新时代公益的新特征。

第一，公益慈善在国家顶层设计中地位空前。党的十九届四中全会将“发展慈善等社会公益事业”提到了分配方式的高度，并明确社会组织在社会治理中的角色与位置；社会组织的潜力也已在助力脱贫攻坚中反复得到验证。

第二，公益慈善管理框架趋于精细化。《中华人民共和国慈善法》出台的 4 年以来，各项配套政策法规日趋完善；2019 年，民政部增设慈善事业促进和社会工作司、儿童福利司，使公益慈善的细分领域职责更加明确；相比“非典”、汶川特大地震以来的数次集体应急事件，今年抗“疫”期间的社会捐赠最为高效、有序，相关捐赠税务减免有据可依。

第三，公益慈善开始关注国家根基。2018 年，华为在央视投放公益广告，聚焦基础研究与基础教育；2019 年，马云从阿里巴巴退休后，将重心转移到关注乡村基础教育；腾讯基金会投资 10 亿元，围绕基础科学和前沿核心技术，重奖 9 大领域的 50 名科学家；万向集团设立公益基金，全部收益将用于研发新技术、高端人才教育、开展科技研究、支持设立理工类应用型科研机构。

第四，公众捐赠热情凝聚，大额捐赠趋于理性。2019 年“99 公益日”的筹款总额比前一年翻番，今年抗“疫”捐赠又掀高潮，公益捐赠已成为公众善意重要的表达途径；而数量庞大的慈善家和慈善企业则将公益慈善纳入自身战略的一部分，关注领域非常广泛，且注重衡量捐赠所带来的社会改变。

在一代又一代人的努力下，如今的中国政通人和、经济腾飞、生机盎然，对外展示着前所未有的强国新貌。而带有上述特征的新时代公益，于危难间凝聚社会，于平淡时防微杜渐，于惊雷中抚慰伤痛，于无声处滋润人心，更令这番强国新貌熠熠生辉。

在新一届中国慈善榜榜单揭晓之际，我谨代表《公益时报》社，祝贺今年的获奖者，并向致力于中国公益发展和携手抗“疫”的每一位慈善家、每一家慈善企业和每一位慈善明星，致以由衷的敬意！

（2020 年 6 月 16 日，在第十七届中国慈善榜活动上的致辞）

第四篇

新闻报道精选

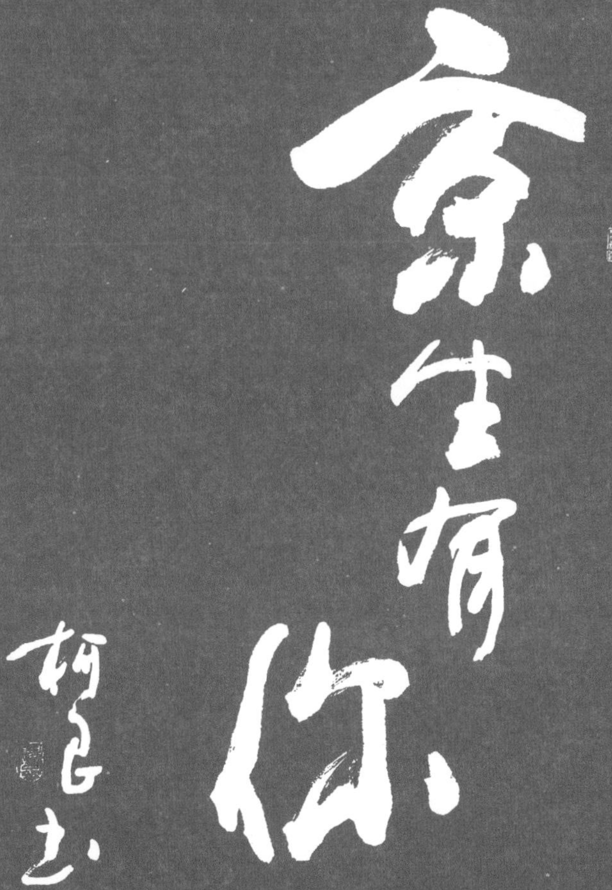

2004

创办一份报纸的冲动

以 EMBA 毕业生身份去操办一份看起来不时髦、不赚钱的公益性报纸，中民集团的总裁刘京和他的报纸创业团队——同样来自北大 EMBA 班——成了北京大学中国经济研究中心国际 EMBA 商学院 2000 级学员中的异数，以至于外界谈起这一届学员，都会特别提到，还有四个同学出去办报纸呢。

EMBA 是怎样一个聚合各类资源的平台，是怎样一个凝聚人心的驿站？在不断寻找人生目标的旅途中，想让已经既定发展方向的人改变显然要费一番周折。这一过程相信刘京和他的三位创业伙伴都曾经历。

“一份以促进公益事业、公共事业及福利事业的发展，推动社会主义精神文明建设，维护社会稳定为宗旨的公益性报纸。”2003 年 6 月 1 日，新华社这样评价当日在人民大会堂正式宣布创刊的《公益时报》。

创办这份报纸，并出任社长者，就是刘京。他的履历上写着：北京大学 EMBA、民政部原领导秘书、现任民政部机关党委委员、中民集团总裁。

曾经修理地球，如今考虑如何散财

刘京办《公益时报》的消息传开，让许多熟悉他的朋友吃惊：为官为商、时运正盛、气势如虹的他，为什么突然改行办报纸？而且不办赚钱的、畅销的，偏偏办起一张冷门的“公益”报，为什么？

刘京的“冲动”，源自他的公益理念；而这一理念，又首先萌芽自他的家庭。

刘京祖籍革命圣地陕西，1960 年生于北京，父亲是当时的中办官员。无论从哪方面看，他都是真正的根正苗红。老一辈共产党人以天下为己任的思想作风，铭刻在他心灵深处，引导着他入世为人、说话办事。6 岁那年，“文化大革命”开始，作为干部子弟，他毫不例外成了这场运动的牺牲品：父亲远去江西干校，他随母千里还乡，到大西北读书种地，彻底回到祖祖辈辈生活和战斗的地方。

从头开始，从零开始，从社会最底层开始，这是此时的刘京。从陕西，又到江西，直到 20 岁方才回到北京的家，40 岁方才走进北大的校门。

后来他到民政部任职，当领导秘书，一跃到了政府管理社会的最高机构，有机会对社会各个层面进行宏观把握，并有了自己的理性分析和全面解读。20 世纪 90 年代市场经济大潮下，刘京辞官经商，做了企业经理、公司总裁。他说这是自己头一回闯进经济领域，在生意场上和精英们、和当代中国的强势群体斗智斗勇、拳打脚踢，居然渐入佳境。

10 年商海，10 年浮沉，在商场上大获成功的同时，刘京看到了另一个世界：一个由强者和智者，强盗和恶棍，弄潮儿或者是幸运儿组成的特殊群体。他们自立于大多数人之外，只抱着一张丰厚的存折，但对他们，世人最多的是怨与恨。

刘京身在其中，自己最多的却是叹与惜。

他要寻找答案，仿佛有一种内心的困惑和渴望。

带着这个未知的“课题”，刘京在读北大 EMBA 的同时，与民政部领导、EMBA 的师友和学者专家们进行了深入探讨与交流。最后，“我发现所有的困惑渐渐归结到一个问题：赚钱了，成功了，第一桶金子挖到了，原始资本积累完成了，作为财富的拥有者，应该为这个社会做点什么？”

作为社会血液的公益

“中国改革开放初期的情况，跟美国 19 世纪末 20 世纪前期非常相似。”刘京回忆说。美国建立之初，也是一个横征暴敛的丛林社会、弱肉强食。最后经济发展，资本积累，然而社会也出现问题。两极分化、贫富差距、族群对立、畸形变态等，严重威胁着国家与政权的健康发展。这时一些有远见卓识的智者们出来呼吁，倡导企业家赶在流血大革命到来之前，赶紧起来拯救自己、拯救穷人、拯救社会。于是卡耐基、洛克菲勒等，这些既有钱又有良心、既有能力又有道德的阔佬们开始捐款办基金，帮助政府解决社会问题。

公益是推动美国社会进步的三大动力之一！刘京说这是让他心跳的发现。"原来推动美国社会发展和进化的有三种力量：一是政府的自主改良，二是公众批判如舆论监督，三是非政府组织或者叫基金会的力量，也就是公益事业。"

这个发现很快得到了印证，一本名叫《散财之道》的学术著作的出版，让刘京更加坚定信心。"在美国，基金会已有大小5万多家，资产4000多亿美元，涉及卫生、文化、环境、慈善、福利、信息咨询、图书馆等多个层面，其光谱可以涵盖整个国家，受益的族群无以计数。"

但另一个发现却让刘京震撼：在中国，这种公益的力量几乎为零。"三种推进社会进步的力量，前两者正在中华大地上蓬勃发展：自主的改良，是中国共产党一直在致力做的事业；公众批判的力量，也随着改革开放和民主建设的深入在不断壮大。但是，唯独公益事业，社会的第三种力量，中国还尚未启蒙，尚无动静，甚至还没有人去想！"

市场的空缺对商人而言是个喜讯。为何不利用自己多年积累的商业经验和资本，全力开发尚属处女地的中国公益事业？

他立即开始下一步考虑：从何处入手？

于是他拜访国内外从事公益领域研究的专家，还找来做国际资本投资的朋友进行分析。一次，在向中国慈善事业的开创者、改革开放后的第一位民政部部长崔乃夫先生请教时，老部长的一席话给刘京很大的启发："中国的传统文化中缺少现代公益的基因。这么多年过去，我们的经济是发展了，但是90%的国民现在连什么是公益都不知道。因此，建设中国现代公益事业的头等大事，应该是大力做好公益事业的宣传、引导、培育工作。"

也就是说，应该先办一份公益报纸，唤醒民众，为现代公益事业摇旗呐喊。

那时2000级北大EMBA开学尚不足半年，“北大EMBA这个平台让我组建、整合起了创业团队，并很快投入运营。我创业的同志、战友和事业伙伴都是在这里找的。”刘京说。

《公益时报》最初的创业团队里，有三位来自这一届的EMBA班。

两年后的今天，《公益时报》的发行量已经达到18万份。

2003年11月，《公益时报》与民间组织促进会等单位共同举办“首届跨国公司与中国公益事业高级论坛”。会上有一位贵宾，曾经是邓小平先生的座上宾——朱传榘先生，他是美国著名华裔科学家、中国科学院名誉院士、世界第一台电子计算机的发明人之一，长期以来，始终关注着新中国前进的每一步。受论坛的邀请，84岁的朱老先生在会上发表了慷慨激昂的演讲：

“我们做公益事业不是给人一口饭吃，也不是救一时之急，而是要富国强民，促成中华民族的伟大复兴——中国之大，怎么就没人谈到这个问题？”但是到了会下，他看到《公益时报》，马上急急忙忙找到刘京：“我看到了一张最好的报纸，看到了最好的文章，看到了一支最值得尊重的公益救国军。你们是第一个把公益与国家民族联系起来的人，是国家的功臣，我向你们致敬，我要把你们的报纸送给国家最高领导，也送给海外的著名华人。你们做的是民族大义、千秋大业、万代基石！”

老先生承诺，他要和刘京并肩战斗，动员海外华人的力量，支持刘京的事业，共同托举起这张报纸，让新中国的公益事业星火燎原。

刘京说，当时他感动得无以言表。

（2004年12月1日，《新远见》杂志）

2005

大陆版慈善家排行榜揭晓　民政部官员到场助阵

昨天（2005年4月26日）上午，由中国社会工作协会主办的“2005中国大陆慈善家排行榜”在北京人民大会堂发布，据《公益时报》社社长刘京介绍，此次排行榜的发布得到了民政部及多家公益组织的支持，而民政部下设的媒体机构《公益时报》也积极参与其中。

对于民政部与此次排行榜的关系，《公益时报》副总编刘佑平说：“今天民政部救灾救济司司长王振耀来到现场就很说明问题，救灾救济司给予我们很多指导，使我们保证了数字的准确性、科学性、权威性，让我们少走了很多弯路。”

民政部救灾救济司司长王振耀在随后接受记者采访时也证实，民政部确实给了“大陆”榜很多的帮助，是“大陆”榜的指导单位。

据刘京介绍，“榜单是完全按捐赠数额多少排列，而在年度慈善家评选过程中，更为注重捐赠行为本身所具有的示范作用以及这一善举所带来的社会效应。所以年度慈善家与榜单前十名有所不同。另外我们发现，有些人虽然捐赠数额不多，但捐赠行为在慈善公益事业方面具有创新、示范和标志性意义，为此特别设立了3项年度慈善特别奖。”

早在本月11日，“胡润2005中国内地慈善家排行榜”抢先发布，两家原本在去年进行合作发布，但今年却各立门户。

“实际上，今年没有合作主要是因为《公益时报》人员变动极大。”胡润百富副总裁陈兵说，他们两家各有所长，胡润公司与企业家比较熟，而《公益时报》的优势在慈善机构和慈善专家方面。

“我们不仅有排行榜，还有年度慈善家评选和特别贡献奖，而在此之前发布的‘胡润2005中国内地慈善家排行榜’则没有。”刘佑平说。

此外，“我们在统计方式上也具有优势。”刘佑平说。

据了解，大陆慈善家排行榜的捐赠数据主要有六大来源：民政部和各省（自治区、直辖市）民政系统提供的个人捐赠数据、捐赠者自己提供的捐赠数据、各公益机构提供的接受捐赠数据、上市公司财务报告中相关的捐赠数据、各种公开媒体报道的捐赠数据、《公益时报》与企业公民委员会的公益档案数据。

刘佑平介绍，民政部是《公益时报》的上级单位，因此可以从每个省（自治区、直辖市）民政厅（局）的救灾救济司拿到政府部门统计的数字，另外还有很多慈善机构的资源。

陈兵承认，“内地”榜比“大陆”榜多出了一个捐赠百分比，这是“大陆”榜所不能具备的，而这确实很有意义，可以证明慈善家的慈善心有多大，愿意付出多少财力。

获奖者们也有不同的感受。“‘内地’榜曾经跟我联系过，但我没有响应，主要是因为我个人认为爱心不需要排名，而‘内地’榜在联系我时说是要评出年度慈善家，我才参加。”排在“大陆”榜第44位的北京市慈善协会名誉会长李春平说。但他表示2004年所捐赠的数额与榜单数额并无区别，“大陆”榜确实核实了每一笔捐赠款项。

在此次慈善家排行榜发布典礼上，各个慈善家都表露了自己的心声，排在第二位的希尔顿深圳彭年酒店董事长余彭年说，“我会把所有的钱全部捐给公益事业，但必须要保证捐赠款的公正合理廉洁高效。我的每一笔捐赠款都要亲自看到、摸到。”

“我们正在探讨一条用市场化的办法来集合部分资金的道路，以此来治理环境和发展公益事业。公益事业的发展首先要创造一种机制，一种平台，让更多的企业家的资金能够不断运作和升值。”被评为特别贡献奖的北京首都创业集团有限公司总经理刘晓光说。

（2005年4月27日，《第一财经日报》）

2005

企业公民委员会亮相中国

2005年11月16日，中国社会工作协会企业公民工作委员会第一次会员大会在北京人民大会堂召开，首届“最佳企业公民评选表彰活动”和“企业公民论坛”也同时举行。作为中国唯一的全国性企业公民组织——企业公民委员会正式隆重亮相中国。这个由中国社会工作协会发起、旨在加强和促进中国企业社会责任的机构的出现，标志着中国企业在经济全球化过程中开始走出单纯的经济盈利模式，转而以一种经济和社会责任兼具的群体形象出现于世人面前。

党和国家领导人和相关部委领导出席本次大会，全国人大常委会副委员长蒋正华以企业公民委员会名誉会长的身份出席大会并发表讲话。

据企业公民筹备委员会主任、《公益时报》社长刘京介绍，企业公民委员会从策划、论证、筹备到本次会员大会的召开，前后经过了近三年。早在2003年6月2日，当企业公民这个概念由跨国公司刚刚传入中国，《公益时报》就专门开辟了多达4个版的、中国最早的《企业公民专刊》。14天后，福特中国发布了国内由企业界整理的第一本企业公民报告书。两个月后，《21世纪经济报道》在上海召开了国内第一次关于企业公民的研讨会，并专门作了一期特别报道，就叫“企业公民元年”。

“但这个时候，我们真正地感觉到，企业公民、企业社会责任，对于中国社会来说，还真是奢侈品。因为当时绝大多数国内企业，连‘企业公民’这个词都还没有听过，又何谈从现代公民的层面，来尽一个法人公民的社会责任？因此，我们觉得仅仅靠媒体的超前倡导和个别跨国公司的‘引进’远远不够。必须有一个专门的组织，来致力于在中国发动一场企业公民运动，推动理念的普及。”于是，在2003年10月，中国社会工作协会企业公民工作委员会在民政部正式注册成立。“当时我真的有一种‘天将降大任于斯人也’的感觉和‘舍我其谁’的气概。”谈起当年的往事，刘京脸上仍然充满了自豪感。

2004年5月和今年4月，由《公益时报》和企业公民委员会先后推出了第一届和第二届“中国大陆慈善家排行榜”，试图通过有形的榜样来推广“企业公民”这个概念。一场由慈善家排行榜引发的关于企业社会责任的大讨论，迅速在全国蔓延、展开。据不完全统计，2004年全国各地仅关于企业公民、企业社会责任的各种研讨会、论坛，就达二三十次之多。“这个时候，我们就在思考这样一些问题：一是如何让人们理解企业公民的现状？二是如何提高中国企业公民的水平，企业公民与社会捐赠是什么样的关系？”正是在这种背景下，才有了本次论坛和会员大会，让企业家自己来发现问题，探讨问题，解释和回答问题。

据悉，企业公民委员会首批成员共有190多个企业单位，其中不仅有享誉海内外的世界知名企业在华分支机构，如IBM、摩托罗拉、宝洁公司等，也包括中国本土成长起来的具有先进理念的大企业，如万科企业、中国移动等，甚至还包括一些近年来迅速崛起的私营企业，如今典房产等。这些企业具有一个共同的特点——在追求企业经济效益的过程中注重企业的社会责任，热心通过各种方式参与企业公民运动。

获得“最佳企业公民”称号的共有30家企业，它们分别是：可口可乐（中国）有限公司、国际商业机器（IBM）中国有限公司、通用电气（中国）有限公司、英特尔产品（上海）有限公司、摩托罗拉（中国）电子有限公司、西门子（中国）有限公司、欧姆龙（中国）有限公司、松下电器（中国）有限公司、汇丰银行上海分行、中国移动通信有限公司、中国平安保险（集团）股份有限公司、中国对外贸易运输（集团）总公司、中国北京同仁堂（集团）有限责任公司、首创集团、康佳集团股份有限公司、山东九发食用菌集团、新浪网技术（中国）有限公司、福耀玻璃工业集团股份有限公司、广东格兰仕集团有限公司、万科企业股份有限公司、江苏梦兰集团有限公司、珍奥集团股份有限公司、辽宁远东新型管业发展有限公司、浙江飞虹通信集团、远大空调有限公司、广州恒大集团、上海永乐家用电器有限公司、广厦控股创业投资有限公司、杭州恒达钢结构实业有限公司、哈尔滨亿丰集团。

在上午举行的“企业公民论坛”上，企业公民代表与来自清华大学、商务部跨国公司研究中心的学者专家和来自香港乐施会等民间组织代表，共同就中国企业公民与企业社会责任运动的现状、趋势、理念、问题、对策等展开多层面、多角度的广泛探讨和交流。

会上，190多家企业代表共同签署《企业公民宣言》。宣言认为，“企业不仅是企业，而且是一个放大的人，是集群化的公民”，“企业不仅是企业的，更是社会的。企业不仅是一个生产经营单位，更是构成国家经济和社会基础的企业公民。企业不仅要对今天负责，也要对明天负责。”《宣言》签署企业庄严承诺，将努力做有责任、有操守、值得尊敬的企业，高度重视和自觉承担企业的社会责任，为促进社会和谐发展作出应有的贡献。

（2005年11月17日，《公益时报》）

2006

《公益时报》庆典『爱心行动』记录

“我们单位有一个家境并不富裕的职工，生养了一个美丽的女儿，这个女儿有一个很美丽也很好记的名字——晨梦，早晨的梦。不幸的是，她得了一种非常罕见的白血病……”

当著名演员濮存昕在《公益时报》5周年庆典上说出这番话时，热闹的活动现场突然安静了下来。一场关于晨梦的救助，从此展开……

一个人的痛苦牵动着无数颗心

在《公益时报》5周年生日之际，社会各界人士莅临庆典活动现场，除了为庆典而来，还有一个特别的“爱心行动”——与《公益时报》共同参与救助花季女孩晨梦。这是所有与会者共同的心愿，他们希望通过身体力行帮助这个有着强烈求生欲望的女孩，并呼吁更多的人参与其中。

担任本次活动的嘉宾主持孔镱珊——这次救助的发起人——看到活动的现场有这么多好心人为晨梦出力感到十分欣慰。在活动即将结束时，笑着对记者说：“这是我度过的最难忘也是最有意义的一个‘六一’儿童节。”

“北京人艺”著名演员濮存昕在百忙之中抽出时间亲临现场，见到晨梦的母亲丁晓星后，一直向她询问女孩的病情，并上台做了慷慨激昂的讲话，呼吁大家：“爱心的体现是需要行动的，而不只是简单地用嘴说说。”

歌手李琛来到会场，刚刚坐定就拿出资料袋里的报纸，询问身边的记者：“你们报道的小女孩晨梦登在哪儿？”然后仔细地翻阅所有关于晨梦的报道。

网友玲玲捐出“五一”加班费

一直对救助晨梦的行动很积极热心的网友玲玲，在《公益时报》登出为晨梦专门建立的捐助热线和汇款账号后，她也在第一时间把信息转贴到了其他的网站。为了表示自己的心意，玲玲在活动当天还亲自赶到庆典现场，找到晨梦的母亲，把自己在“五一”期间加班的费用亲手交给了她。尽管丁晓星一再婉拒，但是玲玲还是希望她们母女能够收下。玲玲有些激动地对丁晓星说：“虽然我的这点捐款和给晨梦做手术的费用相比来说只是九牛一毛，但是这是我表达期盼晨梦小妹妹早日康复的心愿，希望有一天等晨梦康复后能够带她到我上班的滑冰场，亲自教她滑冰，与她玩耍。”

一位老部长和一份不张扬的爱心

一位不愿透露姓名的老部长，在离开时悄悄地将一个信封交给了《公益时报》的领导，他说：“请您在我走了以后务必将这点捐款转交给那位母亲，不必向她或外界透露我的名字，我不求得到回报和感谢，我只是作为一个老人心疼受病痛折磨的小孙女。希望通过这一点点的捐助能够实际地帮助到她和她的家人，减轻她的病痛，并期盼着她能早日康复！”

庆典现场的爱心捐助活动开始后，现场立刻安静了许多，所有到场的嘉宾都在屏息聆听这个患世界罕见白血病女孩晨梦的不幸遭遇。《公益时报》的社长刘京此刻起身上台，代表《公益时报》将 8 万元人民币支票亲手交给了晨梦的母亲；中国红十字基金会由秘书长王汝鹏代表，以“小天使基金”的名义向晨梦一家捐助了 2 万元人民币。

社长刘京的回答

自从《公益时报》报道了晨梦的故事以后，报社一直都在为晨梦操办这次爱心捐助活动。社长刘京得知此事后，即刻决定报社也要参与其中，为晨梦捐一笔善款。对于报社是否要给晨梦捐款的事，曾经遭到过外界的质疑，有人认为《公益时报》作为一家媒体，报道了晨梦的事情就起到了帮助她的作用，剩下的事情是要社会各界人士去做的，媒体是否还有必要为她捐款呢？

社长刘京这样回答记者：“在《公益时报》创刊至今的这5年中，一直在做一份非营利的报纸，我们所做的也是非营利的公益事业。如果从报社成本的角度出发，8万元对于报社来说的确是笔可观的数字，但是我们为什么还要坚持这次捐款呢？《公益时报》作为一家媒体不仅要记录和见证，还要以实际行动推动中国公益事业的发展，这是报社从成立至今一直都在追求的理念。虽然报社的长处是用笔和嘴，但是对于目前中国的环境，做公益事业是需要用心和用行动来推动来影响的，决不仅是简单地用笔记录和用嘴说说。”

“在报社5周年庆典之际，作为报社的大家长，我也一直在想，通过一个什么样的形式能够使这次社庆过得更有意义。正好在这时我们的记者报道了一个白血病女孩的故事，她正需要社会上的帮助。报社是社会的一分子，又是公益领域的领头角色，所以为什么不先从我们自己做起呢？在这样一个庆典场合，到场的嘉宾也都是中国公益事业领域里的精英人士，如果我们能在这次活动中带头倡导大家做公益事业，我想对中国的公益事业一定是一次不小的震撼，也会带来更深远的意义和影响。”

红基会要起带头作用

《公益时报》发起的这次爱心捐助活动，得到了中国红十字基金会小天使基金的大力支持。秘书长王汝鹏得知此事后，表示会积极参与和推动此事。虽然白血病的患儿有很多，小天使基金的救助金也很有限，但是王秘书长还是决定拿出2万元来帮助晨梦，希望起到带头示范的作用，倡导一种理念：公益事业需要的是行动！《公益时报》同时也积极配合中国红十字基金会的工作，通过中国红十字基金会小天使基金的渠道把救助款项交到晨梦一家人的手中。

和中国红十字基金会的合作是《公益时报》彭建梅副社长亲自联系和策划的。谈到与中国红十字基金会合作的初衷，彭建梅如是说：“我们在筹划给晨梦捐款时第一个想到的就是中国红十字基金会，因为他们有专门的为救助白血病患儿的小天使基金，我们希望通过正规的捐助渠道把这笔善款交到受助人手中。我认为这是很重要的一步，与我们把钱直接交给受助人相比是有着本质区别的。”

“做公益事业不是一个简单的捐赠行为，它涉及中国公益事业在制度上的建立。如果直接把救助金交到受助人手中，只会造成一个社会人对捐赠个人或捐赠组织的感恩，而如果通过一种专业的公益机构、一种社会制度去实现捐赠，这样会形成受助人对社会制度的认可，他会感谢在他需要帮助时社会上有这样一个机制帮助了他，从而培养个体对社会的忠诚度，增强社会的凝聚力。就目前中国公益事业的发展而言，我认为建立一个社会救助机制对中国公益事业的发展有着更加积极的作用和意义。因此，我们选择了这样的一种捐赠方式，以行动来倡导和推动社会救助机制的建立。”

中国红十字基金会小天使基金，得到社会上不定向救助白血病患儿的救助金目前不超过 500 万元，然而仅向红十字基金会提出申请救助的白血病患儿已经超过了 600 人。每个白血病患者如果想得到治愈，起码需要准备骨髓移植手术的 40 万元的费用。对于 500 万元不定向救助金的使用，根据申请救助家庭的贫困程度和可治愈程度的标准，中国红十字基金会会进行严格审批。最终，每个得到救助的对象能够得到的救助款项最多不会超过 5 万元。

（2006 年 6 月 1 日，《公益时报》）

2007

民间组织：CSR运动第三推动力

2007年11月16日，在距离第三届中国优秀企业公民表彰大会仅仅只有一周的时间，刘京带领其属下为大会的顺利召开，紧张地忙碌着。

刘京，中国社会工作协会副会长，中国社会工作协会企业公民工作委员会主要发起人；同时，也是国内最早致力于“企业公民”理念推广和普及的先行者。

中国优秀企业公民表彰大会是企业公民委员会一年一度的盛事，旨在向全社会公开表扬优秀企业公民，推进国内企业社会责任建设。自2005年11月16日，首届中国优秀企业公民表彰大会召开以来，该会已连续成功举办两届，今年是第三届。

回想企业公民委员会成立之初及该委员会在推动国内企业社会责任建设所作出的努力和取得的成绩，刘京感触颇深。

“企业公民委员会是经民政部批准，目前国内唯一一家致力于‘企业公民’和‘企业社会责任’理念普及和实施的全国性社团组织。”刘京表示，该委员会由国内具有一定影响力和强烈社会责任感的企业和企业家以及相关领域的权威人士联合组成，一如既往地坚持宣传、推广现代企业公民理念，培育中国企业的社会责任感，塑造中国当代企业的良好形象，在企业与政府、企业与社会、企业与企业之间搭建一个融合通道和互惠平台，共同推动中国社会与经济的和谐发展。

这是一个神圣的社会使命。四年前，企业公民委员会毅然肩负“使命”；四年后，肩负“使命”继续稳步前行。

四年前的“奢侈品”

企业公民委员会注册成立于 2003 年 10 月。

早在 2003 年 6 月 2 日，当企业公民这个概念从国外刚刚传入中国，企业公民委员会合作伙伴——《公益时报》曾专门开辟了多达 4 个版的中国最早的《企业公民专刊》。

14 天后，福特中国发布了国内由企业界整理的第一本企业公民报告书。两个月后，《21 世纪经济报道》在上海召开了国内第一次关于企业公民的研讨会，并专门作了一期特别报道，就叫“企业公民元年”。

“当时，我们感觉到，企业公民、企业社会责任，对于中国社会来说，还真是奢侈品。因为当时绝大多数国内企业，连‘企业公民’这个词都还没有听过，又何谈从现代公民的层面，来尽一个法人公民的社会责任？因此，我们觉得仅仅靠媒体的超前倡导和个别跨国公司的‘引进’远远不够。必须有一个专门的组织，来致力于在中国发动一场企业公民运动，推动理念的普及。”谈起当年的往事，刘京脸上仍然充满了自豪感。于是，在 2003 年 10 月，企业公民委员会在民政部正式注册成立。

“当时我真的有一种‘天将降大任于斯人也’的感觉和‘舍我其谁’的气概。”刘京说。

然而，“奢侈品”终究是属于一少部分人所有。

为了让众多企业认识并自觉承担社会责任，将“企业公民”大众化，2004 年 5 月和 2005 年 4 月，企业公民委员会联手《公益时报》先后推出了第一届和第二届“中国大陆慈善家排行榜”，试图通过有形的榜样来推广企业公民这个概念。

一场由慈善家排行榜引发的关于企业社会责任的大讨论，迅速在全国蔓延、展开。据 2005 年的不完全统计，全国各地关于企业公民、企业社会责任的各种研讨会、论坛，就达二三十次之多。

借“表彰大会”助推企业公民运动

“随后，我们又在思考这样一些问题：如何让人们理解企业公民的现状？如何提高中国企业公民的水平，企业公民与社会捐赠是什么样的关系……”刘京回忆说。在当时的背景下，企业公民委员会开始策划、论证、筹备中国企业公民论坛和中国优秀企业公民表彰大会，让企业家们相互沟通，深入交流，自己来发现问题，探讨问题，解释和回答问题。

2005 年 11 月 16 日，企业公民委员会在北京人民大会堂召开首届“最佳企业公民评选表彰活动”和“企业公民论坛”。

同时，企业公民委员会正式隆重亮相中国。这得到了党和国家领导人及相关部委领导的高度重视，全国人大常委会副委员长蒋正华，全国人大常委会副委员长成思危，全国政协经济委员会副主任、中国首任证监会主席刘鸿儒担任名誉会长。

据了解，企业公民委员会首批成员共有 190 多个企业单位，其中不仅有享誉海内外的世界知名企业在华分支机构，如 IBM、摩托罗拉、宝洁公司等，也包括中国本土成长起来的具有先进理念的大企业，如万科企业、中国移动等，甚至还包括一些近年来迅速崛起的私营企业，如今典房产等。这些企业具有一个共同的特点——在追求企业经济效益的过程中注重企业的社会责任，热心通过各种方式参与企业公民运动。

为了推动企业社会责任在国内发展，这 190 多家企业代表共同签署《企业公民宣言》。宣言认为，“企业不仅是企业，而且是一个放大的人，是集群化的公民。”“企业不仅是企业的，更是社会的。企业不仅是一个生产经营单位，更是构成国家经济和社会基础的企业公民。企业不仅要对今天负责，也要对明天负责。”

千里挑一

表彰大会所产生的影响是显而易见的。2006 年 9 月 29 日，第二届中国优秀企业公民表彰大会暨“财富新观念高峰论坛”在北京京西宾馆隆重召开，继续弘扬企业社会责任，在全社会倡导和树立健康的财富新观念。

联合国秘书长办公室高级官员、全球契约办公室高级顾问杜晖贤先生专门发来贺信，对企业公民委员会所做的工作给予高度评价。

中国优秀企业公民表彰大会之所以能产生如此大的权威性，与企业公民委员会严格遵守评选机制是分不开的。

据了解，第三届“中国优秀企业公民”暨“中国最具社会责任企业家”调查活动自今年6月1日发出通知以来，通过推荐、自荐等方式，共征集到1000多份企业调查资料。

“在初步筛选中，我们发现很多企业的资料与实际不符；凡是此类情形，我们一律刷下去。”此次调查活动的负责人之一、企业公民委员会副总干事缪瑞兰向本报记者介绍，经过初步筛选，最后只剩下106份有效调查问卷。在此基础上，企业公民研究中心再按照《中国优秀企业公民评价标准》，最后选出入围企业60家。

为了增加调查评选的客观、公正、公开和公平性，10月15日，企业公民委员会与腾讯网和中国企业公民网，联合展开“第三届‘中国优秀企业公民’入围企业网上投票”活动。时间自2007年10月15日至11月5日，从60家入围企业中产生出30名“中国优秀企业公民”，其中，网上投票结果在最终评选中占据30%的权重。

缪瑞兰说，在网上公示期间，调查活动引起了广泛关注，投票量达到1300多万次。就在网上投票期间，企业公民委员会相关负责人开始走访入围企业，对入围企业的实际状况进行考察，包括调查内容所涉及的各个方面，同时，还具体到与企业员工生活密切相关的车间、食堂、厕所等地点细查。

首创第三方机制

经过四年的发展和沉淀，不仅仅是借助“表彰大会”的形式大力推动国内企业公民运动，还积极探索相关机制，促进企业社会责任建设。

在企业公民委员会的积极倡导和推动下，“企业公民”理念受到了社会各界的热捧，越来越多的企业开始从被动接受，向自觉承担社会责任转变。

2006年，国内社会责任运动进入了蓬勃发展时期。从外在表现来看，主要是体现在越来越多的企业开始发布社会责任报告、企业公民报告、可持续发展报告等。据不完全统计，截至目前，今年国内已有超50家企业发布报告，披露其向社会各界及其利益相关者负责的行为和表现。

企业公民委员会会员单位也积极参与其中，并做出表率。如中凯企业集团有限公司率先发布国内房地产首份企业公民报告；广厦控股创业投资有限公司发布国内建筑业第一份报告，引领行业责任潮流等。

值得关注的是，企业公民委员会会员单位纷纷采取第三方发布《企业公民报告》模式。目前，这一为企业公民委员会首创的“第三方发布报告”模式正逐步成为国际潮流和惯例。

“只有第三方发布，才能让人感觉到公正性。”中凯企业集团有限公司总裁杨益华说，做任何事情都要追求公正，这样才能树立威信，此前他们也曾想过独立发布，但最终放弃。

“由于第三方的独立性，这些评估报告在国外的权威性是很大的。”企业公民委员会总干事刘卫华向本报记者说，人们所熟悉的ISO9000等标准都是由第三方制定的，最后被政府接纳为公共标准。

事实上，在2004年，企业公民委员会专门委托清华大学成立“企业公民课题组”，结合国际国内的相关资料和标准，制定出符合国情的第一部《中国优秀企业公民评价标准》，之后，企业公民委员会依据我国首部《中国优秀企业公民评价标准》制定了《中国企业公民社会责任报告指南》。

翻开《中国优秀企业公民评价标准》，可以清晰地看到评价一个企业的企业公民建设主要包括对所有者的责任、对员工的责任、对消费者的责任、对供应商的责任、对政府的责任、对环境的责任、对公益慈善的责任、对知识产权的责任、发布《企业公民社会责任报告》情况九个方面。

从2004年开始，跨国企业开始争相推出《企业公民责任报告》，同时，一些非政府组织（NGO），类似于协会等，正试图制定一些通用的、公益性的标准，但并未在国内得到非常有效的认可。中国房地产及住宅研究会副会长、建设部住房政策专家委员会副主任顾云昌在接受《公益时报》采访时说，“我们过去主要是政府来表彰一些先进企业和个人，现在是市场经济，在这个条件下，协会、媒体等机构的表彰应该更具公信力。”

刘京在接受记者采访时表示，由权威第三方发布企业社会责任报告的模式创新，企业公民委员会在全国范围内走到了前面，今后将会继续加快“顾问委员会”和“专家咨询团”的工作节奏，加强发布报告的权威性、公正性和广泛性，对企业公民运动发挥示范作用。

解码企业社会责任运动幕后“推手”

曾经有这么一个故事吸引人们的眼球。

有一次，一个印第安酋长被带去参观纽约的道路和各种景观。他看到了宏伟的大教堂，看到了摩天大楼，看到了喧嚣的大厦，看到了人山人海的市中心，也看到了飞跨两岸的布鲁克林大桥。

“什么是让你感觉最惊讶的事物？”几位绅士这样热心地问道。

这个被称为“野蛮人”的印第安酋长动了动他身上的红毯子，慢慢地以五个字作出回答：“小孩在干活。”

故事到了这里，或许，你会认为，这位印第安酋长的回答与问题是风马牛不相及。其实则不然，他的回答深层次地揭示了当时美国社会的劳工状况。

企业社会责任运动缘起

这个故事来源于20世纪初美国进步运动时期一名“黑幕揭发者”的文章，当时在美国泛滥着的血汗工厂所带来的恶劣的生产环境，以及对工人的残酷压榨，刺激着一大批有良心的中产阶级人士：律师、教授、新闻记者、中小企业家等，他们认为物质发展不能以大众的牺牲为代价。

为了消除这种状况，进步运动使出了“三板斧”：推动劳工联盟，在州级和联邦级政府层次上寻求劳动立法，建立相应的公民组织。在“劳工联盟”“相应的公民组织”以及罗斯福新政时期所通过的《公平劳动标准法》的影响下，第二次世界大战后，美国大工业内部和社会中基本上已经不存在血汗工厂现象了。

在西方社会，“劳工联盟”“相应的公民组织”即是独立于政府、商业组织之外，存在于社会上的第三部门，也称非政府组织。此类组织在政府资源不足的情况下，可以提供社会服务，缓解社会压力和矛盾；同时，还可以代表困难群体和公众利益，影响政府和商业组织。

在当时的美国，这些非政府组织对保护劳工权益，产生了至关重要的作用。

事实上，20 世纪 90 年代初期，美国劳工及人权组织针对成衣业和制鞋业正发动著名的“反血汗工厂运动”。当时，因利用“血汗工厂”制度生产产品的美国服装制造商 Levi-Strauss 被媒体曝光后，为挽救其公众形象，便制定了第一份公司生产守则。

在美国劳工及人权组织等各国非政府组织的压力下，世界许多知名品牌公司都相继制定了自己的生产守则，后演变为“企业生产守则运动”。其中较为著名的有美国公平劳工协会、国际社会责任组织、荷兰的“洁净衣服运动”、英国的“道德贸易行动”及地毯标志基金会等组织。

在全球推广“生产守则”之后，更多的国际组织和非政府组织也参与其中，加速推进社会责任运动在世界范围内开展。2000 年 7 月，联合国正式推出《联合国全球契约》，涉及人权、劳工标准原则和环境原则等九大原则，要求企业对其利益相关者负责。

国内再度“复制”

20 世纪 90 年代初，伴随着我国经济迅猛发展，许多跨国公司纷纷在国内设立分公司及代工厂，企业社会责任运动也因此开始进入中国，但仅仅局限于与国际组织有密切联系的企业。当时，在国内出口加工企业集中的南方，相继发生数起严重侵害职工权益的恶性事件，被国际社会关注。1993 年 11 月，深圳致丽玩具厂发生火灾事故后，海外的劳工组织及非政府组织对于外资企业在中国违反劳工标准的行为进行了强烈谴责，并成立了“玩具安全生产联络会”，以促进劳工标准在这些企业实施。

同时，一些劳工组织和跨国公司还针对中国企业，制定了专门的“工厂守则”，要求中国的出口加工企业遵守；2004 年，在欧美许多国家和地区盛行的社会责任标准 SA8000 进入国内，尽管在当时对国内企业造成一定的冲击，但客观上来讲，却推动了国内企业的社会责任运动。

而后，国内许多非政府组织加入其中，致力于国内企业社会责任建设，改变矛盾日益激发的劳工状况。这些组织有专业的和非专业的社会责任机构之分，比如前者有中国社会工作协会企业公民委员会、中国企业社会责任同盟等；后者有中国企业联合会、中国纺织工业协会、中国红十字基金会等。

随着“重大矿难”“毒奶粉”“苏丹红”“迪士尼在华代工厂违法用工”“SK-Ⅱ事件”“富士康事件”等在社会上造成恶劣影响，社会公众要求企业履行社会责任的呼声也日益高涨。

上述国内非政府组织联合国际组织，以开展各种研讨会或者论坛的形式，努力推动国内企业社会责任向前迈步。有如中国企业联合会与挪威工商联合会在京举办“WTO与中国企业”圆桌会议，向国内企业介绍和推广“公司社会责任”运动；中国社会工作协会企业公民委员会举办“中国优秀企业公民表彰大会”；中国纺织工业协会推出国内首个行业社会责任标准 CSC9000T 等。

中国生产力学会生产力布局与地区经济发展专业委员会也是国内较早关注企业社会责任的非政府组织之一。该委员会常务副秘书长王庠栋向本报记者介绍，2003 年，企业社会责任在国内尚属于一个敏感话题。大家一直认为企业社会责任是国外组织对中国进行贸易壁垒、经济封锁的一种手段和一个借口。“通过接触发现，国内企业对待企业社会责任问题总是采取消极的、回避的态度，获取利益却忽视了社会责任。”

他说，为了推动国内企业社会责任建设，该委员会经过一年多的准备，“2005 建设和谐社会与企业社会责任论坛”如期举行，在国内外引起了极大的轰动和积极反响。自 2005 年后，每年在不同的城市召开一次有关企业社会责任的会议，2006 年是在深圳举办，2007 年的会议正在筹备中。此外，委员会还与美国全球企业抗艾滋病联合会（GBC）合作，就企业如何预防艾滋病这方面开展了深度的合作，并在今年 4 月，得到来华访问的微软总裁比尔·盖茨的首肯。

双刃剑还是平衡器

无论是从国外的经验来看，还是从国内的经验来看，企业社会责任运动的缘起、发展，都不能忽视非政府组织这股“第三方”力量。

“非政府组织是企业与利益相关者之间的一个杠杆和平衡器。”国际行动援助中国办公室项目官员郭占锋以此形象地比喻了非政府组织对企业社会责任运动所起到的作用。

但是，也不能盲目夸大非政府组织对企业社会责任推进的积极作用。中国企业联合会副理事长陈英认为，部分海外非政府组织利用企业社会责任干预企业运营，这些组织的意愿往往是非常良好的，但是不了解企业，不了解市场的要求，其干预的结果又常事与愿违，这种负面情况在国外屡见不鲜。

在国内，非政府组织也处于刚刚起步阶段，发展并不成熟，怎样发挥“杠杆和平衡器的作用”？如何与企业合作，杜绝可能产生的负面作用，共同促进国内企业社会责任运动向前发展？这是其必须面临和思考的问题。

今年7月12日，本报与香港乐施会就此专门举办了一次为期两天的研讨会，企图从中找到答案。香港乐施会邹崇铭认为，从宏观角度来看，由于企业公民强调对利益相关者的负责，主要涉及劳动者、消费者及环境等层面，这与非政府组织所关注的环境保护、劳工权益等公益性的社会目标有着先天的联系，因此，双方达成一种和谐、相对均衡的关系，在平等对待、相互遵守原则的前提之下并不是一件困难的事情。

全球儿童安全网络总监崔民彦接受本报记者采访时表示，全球儿童安全网络，作为一个以预防儿童意外伤害为目标的非政府组织，从1999年起，在中国开展以儿童伤害研究、教育、法规促进等活动，得到了在华跨国公司如美国强生、联邦快递、霍尼韦尔和万豪国际集团等企业的支持，这些企业通过他们的活动来实现社会责任。

崔民彦说，非政府组织以其社会责任的使命和对具有某一领域的专业技术，正好为企业实现其社会责任提供了一个平台。在合作中，实际上，全球儿童安全网络是提供一个专业的服务，将企业的社会责任转化为可以具体实施的项目。当非政府组织将项目的目标实现时，企业的社会责任性，无论是在这个过程还是在结果展示中，都可以得以实现和展示，让企业赢得社会责任形象的提升和员工对社会贡献的自豪。

“非政府组织可以为企业搭建平台，提供服务，促进社会责任建设。”

中国红十字基金会秘书长王汝鹏表示，这是该基金会举办中国企业社会责任国际论坛的初衷。

中国纺织工业协会社会责任推广办公室首席研究员、目前国内“商业与人权”课程唯一授课教授梁晓晖向本报记者称，从行业角度来讲，企业社会责任观念在纺织服装行业产生了深远影响，这其中，CSC9000T的推广功不可没。接受并实施了CSC9000T的纺织产业集群及企业，已经意识到企业社会责任是其本身的主动行为，且可以依赖企业内部相关管理制度的完善。

他说，非政府组织在企业社会责任领域内大有可为，比如大众教育、研究调查和舆论监督，为企业提供与社会责任相关的服务。

（2007年11月20日，《公益时报》）

2008

刘京，一个人的公益时代

很难想象，当年刘京离开北京，与他的母亲、妹妹一起前往陕西农村生活时的迷茫与落寞。

曾经生活过的京城已经成了脑海中一片遥远而不可企及的回忆。因为就在他们母子三人离开北京的同时，他的父亲也同时被下放到江西，与共和国其他众多重要高级干部一起，在一个叫作“五七”干校的特殊学校里劳动去了。

年幼的刘京甚至在想，北京或许从此只能存在于记忆里……

在饱受漠视、冷眼甚至嘲讽的童年岁月里，留在刘京脑海里印象最深的就是要做一个坚强的人。确切地说，是要做一个坚强的“男人”。他不仅要保护他的母亲、妹妹，更重要的是——他还要实现存留于血液中或者说是骨子里的某种梦想。这种人类启蒙时代的英雄主义情怀一直激励着这位从小远离父亲的男孩在成长。

今天，当我们看到中国唯一的一份公益类报纸——《公益时报》全面崛起于中国公益界时，我们没有理由不相信一个人梦想的威力；当中国慈善排行榜的创始人、中国企业公民委员会的发起人等一连串光环接踵而至时，我们才清楚什么叫厚积薄发；当中国第一个整合全国公共墓地的公司——中民安园控股有限公司在资本市场叱咤风云时，我们才发现，当年的孩童已经成为一个实实在在的“男人”。

七年来，刘京苦心孤诣、潜形隐迹，将一份时人并不看好的《公益时报》“折腾”得风生水起、生机勃勃。七年一剑，当刘京在社会公益与资本市场上双剑齐舞、寒光四射时，人们才惊诧于他的管理才能与资本财技。对于华夏儿女来讲，“5·12”国难是一个刻骨铭心的伤痛。但正是在这场旷世的国难面前，我们才真正体验到了什么叫万众一心、什么叫众志成城……

当我们看到从白发苍苍的老者到蹒跚学步的孩童都在为灾区尽一份爱心，整个华夏大地都在哽咽颤抖时，那一刻，我们的泪水总是潸然而落。一个大爱无疆的公益时代正向我们走来……

刘京说：“为了这一天，我们付出了无数的时光与心血。但，当我看到人们的公益与爱心与经济增长同相辉映时，我们过去所付出的一切都显得微不足道。”

2008 年 5 月 12 日，注定将是一个记载史册的日子。

这一天，一阵强大而剧烈的震颤从祖国的大西南——四川汶川传来，整个华夏大地为之颤抖。全国除了极少数省份没有震感之外，其他地方都有或强或弱的震动。这场特大地震不仅震碎了万万千千的家园，也震碎了无数炎黄子孙的心。然而，正是这场特大地震，将中国“震”入了一个崭新的公益时代。

坐在北京朝阳区白家楼甲 6 号办公室的刘京在地震发生的第一时间内就布置了任务：抗震救灾，公益先行。当他看见灾后仅五个小时国务院总理温家宝就出现在都江堰时，更加坚定了自己的这一信念：当年的“非典”敲开了中国的公益大门，让公益第一次走入了大众的视野；今天的“汶川地震”将会在中国迎来一个大爱无疆的公益时代。

泽被苍生的仁慈之爱

2008 年 5 月 26 日中午，刘京在他的办公室里接受了《中国商人》的专访。此时，离汶川大地震仅仅 14 天。

“公益就是爱心，公益就是泽被天下苍生的仁慈之爱。”面对记者，刘京坦诚而富有激情。

没有人会想到，七年前的刘京参与创办《公益时报》时那种“风萧萧兮易水寒，壮士一去兮不复还”时的心境。没有资金、没有场地、更没有人才，甚至连自己也是报纸方面的一个门外汉。但，资金可以没有、场地可以没有、人才可以没有，唯一不能缺失的就是志气。“既然选择了远方，我只有风雨兼程。”多年后，刘京在面对《中国商人》时依然含笑频频，竟然用一句诗将当年所有的困难与磨砺都轻描淡写地一带而过。

这，就是刘京，一个举重若轻的男人。

在刘京的名片上，第一个职位是中国社会工作协会副会长。只有在将折叠的名片全部打开之后，你才会发现：民政部《公益时报》社社长、中民集团董事长、企业公民工作委员会常务副会长等一大堆重要而又陌生的头衔从里面冒了出来。其中，最引人注目的，莫过于《公益时报》社社长。“在《汉语大词典》里，‘公益’意即有关社会公众的福祉和利益。其中多指卫生、救济等群众福利事业。”刘京说。

“公益”为后起词，确切地说是五四运动后才出现的，意即“公共利益”。“公益”为其缩写。五四运动前，很少有“公共利益”这个概念。最早见于鲁迅文章《准风月谈——外国也有》一文：“只有外国人说我们不问公益，只知自利，爱金钱，却还是没法辩解。”这是中国文学作品中最早出现“公益”一词的文章。

1979 年，年仅 19 岁的刘京进入中华人民共和国民政部。先后在办公厅、城市福利司、中福公司、机关事务管理局等部门工作，先后做过民政部领导秘书、处长、局长助理等职务。民政部，既是刘京第一次步入社会、参加工作的地方，也是日后赖以成功，并成就其事业基础的地方。“我在这里学到了许多的知识。”多年后，刘京在接受《中国商人》采访时，仍然感慨万千。

有些人少年得志，人生的坦途一帆风顺。犹如清晨的阳光，一觉醒来，就光芒四射。有些人则不然，他们大器晚成、大巧若拙。只有在岁月的磨砺之下，厚积薄发，终于在某一个时间节点上，以磅礴之势，喷薄而出。

刘京大概就属于后者。

首开公益先河

在民政部工作了20多年之后，刘京终于盼来了一个“机会”。

“当时，民政部内部有一个报纸刊号要创办一份全新的报纸，我决定将它‘拿’过来，但至于报纸的内容以哪些方面为主，当时我还没有想好。”刘京回忆说。

时光进入21世纪以来，整个世界都发生了深刻的变化，中国亦然。尤其是在传媒业，正在酝酿一场深刻的变革。

“当时很多朋友劝我改办成一份都市类报纸，但我考虑到都市报已呈遍地开花之势，我再步人后尘，其结果是显而易见的。”在几经权衡之后，刘京最终决定依托民政部这棵大树，定位办成一份中国公益领域里的权威报纸。

这个想法一经提出，几乎遭到了所有人的反对。

“没有人会认为我能够成功，所有的朋友就不看好。‘公益是什么？公益就是做好人好事。一份做好人好事的报纸，没有人关注，更没有人会去看！’一个朋友就这样对我讲。”刘京说。有人甚至冷嘲热讽：“刘京这小子，又在折腾什么新花样！”

折腾往往成了这个时代检验人才的“新”标准。

“我喜欢折腾，但认定目标之后就不会轻易放弃。”这就是刘京性格的另一面。在几经折腾之后，刘京参与创办中国第一份也是唯一的一份公益类的报纸《公益时报》终于到了出刊的日子。

2001年6月1日这一天，是一个特殊的日子。由中华人民共和国民政部主管，中国社会工作协会主办的《公益时报》正式创刊。这一天，也是刘京41岁生日。

当年落寞而迷茫离开京城的小男孩，通过30多年的拼搏与奋斗，终于重新赢得了自己的尊严与地位。

大爱正无疆

“以‘守望公众利益’作为我们的办报宗旨，围绕公益领域拓展我们的报业理想，将《公益时报》办成中国公益领域内最权威的综合类报纸，建设成公益事业参与社会政治、经济、文化等各个领域交流的最佳平台。这就是我倡导的‘公益无疆’理想境界。”刘京说。

十年前，“公益”一词既陌生而又不被人理解。十年后，公益就像一根四处伸展的蔓藤，遍地都是常青而茂盛的叶子。在《公益时报》取得长足进展的同时，刘京又开始了他的资本之旅。

2008 年 5 月 29 日，香港股市发布了一则简单而主题明确的公告：新医药（HK）董事会建议将公司名称改为中民安园（全称 ZMAY Holdings Limited 即中民安园控股有限公司）。中民安园前身是北京中民安园投资有限公司，是《公益时报》社投资设立的一家专业从事中国内地公墓、陵园项目投资的控股公司。2007 年，中民控股有限公司成为香港上市公司新医药的主要股东后，新医药收购中民安园并使之成为其全资附属公司，并通过中民安园在内地的特殊背景进行殡葬方面的投资业务。

一张资本的大网正在展开。

目前，中民安园在全国已有超过 5000 亩的公共墓地，并且扩展还在进行之中。“我们通过投资、收购及全方位的合作与国内殡葬服务企业全面联合，共同拓展，共同开发国内殡葬市场，扩大产业规模，实现各合作企业及股东的资产增值。”刘京说。

从当年离开京城的落寞少年，到后来拥有一份全国性的报纸《公益时报》，再到今天拥有一家上市公司。在公共墓地这个在中国目前极度稀缺的资源性领域里，中民安园不仅扩张顺利，而且大有“一统江山”之势。

在传媒业与资本市场双重丰收的同时，刘京还收获了许多意外果实。中国慈善排行榜和企业公民委员会就是其中的两颗硕果。2004 年，中国慈善排行榜正式发布，引起全国轰动。到 2008 年 4 月 26 日发布“2008 中国慈善排行榜”时，该排行榜成了业界以及整个社会关注的焦点。2005 年 11 月 17 日，经过长久的酝酿和筹备，中国第一个对企业发展和社会责任具有重大影响的中国社会工作协会企业公民工作委员会正式成立，在成立的当天，就有 190 多家企业代表共同签署《企业公民宣言》。刘京说：“企业公民委员会的成立，为中国未来企业树立了一个新的标杆。”

中国改革开放初期的情况，跟美国 19 世纪末 20 世纪前期较为相似。美国建立之初，各方面也并不规范，两极分化严重。最后发展到了贫富差距、族群对立的畸形状态，严重威胁了国家的健康发展。这时一些有远见的人提出并倡导企业家以及社会财富的拥有者在流血与大革命到来之前，赶紧起来拯救自己，捐款办基金，帮助政府解决社会问题。卡耐基、洛克菲勒都是这个时期的代表人物。这就是公益的起始雏形。

“当时推动美国社会发展和进化有三种力量：一是政府的自主改良，二是公众批判如舆论监督，三是非政府组织或者叫基金会的力量，也就是公益事业。”刘京说。在美国，基金会已有大小 5 万多家，资产 4000 多亿美元，涉及卫生、文化、环境、慈善、福利、信息咨询、图书馆等多个层面，其光谱可以涵盖整个国家，受益的族群无以计数。

然而，在中国这种公益的力量几乎为零。三种推进社会进步的力量，前两者正在中华大地上蓬勃发展：自主的改良，一直是我们党致力做的事业；公众批判的力量，也随着改革开放和民主建设的深入在不断壮大。但是，唯独公益事业，社会的第三种力量，在中国还处于刚刚启动阶段。市场的空缺对商人而言就是一个巨大商机，“发展中国公益事业，有利于企业、有利于国家、有利于人民。”

当记者问到刘京“办报最难之处在于什么时”，刘京显得很坦诚：“最怕的是找不到方向。”当年刘京拿到了刊号资源之后，又犯了难。要把这张报纸办成一个什么样的报纸呢？有人建议他走大众化路子，但刘京在几经权衡之后，决定另辟蹊径。至今，刘京都要为自己当初的选择和坚持感到庆幸。“没有人能准确地看到未来，但对未来高屋建瓴般的把握，需要智慧与远见。”

今天，当我们回过头来，再看刘京所走过的历程之后不难发现，这一切都归功他内心深处的那颗大爱无疆的公益之心。

对话刘京：未来中国需要公益

《中国商人》：为什么想起要创办一份公益类的报纸？

刘京： 我们国家还没有一套完整的有关公益类的理论体系，在这方面也没有系统的实践方面的总结。面对公益，我们像所有的人一样，是一张白纸，创办《公益时报》就是想在中国传播一种公益理念。21 世纪的中国需要公益，未来的中国更需要公益。

《中国商人》：中民安园目前业务范围在哪些地方？

刘京： 目前，中民安园正与全国多家经营性陵园企业洽谈投资事宜，其中包括深圳、广州、哈尔滨、武汉、南昌、成都等地区的陵园项目。根据中民安园业务拓展计划：中民安园的殡葬专案 2008 年底预计将达到 20 个左右，到 2009 年底预计将达到 40 个左右，到 2010 年底预计将达到 50 个左右。

现阶段，国内大部分的公墓经营主体属于国有性质，由各地民政部门经营管理。随着殡葬市场、殡葬行业的改革深入及民营资本的不断进入，国有及民营的公墓、陵园项目相互竞争局面逐渐凸现。

《中国商人》："企业公民"是一个什么样的组织？你担任何种职务？

刘京： "企业公民"概念属于一个社会文化范畴，是指一个公司将社会基本价值与日常经营实践、运作和策略相整合的行为方式。企业是社会的细胞，社会是企业利益的源泉。企业在享受社会赋予的条件和机遇时，也应该以符合伦理、道德的行动回报社会、奉献社会。"企业公民"这一概念蕴含着社会对企业提出的要求，意味着企业是社会的公民，应承担起对社会各方的责任和义务。

对于那些勇于承担社会责任，以集体的智慧和勇气持续改善商业环境和商业生态，为自己创造价值的同时服务于社会和环境，在解决社会和环境问题的过程中贡献自己的力量，这样的企业才算是"企业公民"。目前，我任该委员会常务副会长。

《中国商人》：中民安园将以什么样的模式运营？

刘京： 现有市场状况下，公墓企业吸收外部投资者建立多元化股权结构引入增量资金，做大做强企业已成为公墓行业的发展方向。基于市场发展，中民安园的业务发展重点在于民营公墓投资并参与国有殡葬项目的改制，原则上收购合作企业不低于 51% 以上股权。

在管理体制上中民安园按照公司法的规定只对所收购企业、公司的重大问题进行表决，不直接参与企业、公司的管理。日常经营由公司董事会领导下的法人代表及公司管理层负责。初期派出 2—3 名董事，协助所收购企业完成与上市公司各业务部门的整合接口工作。合作企业按上市公司要求统一企业财务核算体系和企业形象。对法人代表实施资本增值目标考核。合作企业的日常经营，人财物决策事宜由公司的法人代表和管理层根据实际情况自主决定。

合作方式有三种：一是现金方式。希望直接获利的原企业股东或资金遇到困难的企业。快速地改善企业现金状况，增加企业的现金流，且无任何的风险性；二是股票方式。期望得到投资增值的合作企业。中民安园将以股票置换股权方式与合作企业股东合作；三是股票加现金方式。原企业股东可以得到现金及股票，可以直接获利，还可以享有上市公司股东待遇。

《中国商人》：当年离开北京时，有没有想到还会回到北京？

刘京：想啊，做梦都想。你想想，一个人在北京生活得好好的，突然之间，什么都变了。又回到了陕西农村。这在当年政治气氛浓厚的年代，不仅受人歧视，甚至连普通人的尊严都没有。

《中国商人》：当初设立中国慈善排行榜时，能想到有今天如此的影响力吗？

刘京：有些东西我们只是努力在做。至于回报有没有，或者说有多大的回报，有时，我们真还没有计较。一些意料之外的收获，或许才是真正的收获（笑）。

《中国商人》：经营性墓园已成稀缺资源，它的前景有多大？

刘京：目前，国家已停止审批新的经营性墓园项目，现有的经营性墓园已变成稀缺资源。中民安园所从事的投资收购殡葬业务，在未来有着巨大的增值空间。中民安园通过香港上市整合资源，这对于中国殡葬行业有重大意义。此外，中民安园将会成为亚洲唯一一家殡葬行业的上市公司。

在未来的 3—5 年时间，中民安园预计将完成 50 个陵园项目的收购。远期市场规模将达 500 亿元左右。

（2008 年 7 月 2 日，《中国商人》）

2011

Lotteries are just the ticket for newspaper

BEIJING-Ten years ago, when Liu Jing put forward the idea of starting a philanthropy newspaper, few of his friends showed support.

At that time, charity was not the social focus it is today, and didn't attract that much media attention.

"Charity means helping those who need help, and no one will buy a newspaper reporting stuff like this." Liu quoted one of his friends as saying.

Unmoved by the negativity of his friends, Liu persisted and started a newspaper called China Philanthropy Times (CPT) in 2001. It operated under the Ministry of Civil Affairs and was sponsored by the China Association of Social Workers.

As the first and only charity newspaper in China, it was well-received by grassroots charity organizations and nongovernmental organizations (NGOs).

"A charity newspaper is neither mainstream media nor a NGO, so there wasn't any precedent on how to run it in the early stages," CPT President Liu said.

From being published once a week in the early days to five times a week now, CPT is more than just a newspaper.

"We developed a sustainable business model based on the newspaper which provides enough capital for its continued operation," Liu said.

There are two editions of CPT. One provides straightforward charity reports and the other provides professional lottery information under the name China Lottery News (CLN). The latter is published three times a week and has a circulation of 300, 000 an issue.

Liu declined to reveal the circulation of the main CPT, saying its profits were irrelevant from a business point of view because most were distributed to deserving causes.

"If we just sold the CPT, we would suffer great losses, "Liu said.

In China, there are more than 200 million lottery-ticket buyers. Liu said that this group created many commercial opportunities for his enterprise, creating a stable demand for professional lottery information complete with results and expert analysis.

This year, Liu launched a big advertising and marketing campaign to promote CPT and CLN on mobile telephone platf orms, a year after the technology was developed.

"I hope there will be at least 5 million users subscribing to the mobile news after three months of the trial operation," he said, adding that in this way, CLN earnings will reach 800,000 yuan (MYM121,766) to 1 million yuan a day. He based his figures on the assumption a subscriber is likely to spend 2 yuan a day on a lottery ticket, with CLN through the China Mobile platform taking 8 to10 percent of the sales.

Liu said that when a charity organization suffers from a lack of capital, it then enters a vicious circle. Capital shortage will prevent it from hiring enough people to work for it, which results in poor performance followed by a poor reputation, making it difficult to raise funds.

The key point of running charity organizations or NGOs is to develop a socially acceptable business model with respect to market rules, just like running a commercial enterprise, Liu said.

He also said there was a tendency for more and more foundations being established by businesses. If profitable, the company can inject enough capital into the foundation for its healthy development.

China Daily

（China Daily，2011-03-28）

【附中文版本】

北京——

十年前，当刘京提出了创办慈善报纸的想法，他的朋友几乎没有几个表示支持。

当时，慈善并不是社会的热点，像今天这样足够引起媒体的注意力。

“慈善就是帮助那些需要帮助的人，但是没有人会买一份报道这些东西的报纸。”刘引述他的一个朋友当时讲的话。

他不为朋友的消极态度所动，坚持在 2001 年创办了《公益时报》(简称 CPT)，由民政部主办，中国社会工作协会主管。

作为中国第一个也是唯一一张公益类报纸，它深受草根慈善组织和非政府组织的欢迎。

“《公益时报》既不是主流媒体报纸，也不是非政府组织，因此在早期没有一个可以借鉴的运作模式。”刘说。

从初期的每周一刊到如今的每周五刊，如今的《公益时报》已经不仅仅是一张报纸了。

“我们基于报纸，开创了一个可持续的商业模式，这为报纸继续运作提供了足够的资本。”刘京说。

《公益时报》有两个版本，一个是新闻周刊，报道公益新闻，一个是中华彩票，报道专业的彩票新闻，后者每周出版三期，拥有 30 万的发行量。

刘京拒绝透露《公益时报》的流通和运行现状，称《公益时报》的主要盈利与这些无关。

“如果我们只是销售《公益时报》，我们将遭受很大损失。”刘京说。

在中国，有 200 多万的彩票购买者。刘京说，这为他的企业集团创造了很多商业机会，这里有一个稳定的关于专业彩票信息和专业分析的需求。

今年，随着技术开发，刘京将推出大型广告和市场营销活动，推动《公益时报》和中华彩票在手机平台的落地。

这一战略，刘京与中国移动合作（中国最大的通信运营商），计划以省份开始。

该项目的第一阶段目前正在进行。中国移动为其 300 万用户免费提供三个月的《公益时报》（电子报）。刘京说，这 300 万的目标用户都是有购彩习惯的。

他说，手机报不仅提供公益新闻和彩票信息，而且是一个可以在线购彩的平台。

“我希望经过三个月的试运行后，至少将达到 500 万的用户订阅量。”他补充说，这样，中华彩票的收入将达到每天人民币 80 万至 100 万元。这是建立在一个用户一天在线买一张彩票的假设上，而中华彩票通过移动平台收取销售额 8%—10% 的费用。

刘京说，一个公益组织缺乏资金，会进入一个恶性循环。资金短缺将阻碍雇佣足够的人来为它工作，这会导致较差的效率，声誉不好之后就更难以筹集资金。

刘京说，慈善机构或非政府组织的运行关键在于发展与尊重市场规律，运行一个社会可接受的商业模式，就像运行一个商业企业那样。

他还表示，如今有一种趋势是，越来越多的企业正在建立基金会。如果盈利，公司可以为其注入足够的资本供基金会健康发展。

2019

『刘京·公益私享会』在京举办

《公益时报》『大家庭』共忆『你我最美的时光』

2019年是一个特殊的年份，改革开放四十周年刚刚过去，又迎来了中华人民共和国成立七十周年。在这样一个特殊的年份，回顾与展望成为人们共同的诉求。

在大时代里沉浮过的亲历者们，拥有的不仅是鲜活的记忆、难忘的时光，更有一路走来的坚持与对未来的期许。

在天翻地覆的变革中，从零做起的公益慈善的推动者们尤为艰难与弘毅。聆听他们的声音，追根溯源，更容易找到公益的本质与前行的方向。

于是，《公益时报》和社长刘京决定在《公益时报》十八周年的时间节点搭建起一个交流的平台。

7月3日，这场由公益、企业公民、社会工作等众多领域人士参与的“大家庭聚会”就这样在热烈又不失温馨的气氛中拉开帷幕，包括民政部原副部长、中国社会工作联合会名誉会长徐瑞新和中央国家机关工委原副书记陈存根，以及来自北大国发院校友公益委员会、企业公民（东升汇）俱乐部、国家开放大学社会工作学院、深圳国际公益学院、知名基金会等机构的代表逾百人出席了这场“公益私享会”。

作为《公益时报》的发起人之一，从改革开放至今，刘京的个人经历横跨政府、企业、社会组织及媒体四大社会部门。然而，刘京最看重的是他与公益结缘、参与创办《公益时报》所走过的岁月，“公益”成了刘京身上最显赫的标签，而公益也正是这场各方精英会聚一堂的最初起源。

“2001 年，《公益时报》创刊。当时为什么有信心做这份报纸呢？不能老看着钱，偶尔仰望星空做一点实在的事。”刘京说。

那是中国公益慈善事业的起步期。改革开放后，陆续有基金会等公益组织成立。但直到 1999 年《中华人民共和国公益事业捐赠法》出台实施，才真正界定了什么是公益事业，捐赠才真正有法可依，民间捐赠才真正起步。

“当年首先要让人知道公益到底是什么，就这也是非常难。”刘京回忆道。

但“吾道不孤”，人心向善，一心做公益总有同行者。

刘京在现场表示，《公益时报》在创办初期，他有幸拜访了许多德高望重的学者与社会活动家，其中包括资中筠、朱传棨、成思危等人，是这些人士的肯定让他坚定了执着公益的信念。

“社会进步有三重动力，第一是政府的自主改良，第二是社会批评，第三就是公益。”刘京引用资中筠先生在著作《散财之道》一书中的发现。

“所以我觉得《公益时报》肩负着一种使命，我们一定要让更多人把公益作为生活中非常重要的一部分，因为只有公益才能让社会更加和谐。”刘京说，“尽管有很多不平坦、艰难的路程，但是绝大多数时候还能得到大家的认可，得到社会方方面面的支持。我们期待跟大家一样，交我们想交的朋友，做自己想做的事业，过自己想过的健康的生活。”

在长达一小时的动情分享中，刘京重点回顾了《公益时报》一路走来的不易与成绩，更回顾了如何通过这张报纸联结各方，共同传播公益理念，推动中国公益事业不断发展的过程。

自 2001 年创刊以来，《公益时报》先后推出中国慈善榜、中国公益新闻年会、中国企业社会责任案例展、中国公益年会等跨行业盛会，以平台的方式推动各方传播公益理念、参与社会治理；作为连接公益与企业的先行者，刘京先后发起成立了中国社会工作联合会企业公民工作委员会、企业公民（东升汇）俱乐部、北大国发院校友公益委员会，推动企业和企业家积极践行社会责任，培育富有企业家精神的社会创新；身兼中国社会工作联合会副会长、秘书长的他，为加快和深化社会工作人才队伍的培养，还出任国家开放大学社会工作学院院长一职。

这期间，刘京和《公益时报》一起见证并推动了中国公益慈善事业的发展：

2004：《基金会管理条例》将基金会分为公募基金会和非公募基金会，民间终于可以成立基金会，《公益时报》记录、陪伴、推动了众多企业家、企业成立基金会，从事专业公益；

2008：汶川大地震发生后，掀起全民捐赠、志愿热潮。次年，《公益时报》推出红黑榜，开启捐赠舆论监督风潮；

2013：社会组织直接登记制度在各地试点，民间 NGO 蓬勃发展。《公益时报》以专题策划反映民间 NGO 声音，记录各地实践经验；

2016：《中华人民共和国慈善法》出台实施，中国公益慈善事业进入新的时代。公益组织该如何应对、转型，企业该如何参与？《公益时报》始终陪伴；

2018：改革开放四十周年，中国迎来财富传承时代。《公益时报》提出新课题——企业家如何向慈善家转型……

全体嘉宾在刘京的娓娓道来中产生了共鸣，二十余名参会者先后上台回忆与《公益时报》及刘京本人交往过程中的难忘经历，分享自身从事公益的感悟，完美呼应了此次私享会的主题——让公益照耀你我最美的时光！

是的，过程虽然艰辛，但公益慈善事业一直没有停下前行的脚步，所以那些过往的时光都成了“最美的时光”！

值得一提的是，这样一场以公益为名，抒发情怀、分享美好的“私享会”，也是公益领域的一次形式上的创新，它打破了不同行业、不同机构间的界限，放大话题的可能性，让参与者在轻松愉悦的气氛中得到感染，体会公益之于生活的深刻含义。

（2019 年 7 月 4 日，《公益时报》）

2019

公益事业的中国进度

时代从未曾停止对公益中国的考验，放眼全球与未来中国公益事业的发展，目前我国企业家捐助占比93%，但美国的公益资金82%却来源于公众；据民政部数据显示，目前最方便大众参与的互联网公益在2018年全年募集善款31.7亿元。

公益就是捐钱，这还是很多中国人心中公益的直接印象。

8月15日，民政部发布《2018年社会服务发展统计公报》显示，截至2018年底，全年有1072.0万人次在民政领域提供了2388.7万小时的志愿服务；全国社会组织捐赠收入达919.7亿元，比上年增长26.1%。

这一数据比1999年有着指数级增长。1999年时，全年民政部门组织筹集的社会捐赠资金及物资折合金额16.4亿元。

作为行业资深专家，《公益时报》社社长刘京回忆，1999年9月1日《中华人民共和国公益事业捐赠法》正式生效时，时任民政部部长的崔乃夫曾说，公益事业将来肯定成为现代社会治理的一个组成部分。

如崔乃夫所预言，当代中国公益曾伴随着国人度过了“非典”、抗击了洪水、挺住了汶川地震，如今的中国公益不仅深入攻坚扶贫前线，也在为我们身边的美好社区默默耕耘。2018年社会服务发展统计公报显示，截至2018年底，全国共有各类社区服务机构和设施42.7万个。城市社区综合服务设施覆盖率78.7%，农村社区综合服务设施覆盖率45.3%。社区志愿服务组织（团体）12.9万个。腾讯公益、蚂蚁金服、阿里巴巴公益三家共募集 28.35 亿元，占比约九成，中国公益走向“公益中国”还大有可为。

1999 年：国家公益事业的关键节点

1999 年以前的当代中国公益蹒跚起步。有一个家喻户晓的公益项目在当时备受争议，但现在很多人并不知道这原来竟是一项公益：现名为“中国福利彩票”的“中国社会福利有奖募捐券”。

1986 年春天，时任民政部部长的崔乃夫面对民政部的资金缺口，有了一个构想：用发行彩票的形式募集社会福利公益基金。在当时改革开放初期，国人对彩票仍存偏见，而用彩票做公益服务民生，更是被惊为“天方夜谭”。

经过一年多的争议与准备，1987 年 7 月，中国社会福利有奖募捐券以及与此配套的《发行社会福利有奖募捐券试行办法》正式在国家层面发行，在全国开设 10 个试点省市。从 1987 年最后两个季度的 1739.5 万元销售额，到 1989 年的 3.76 亿元，福利彩票这一形式获得民众的认可也用了近两年时间。

1989 年，中国青少年发展基金会成立，同年 10 月，时任理事长刘延东在会上宣布，建立我国第一个“救助贫困地区失学少年基金”，长期实施“希望工程”。提起手握铅笔头凝视前方的“大眼睛女孩儿”苏明娟照片的海报，这是很多人会联想到的一个画面。作为新中国改革开放后首批公益项目之一的希望工程，已经累计募集捐款 53 亿多元人民币，资助农村家庭经济困难学生逾 338 万名，建设希望小学 15444 所。

十年之后，1999 年公益事业捐赠法成功立法，中国公益自此有法可依，原先几家公募基金会各自为政的公益格局也向着全国性的公益事业全面推进。

此时的崔乃夫也在设想着将公益事业做得更深更广，《公益时报》的创办就是这个大公益格局的一个缩影，刘京提到，1999 年公益事业捐赠法立法后，时任民政部部长崔乃夫、时任民政部副部长徐瑞新、党组成员杨建昌曾一起研究，商讨创办一家公益的媒体，或者说公益发展的媒体。

对于刘京来说，这不是一个简单的抉择，因为没有人认为他会脱离体制身份去创办一家报社——1979 年入职民政部，曾担任领导秘书，在多个部属业务司局和企业工作了 20 年，未来无论是从事行政管理还是企业运营，在他人看来都是前途不可限量。然而，他还是毅然选择办这份以公益命名的报纸。

2004：企业家捐赠走上历史舞台

2004 年，《公益时报》首次发布中国慈善排行榜，而这一排行榜得以发布的逻辑前提是，中国已有越来越多的企业参与到公益事业当中，不能单纯靠一张新闻纸来推动企业家向慈善家转变。

一年之前，也就是 2003 年“非典”时期，公益崭露头角，据《公益时报》统计，截至 2003 年 7 月 31 日，全国共接受社会捐赠款物 40.74 亿元，其中内地企业、个人捐赠 27.44 亿元，占比 67.3%，党政机关及事业、社团组织捐赠 6.1 亿元，占比 15%；与捐赠方以民间力量占多数的情况相反，接受一方在“非典”时期仍被官方垄断，民政部门、卫生部门、中国红十字会、中华慈善总会及地方分会接受捐赠款物共占比 93.2%，而剩余 6.8% 也由相关指定机构接受，面向公众的公募基金会仍是企业和个人献出爱心为数不多的渠道。

这一情况也在 2004 年有了划时代意义的改变：2004 年 2 月，国务院通过《基金会管理条例》，正式认可非公募基金会；2005 年 6 月，我国首个非公募基金会，香江社会救助基金会在香江集团总裁翟美卿的倡导下创立，成为我国首个由民营企业出资创办的基金会。

2005 年 1 月，牛根生携家人捐赠了蒙牛乳业全部股份，并约定：在他有生之年，该等股份红利所得的 51% 归老牛基金会，49% 归个人支配（而实际执行比例为，红利的 67% 归老牛基金会，33% 归个人支配）；而待他天年之后，该等股份的红利 100% 归老牛基金会，家人只领取相当于北京、上海、广州三地平均工资的生活费。

2010 年 5 月 4 日，福耀玻璃董事长曹德旺与中国扶贫基金会签署了捐赠协议，向西南五省（自治区、直辖市）干旱灾区贫困农户捐赠 2 亿元善